육식 이야기

CONTENTES CARNIVORES
by Bernard Quiriny

이 도서의 국립중앙도서관 출판시도서목록(CIP)은
e-CIP 홈페이지(http://www.nl.go.kr/cip.php)에서 이용하실 수 있습니다.
(CIP제어번호: CIP2010003222)

육식 이야기

Contes Carnivores

베르나르 키리니 소설 | 임호경 옮김

문학동네

고인들의 목록

몇 해 전부터 나는 『공허의 일반적 역사』라는 저서를 준비하고 있다. 그러나 이 책의 첫 문장은 나를 고민하게 만들어 펜을 든 내 손을 마비시킨다. 나는 이런 경우에 가면만큼 긴장을 풀어주는 것이 없다는 사실을 잘 알고 있으므로, 마침내 『공허의 일반적 역사』의 첫 문장을 쓰기 위해 익명을 사용할 생각이다.

나는 알고 있다. 언젠가 내가 이 책을 시작하기로 마침내 결심한다면, 부에노스아이레스의 보르헤스 집 앞 마이푸 가에서 라울 에스카리가 내게 들려준 이야기를 책의 맨 앞에 실을 거라는 사실을. 내 친구는 이렇게 말했다. 어느 날 그는 코피네 집에서 점심을 먹고 난 후 코피에게 물에 아스피린 한 봉지를 넣으면 꽃이 훨씬 오래간다고 설명해주었다고 한다. 그러고 나서 보드카

한 병을 사러 나갔다 들어와보니 코피가 탁자 한복판에 놓인 꽃병 앞에 꼼짝도 않고 앉아서 개양귀비꽃을 뚫어지게 쳐다보고 있었다고 한다. 코피는 라울의 말이 맞는지 확인하고 싶었고, 아스피린의 자극적인 효과를 육안으로 관찰할 수 있을 거라 생각했던 것이다.

몇 년 뒤 라울이 말하기를, 당시 코피는 우주의 수수께끼를 풀고자 애쓰고 있었다고 한다. 치명적인 에이즈에 걸린 그는 그날도 개양귀비꽃 앞에 앉아 이렇게 말했단다.

"죽음이 가까워지고 있지만 난 아무것도 찾아내지 못했다네."

라울 에스카리의 이 이야기가 내가 늘 쓰고 싶어하면서도 엄두를 못 내는, 그리고 시작은 원죄와 잃어버린 낙원을 상기시켜야 한다고 생각하는 아주 짤막한 『공허의 일반적 역사』를 여는 일화가 될 수 있다는 것, 이것이 바로 내가 항상 품어온 느낌이었다. 그렇다면 두번째 일화는 어떤 것이어야 할까? 파리에 사는 나의 친한 친구 안마리 아기르의 설명에 따르면, '공허'의 개념은 플로티노스의 한 선배 철학자에게서 처음 나타난다고 한다. 지금 이 오후, 난 그 철학자의 이름은 잊어버렸지만(이것이 사방이 흰 벽으로 둘러싸인 방 안에서 책 한 권도 없이 글을 쓰는 일의 유일한, 하지만 견딜 만한 불편함이다) 그가 한 말만큼은 완벽하게 기억한다. "세계사가 위대한 성공의 역사라고 확언할 수는 없다. 세계사는 아마 권태의 역사일 것이다." 내 기억으로 당시 나는 이 말에 자못 놀라움을 느꼈다. 왜냐하면 난 아직 '역사'와 '위대한 성공들'을 연결 짓지 못했기 때문이다. 오히려 두 개념을 전혀 다른 것으로 느꼈다.

하지만 지금 나는 초월성의 추구와 권태로부터의 도피(이는 불가능한 일일 터인데)가 인류 역사와 연결되어 있음을 잘 안다. 또한 이 모든 것은 에드거 앨런 포의 가장 기이한 소설 『아서 고든 핌의 모험』, 그중에서도 이야기 자체보다 더 수수께끼 같고 더 기이하기로 유명한 결말 부분은 주인공이 탄 카누를 세상의 끝에 위치시킨다. 배는 세찬 해류에 떠밀려 남극으로 간다. 이렇게 그들이 지구의 끝에 접근해감에 따라 주위 풍경은 변하고 수평선에는 거대한 증기 기둥이 보이며 물은 온도가 높아지고 우윳빛으로 바뀐다. 그리고 창백한 빛깔의 아주 미세한 먼지가 카누에 떨어지는 가운데 여남은 마리의 거대한 흰 새들이 울어댄다.

"테켈리 리! 테켈리 리!"

가장 놀라운 것은 이야기를 끝맺는 말이다. '우리의 길목에 갑자기 그 어떤 인간보다 더 큰 사람의 흐릿한 형상이 물속에서 솟아오르고 있었다. 그의 피부는 눈처럼 완벽한 흰색이었다.'

여기서 포의 이야기는 갑자기 끝나며, 이런 점 때문에 미완의 작품으로 여겨져왔다. 그런데 내게 있어 이야기의 끝부분에 나오는 이 흰색은 1788년에 출간된 피에르 굴드(내가 좋아하는 작가 가운데 한 명인 베르나르 키리니의 이야기에 항상 등장하는 피에르 굴드의 주목할 만한 선조)의 『권태의 일반적 역사』의 매혹적인 표지와 언제나 밀접하게 결부되어왔다. 이 매혹적인 표지에서도 장엄한 얼음 덩어리에서 불쑥 솟아오르는 인간 형상의 실루엣을 볼 수 있다. 나는 이 책을 어렸을 때 읽었는데, 책에 담긴 생각이며 특히 차가운 풍경이 그려진 표지는 내 안에 영원히 각인되었다.

세상에 존재하는 책 가운데 가장 기상천외한 부록이 딸린 이 작품을 어떻게 기억하지 않을 수 있겠는가? '고인(故人)들의 목록'이라는 제목이 붙어 있는 이 부록은, 저자가 책의 첫 문장을 쓰기 전까지 우리 세계에 알려진 죽은 자들의 이름을 모두 기록해놓으려는 굉장하고도 거의 미친 작업에 몰두한 결과이다. 나는 여러 해가 지나서야 『권태의 일반적 역사』에 곁들여진 이 괴상하고 황당무계한 부록에 대한 합리적인 설명을 듣게 되었다. 그리고 그가 그걸 쓴 이유에 실망했다. 너무 단순하고 멍청하게 느껴졌기 때문이다. 피에르 굴드가 이 작업(세상에는 등재되지 않은 고인이 무수히 존재하기 때문에 필연적으로 부정확할 수밖에 없는)에 달려들게 된 것은 단순히 그의 저명한 부친에게 맞서기 위함이었다는 것이다. 그 부친은 바로 독일 튀빙겐의 물리학자이자 수학자인 요한 하인리히 굴드로, 18세기 중반에 상징 π가 비합리적이라는 사실을 증명하고 이에 따라 이 상징을 정확한 수의 영역에 포함하는 것을 금지한 인물이었다.

그의 아들이 제목부터 황당무계하고 비합리적인 『고인들의 목록』을 집필해 증명하려 했던 것은, 이 낮은 세상에는 오직 정확한 숫자만 있다는 사실, 죽음을 피할 수 없는 이 우주의 역사를 통해 알려진 고인의 숫자 역시 여기에 포함될 수 있다는 사실이었다. '이 숫자는 반드시 존재할 것이다. 하지만 그것을 쉽게 찾을 수 있는가는 다른 문제다. 항상 어디엔가 숨어 있는 고인이 있을 것이기 때문이다' 라고 가련한 아들 굴드는 주장했다. 이런 굴드의 생각은 동시대인의 경악과 동정, 혹은 조소를 유발했으며 고상한 프랑스 귀족이었던 그의 어머니를 근심에 빠뜨렸다고 한다. 피에르 굴드의 유일한 목적은 결과야 어찌 되든 그의 아버지에게 맞서는 것이었음이 분명하다. 오직 어떤 신성한 존재만이 알고 있는 그 흥미로운 고인들의 목록을 만들 수 있다는 것은 무엇을 의미하는가? 그것은 아버지보다 훨씬 높은 존재, 아니 신 자신이 된다는 것이 아닌가?

어찌 됐든 『권태의 일반적 역사』와 이 책의 황당무계하고도 지극히 빈약한 부록인 『고인들의 목록』(물론 완성되지 못했다,

피에르 굴드는 그의 고향 튀빙겐의 성구실에 기록된 고인들의 목록조차 끝내지 못했다)은 분명히 존재한다. 그리고 나 역시 어떤 의미에서는 그의 작업의 계승자라는 사실을 인정하지 않을 수 없다. 왜냐하면 나는 피에르 굴드가 제때에 출간한 그 야심차고도 불완전한 『권태의 일반적 역사』의 매우 축약된 요약본인 나의 매우 짤막한 『공허의 일반적 역사』의 부록이라 할 수 있는 어떤 개인적인 목록을 몇 해 전부터 마음속으로나마 작업해오고 있기 때문이다.

왜? 혹시 내게도 피에르 굴드처럼 맞서야 할 아버지가 있단 말인가? 나의 경우는 약간 다르다. 내가 이 책을 쓰는 목적은 나의 어머니와 맞서기 위함이며, 그녀와는 완전히 다른 무언가를 하기 위함이다.

일명 '유리 눈'이라고도 불리는 어머니는 자신의 생에는 모험과 위험, 그리고 재미있는 일이 가득하다고 주장하신다. 그녀는 자신은 전혀 권태를 느끼지 않는다고 주장하신다. 하지만 이 말을 너무 자주 되풀이하시기 때문에 사실은 늘 권태를 느끼시는 게 아닌지 의심하지 않을 수 없다. 더욱이 어머니는 피에르 굴드의 『권태의 일반적 역사』에 나오면 딱 어울릴 이상적인 인물이라는 것이 내 생각이다.

나는 흰 벽으로 둘러싸여 있고 책은 한 권도 없는 작은 아파트에서 이 모든 것을 쓰고 있다. 나는 텅 빈 벽이 너무도 좋다. 언젠가 이 집의 벽을 장식해야 할 일이 생긴다면, 고든 핌이 세상의 끝에서 보았다고 믿은 그 얼음 스핑크스를 묘사한 그림 한 장을 걸어놓고 싶다. 하지만 결국 난 여기에 아무것도 걸어놓지 않으리라. 나는 무엇보다도 텅 빈 벽을 등지고 글을 써야 한다. 내가 보기에 이것이야말로 『고인들의 목록』을 작업하기에 가장 적합한 환경이다. 내 아파트 안에 색깔들이 있다면 우스꽝스럽지 않겠는가? 나는 흰 벽과 추위를 좋아한다. 사실 추위를 너무 좋아한 나머지 그것이 인생의 본질을 알려준다고 생각할 정도이다. 나는 여름과 해변에서 열리는 서커스를 보려고 모래사장에 퍼질러 앉아 있는 여인네들의 땀과 파에야*와 땀을 훔치는 손수건을 혐오한다. 반면 추위는 아주 우아하게 느껴진다. 추위는 모든 걸 매우 심각한 방식으로 조소하니까. 그것에 비하면 다른 것들은 침묵이고 천박함이고 탈의실의 악취와 끈적이는 기름에 불과하다. 공중에 정지한 듯 떠 있는 눈송이는 나를 매혹한다. 나는 눈보라와 비의 창백한 빛과 아슬아슬한 구조의 이 집 흰 벽을 좋아한다.

나는 빙판 밑에서 박동치는 물에 대해 생각하기를 좋아한다.

---

* 쌀과 고기, 해산물 등을 함께 볶은 스페인 전통음식.

나는 꽤 권태를 느낀다. 최소한 나의 어머니만큼은.

성격 면에서 위대해지기에 아직 너무 늦지 않았다는 것을 안다는 사실이 나를 위로해준다.

나는 밖에 나가 얼음 담배 피우기를 좋아한다.

나는 때로는 권태의 역사가 피에르 굴드로 행세하며, 때로는 베르나르 키리니의 이야기 속에 등장하는, 역시 피에르 굴드라는 이름을 가진 그의 후손으로 행세한다.

어쨌거나 나는 내가 다른 사람들과 다르다는 것을 안다는 게 좋다. 우리가 다른 사람같이 되기를 원할 때 즐거움을 느끼는 능력은 둔화된다.

때로 나는 그날 죽은 이들의 이름을 알기 위해 시체 공시장에 가기도 한다. 하지만 나의 느릿느릿한 걸음으로 얻게 될 고인들의 목록은 가련한 피에르 굴드의 그것보다 훨씬 짧을 것이다. 하지만 팔터라는 인물은 『공허의 일반적 역사』에서 꼭 필요한 존재라고 생각한다. 신비의 탐험가로서의 소명 때문에 너무 멀리 가버린 이 놀라운 인물을 특별히 강조해야 하리라. 개양귀비꽃을 바라보았던 코피와 비슷한 인물이라 할 수 있는 팔터는 나보코프가 그의 단편소설 『극점』에서 묘사한 남자를 떠올리게 한다. 어떤 호텔 방에서 '우주의 수수께끼'에 대한 해답을 찾아낸 그 남자는 제발 그 비밀을 알려달라고 간청한 정신과 의사에게 단 한 번만 말해준 뒤—의사는 그의 말을 듣고 너무도 놀라 죽는다—아무에게도 밝히려들지 않은, 동정심과 양심 모두 상실해버린 남자이다.

나는 나의 『공허의 일반적 역사』에 실려야 할 또다른 핵심인물은 다름 아닌 '유리 눈'이라고 생각한다. 나의 어머니는 겉으로 보기엔 권태와 관계없는 사람 같지만 사실은 지독한 권태 속에서 공허와 함께 살고 있다는 걸 난 잘 알고 있다. 그녀가 저 멀리에서 우주 혹은 공허의 수수께끼를 발견하고 싶은 듯 호텔 방 창가에 몸을 기대고 지평선을 응시하는 모습을 얼마나 자주 보았던가. 하지만 나는 그녀가 정말로 그것을 찾았다거나, 혹은 찾기를 원했다고 생각지는 않는다. 왜냐면 팔터처럼 '유리 눈'은 잘 알기 때문이다. 수수께끼를 풀면 갑자기 현실 전체를 보게 되고, 갑자기 장엄하고 무서운 진실과 대면하게 되어 최후의 치명적인 공포에 사로잡혀 곧바로 죽어버릴 거라는 사실을.

나처럼 그 '무서운 진실'이란 다름 아닌 팔터가 본 것이리라고 느끼는 사람들은 이따금 듣게 된다. 부드럽고도 고통스러운 시들을. 가슴을 저미는 여성적인 시행들을. 힐다 둘리틀처럼 완전히 방향을 잃은 여성시인들의 멋진 시행들을. 힐다 둘리틀은 말하곤 했다. 무너지지 않는 장벽을 보았고, 그 이유를 알 수 없었다고. 그녀와 그녀의 가족은 세상 끝을 향해 나아갔는데, 갑자기 에테르가 땅보다 더 무거워졌고 땅은 마치 난파당한 것처럼 휘어졌으며, 이제 더이상 규칙이란 존재하지 않는다는 사실을 갑자기 발견하게 되었다고. 둘리틀은 그녀의 가장 아름다운 시의 끝부분에서 이렇게 말한다. "우리는 따라야 할 규칙을 모른다. 우리는 미지의, 기록되지 않은 것의 항해자, 탐험가이다. 우리에겐 지도가 없다. 아마도 우리는 좋은 항구에 도달하겠지."

나의 『고인들의 목록』은 그 어떤 항구에도 도달하지 못하리라. 최선의 길은 단지 소박한 개인적인 목록, 즉 나의 고인들의 간단하고도 비극적인 목록을 만드는 것이리라. 그 외의 다른 고인 목록에 접근해보는 것, 기록되지 않은 자들의 목록에 접근하려는 것은 아마도 무한하고 불가능한 과업에 뛰어드는 것이리라. 특히 이 영역에서 나의 모델, 즉 선구자 피에르 굴드가 걸었던 실패의 길에 빠져드는 것이리라.

나는 내 영역에 머물 것이다. 나와 가장 친밀한 고인들, 지금 곰곰히 생각해보니 존재조차 하지 않는 나의 고인들의 영역 말이다. 그렇다. 그들은 존재하지 않는다! 왜 이 사실을 더 일찍 깨닫지 못했던가! 내가 사랑하는 모든 이들은 아직 생존해 있다. 그것은 하나의 특권이다. 거의 기이한 일이라고 할 수 있는데, 내 주위 사람 가운데 누구도 아직 죽지 않았다. 나는 고인들의 목록에 대해 말하고 싶지만, 사실 개인적으로 아는 고인들에 대해 쓸 수 있는 게 없으며, 심지어 고인들의 목록조차 만들 수 없다는 말이다. 가까운 사람의 죽음 없이 내가 얼마나 이렇게 계속할 수 있을 것인가? 어떻게 나의 실존적 공허를 품위 있게 채워나갈 수 있을 것인가? 첫 문장을 쓰지 못해 불안해서 마비될 지경인 내 책 『공허의 일반적 역사』를 씀으로써? 나는 현실주의자가 되어 명확한 사실을 받아들여야 할 것이다. 내가 해야 할 일은 단순히 피에르 굴드의 『권태의 일반적 역사』에 계속 속하는 것이다. 시간상의 이유로 속하지 못하긴 하지만.

나를 진정으로 권태에서 벗어나게 해줄 수 있는 유일한 것은 팔터를 만나 그가 아는 것을 듣는 일이리라. 아니, 그가 본 그 무서운 것을 듣는 것에 나는 전혀 흥미가 없다. 왜냐하면 그가 알고 있는 우주의 비밀은 포의 '테켈리 리'와 얼음 스핑크스 저 너머로 가는 것이고, 현실과 진실의 불의의 일격에 직접 노출되는 것, 급작스러운 죽음에 노출되는 것이기 때문이다.

나는 모른다. 사실 나의 『공허의 일반적 역사』는 매우 짧은 것이 되어야 하므로 나는 이 책을 이미 끝난 것으로 여긴다. 나는 게으름에게 패배했다. 게다가 난 항상 수다스럽고 경박하고 산만했다. 나는 바란다. 사람들이 『공허의 일반적 역사』는 결코 쓰지 않는 시도 이상의 것이 아니었고, 이 책은 공허의 일반적 역사 가운데 또하나의 공허, 모든 역사 중에서 가장 텅 빈 공허로 남았다고 말해주기를. 나는 사람들이 나에게 관심을 갖기보다는 내 책에 대해 그렇게 말해주기를 바란다. 그리고 진실을 말해주기를 바란다. 내가 가끔 정체성도 없이 존재했었고 결코 내가 말하는 장소에 있지 않다고 말해주기를, 그리고 진심으로 무언가 말할 게 있다고 생각할 때 보통 말하는 모든 것을 말해주기를 바란다.

나는 피에르 굴드의 한 인물로 만족하고 싶다. 아니, 피에르 굴드 자신으로, 베르나르 키리니의 주인공으로—아마도 그의 분신이리라—여겨지기를 바란다. 기실 이것은 『공허의 일반적 역사』를 시작할 첫 문장과 씨름하며 내 생을 보내는 것보다 훨씬 흥미로운 일일 것이다. 내가 튀빙겐의 수학자의 후손인 피에르 굴드라 행세하는 일, 그리고 어느 날 베르나르 키리니를 찾아가 왜 나에 대한 이야기를 그렇게 많이 썼느냐고 묻는 일 말이다.

아니, 더 좋은 것은 행세하는 게 아니고 진짜로 피에르 굴드가 되는 것이다. 키리니에게 그의 두번째 책에 대해 이렇게 질문하는 것이다. 사람들이 내게 말했듯 그 책이 내가 몇 해 전부터 머릿속으로 쓰고 있는 『고인들의 목록』과 두 개의 물방울처럼 꼭 닮은 것이 사실이냐고. 키리니의 두번째 책은 진정 고인들의 목록인가? 다시 말해서 이 책은 피에르 굴드, 즉 나에 대한 것이 아니겠는가? 나는 이 책의 친부권을 주장한다.

2007년 4월 28일, 바르셀로나

엔리케 빌라 마타스

(앙드레 가바스투가 스페인어에서 프랑스어로 번역)

이 놀라운 일들이 현실이라면 나는 미쳐버릴 것이다.
그것들이 상상의 것이라면 난 이미 미쳐 있는 것이다.
— 앰브로스 비어스

차례

밀감

"귀여운 망고야, 껍질을 벗으렴. 아니면 조심해. 칼 들어가니까."
—앙드레 피에르 드 망디아르그

매일 저녁 나는 장기 투숙하고 있는 호텔의 식당에서 그와 마주치곤 했다. 그는 금방 눈에 띄었다. 대부분 커플 아니면 가족인 식당 손님들 가운데 그만 혼자였기 때문이다. 내가 바르플뢰르*에 온 것은 조용히 쉬기 위해서였다. 그러한 나의 바람은 너무도 완벽히 이루어져 조금 지루하다 싶을 정도였다. 나처럼 해수욕에 금방 싫증을 내는 사람은 이런 바닷가 소읍에서 산책 외에는 별다른 재미를 느끼지 못하는 법이다.

나는 우리가 식사를 같이하는 것도 나쁘지 않겠다고 생각했다. 그는 혼자 있기를 고집하는 사람처럼 보이지 않았고, 또 지

* 프랑스 노르망디 지방에 있는 소읍.

금처럼 휴가철도 다 끝나가는 쓸쓸한 분위기 속에서 그 역시 나만큼이나 지루해할 것이 뻔했다. 그렇다면 함께 저녁식사도 하고, 살롱에서 코냑을 한잔하거나 한산해진 해변을 잠시 산책하는 것도 괜찮지 않겠는가? 이 모든 일은 서로 구차한 규칙을 정해놓지 않아도 알아서 서로의 프라이버시를 존중해줄 줄 아는 신사들답게 적당하고도 조심스러운 호감 속에서 이루지리라.

아아, 하지만 대화를 시작할 만한 기회는 좀처럼 오지 않았다. 그는 어떤 신문도 안 읽었고, 옷차림에도 유별난 데가 없었으며, 항상 똑같은 음식을 주문했다. 한마디로 그는 사람들의 눈에 띄고 싶어하지 않는 것 같았다. 심지어 식당 웨이터에게까지 그랬다. 그는 식사를 마치고 나서도 웨이터가 빈 접시를 치우고 후식 주문을 받으러 올 때까지 마냥 기다렸다. 하지만 그는 모든 면에서 나의 관심을 끌었다. 우울한 기색, 희끗희끗한 머리칼을 끊임없이 손가락으로 쓸어 올리는 독특한 동작, 식탁에서 일어나기 전에 냅킨을 다시 반듯이 접어놓는 버릇 등…… 그에게 한 번도 말을 걸어본 적은 없었지만, 이 사람과는 흥미로운 대화를 나눌 수 있으리라고 나는 확신했다. 내 생각은 틀리지 않았다.

어느 날 저녁, 마침내 그에게 말을 건네볼 기회가 찾아왔다. 이 주 전에 이 호텔에 와서 두번째로 맞는 일요일이었다. 저녁 일곱시에 식사하러 내려간 나는 그의 테이블과 가까운 곳에 자리를 잡았다. 웨이터는 내게 메뉴판을 갖다준 다음 그의 테이블로 다가갔다. 그는 신선한 오렌지 주스 한 잔을 주문했다. 나는 놀라지 않을 수 없었다. 세상에 저녁식사 전에 알코올음료 외에 다른 걸 마시는 법이 어디 있는가? 하지만 웨이터는 전혀 토를 달지 않았고, 잠시 후 장식용 박엽지 우산이 꽂힌 유리잔을 들고 돌아왔다.

남자는 고맙다고 말했다. 그러고는 무슨 생각에 잠겨드는지 눈빛이 멍해졌고, 손으로 유리잔을 빙빙 돌리기 시작했다. 나는 곧 그가 주스를 마시리라 생각했다. 하지만 그는 마시지 않았다. 대신 양복저고리에 손을 넣어 유리 앰풀 하나를 꺼내 끝 부분을 깨더니, 그 내용물을 유리잔에 부었다. 이어서 혼합물을 수저로 저은 다음 단숨에 들이켰다. 너무도 뜻밖의 행동이라 나는 나도 모르게 이렇게 물었다.

"약입니까?"

그는 놀라며 내 쪽으로 고개를 돌렸다. 나는 무례를 범했나 싶어 조금 걱정했는데, 그는 활짝 미소를 지으며 부드럽게 대답했다.

"이건 약이 아닙니다. 아니죠, 약이라고 할 수는 없어요."

자신의 대답에 또다른 질문이 이어지리라는 걸 안 그는 합석을 권했고, 난 그의 말에 따랐다. 그는 조그만 유리 앰풀을 엄지와 검지로 쥐고서 물끄러미 바라보았다.

그가 다시 말을 이었다. "이 앰풀 속에 들어 있던 액체가 뭔지 아시면…… 아마 놀라실 겁니다."

"마약인가요?"

"아닙니다."

"그럼 뭐죠?"

"피입니다."

순간 나는 머릿속에 흡혈귀와 심장수술 같은 이미지가 떠올라 흠칫 몸을 뒤로 젖혔다. 그의 얼굴에 장난기 어린 미소가 떠올랐다.

"겁내지 마세요. 선생 목에 뛰어올라 핏줄을 물어뜯지는 않을 테니까요. 하지만 내가 일요일마다 행하는 이 의식을 보고 놀라시는 그 심정은 충분히 이해합니다."

"그럼 일요일마다 피를 마신단 말입니까?"

"예. 일요일마다 오렌지 주스에 피를 약간 타 마시죠. 이건 십오 년 전부터 해온 일이에요. 이유가 뭔지 그 사연을 듣고 싶으시겠죠?"

*

"십오 년 전 브뤼셀에서 있었던 일입니다. 나는 삼 년 동안 살았던 그 도시를 떠나려던 참이었습니다. 가구는 이미 이사 갈 도시로 보냈고, 아파트에는 상자며 책을 담은 궤짝 등만 잔뜩 쌓여 있었어요. 침실에 남은 거라곤 침대와 자명종 하나뿐이었죠. 이렇게 이사 준비로 정신이 없는 와중에도 가끔 한가한 틈이 있었답니다. 나는 그 시간을 이용해 브뤼셀 시를 산책했어요. 마지막으로 그 도시의 공기를 느껴보고 싶어서였죠. 그렇게 산책을 즐기던 어느 일요일 오후, 나는 오렌지 여인을 만났답니다. 참 희한한 이름이죠? 여하튼 내 추억 속에서 그녀의 이름은 그렇습니다. 그녀가 내게 자기 이름을 알려줬던 것 같지도 않고, 아무튼 기억이 나지 않는군요. 아름답고, 스무 살 남짓해 보이는 아주 젊은 여자였죠. 비현실적으로 느껴질 만큼 눈부신 금발이 그녀의 얼굴을 살짝 가리고 있었는데, 눈빛이 얼마나 강렬한지 눈을 뗄 수가 없었어요. 그녀는 라모네 광장에서 나와 같은 벤치에 앉아 있었지요. 눈썹을 찌푸리며 지도처럼 보이는 조그만 책자를 들여다보고 있더군요. 평소 같았으면 그녀 혼자 일을 해결하게 놔뒀을 겁니다. 모르는 사람을 선뜻 도와주겠다고 나서는 성격이 아니었거든요. 특히 여자 앞에선 무척 서투른 편이었으니 말입니다. 하지만 그날, 이유는 알 수 없지만 나는 그녀에게 혹시 모르는 것이 있으면 가르쳐주겠다고 말했습니다. 그녀는 환한 미소를 지으며 고개를 들고는 카뮈젤 거리를 찾고 있다고 말했어요. 그녀의 음성은 높고 날카로웠고, 머리 색에서 짐작했듯 스칸디나비아 쪽 출신이기 때문인지 약간 외국인 억양이 섞여 있더군요. 내가 말했어요. '전 브뤼셀 지리를 잘 압니다. 함께 가드릴까요?' 그녀는 기쁜 얼굴로 벌떡 자리에서 일어났어요. 난 그녀에게 한 팔을 내밀었고, 그렇게 우리는 함께 그 자리를 떠났지요. 만난 것만큼이나 우연히 시작된 동행이었습니다. 같이 걸으면서 우리는 한마디도 나누지 않았어요. 난 그런 미인 곁에 있다는 사실에 한껏 들떠 있었죠. 이 뜻밖의 행운을 좀더 오래 누리기 위해 일부러 먼 길로 돌아갈까 하는 생각까지 들더군요. 그녀는 마치 어린아이처럼 내가 이끄는 대로 따라왔어요. 마치 다른 세계에 처음 발을 디딘 것처럼 주위를 신기한 눈으로 쳐다보면서 말이죠.

우리는 카뮈젤 거리에 도착했답니다. 거리는 텅 비었더군요. 그녀는 8번지 앞에 멈춰 섰어요. 브뤼셀에서 흔히 볼 수 있는 커다란 빨간 벽돌집이었죠. 그녀는 내 팔을 놓고 고맙다고 말한 다음, 인터폰 위에 적힌 이름들을 살펴보았어요. 그 인터폰은 1950년대에 제조된 것으로 낡고 녹슬어 있었죠. 이제 누가 나와 문을 열어주겠지. 그러면 내 모험도 끝이군. 나는 아쉬운 마음이 들었습니다. 그렇게 떠나려고 하는데 그녀가 말했어요. 자기가 찾는 이름이 없다고. 우린 함께 확인해보았지만 헛수고였어요. 난 용기를 내어 말했지요. 어차피 약속이 깨져버렸으니 함께 좀더 산책이나 하면 어떻겠느냐고요. 그녀는 받아들였고, 우리는 안데레흐트 거리와 마르셰 오 샤르봉 거리를 지나 시내 중심가 쪽으로 향했답니다.

정말이지 행복한 오후였어요! 자신감이 생긴 나는 그녀에게 여러 가지를 얘기했어요. 내가 좋아하는 구역, 내가 살았던 나라, 또 내가 알았던 사람들…… 그녀는 그다지 말이 없었고, 이따금 질문만 던져왔지요. 그녀의 신상에 대해 뭔가 알아내려 애썼지만 허사였어요. 얼마나 약게 요리조리 빠져나가는지, 그녀에 대해서는 거의 아무것도 알아낼 수 없었지요. 우리는 마치 외국인처럼 브뤼셀 시내를 샅샅이 누비고 다녔답니다. 그녀와 팔짱을 끼고 있으니 속속들이 아는 거리며 광장이 처음 와보는 듯 새롭게 느껴지더군요. 많이 걸어 피곤해진 우리는 맥줏집에 들어갔고, 그녀는 내가 맥주를 주문하도록 내버려두었어요. 맥주가 나오자 그녀는 자기 잔의 거품을 조심스레 맛보더니 맥주의 쓴맛이 마음에 들었는지 눈을 질끈 감고 한입 가득 삼켰지요.

날이 저물자 우리는 내가 자주 가는 생트카트린 광장*의 한 식당으로 저녁식사를 하러 갔습니다. 식당은 손님들로 꽉 찼지만, 운 좋게도 테이블이 하나 비어 있었죠. 식사는 아주 맛있었고, 자정까지 계속되었어요.

그 정도에서 헤어질 수도 있었어요. 하지만 서로 그럴 마음이 없었답니다. 행여나 이 마법이 깨질까 두려워, 나는 그녀에게 나와 같이 있어달라고 말할 수조차 없었습니다. 그러나 내 마음을 알아챈 그녀는 내 입에 키스해주었지요. 이 모험 가운데에는 어색함이나 거북함 같은 것이 발을 들여놓을 수 없는 일종의 단순함이 있었습니다. 마치 서로의 감정을 고백하는 고역은 생략하자는 무언의 동의가 이루어진 듯 말이죠. 날이 쌀쌀해졌고, 그녀는 바르르 떨었어요. 우리는 택시를 타고 포르트 드 나뮈르** 근처에 있는 내 아파트로 왔지요. 나는 가구도 없이 휑한 아파트에 그녀를 맞게 되어 민망했지만, 그녀는 아무 말도 하지 않았습니다. 그녀는 다시 내게 입을 맞추었고, 우리는 서로를 끌어안은 채 침대 위에 쓰러졌어요. 덧창이 닫혀 있지 않아서 시내의 불빛이 방 안을 희미하게 비춰주었습니다. 그때 내 기분이 어땠을지, 충분히 상상하시겠죠."

* 벨기에 브뤼셀에 있는 광장.

** 브뤼셀의 남동쪽에 위치한 구역 이름.

*

그는 생각에 잠긴 표정으로 입을 다물었다. 젊은 여인과 보낸 밤에 대해 더 이야기하는 고충을 덜어주기 위해 나는 짐짓 외설적인 농담을 한마디 던졌다. 하지만 그는 고개를 들고 미소 띤 얼굴로 나를 쳐다보았다. 나는 내 생각이 틀렸음을, 그가 그 문제의 밤에 일어났던 일을 상세하게 이야기하리라는 것을 깨달았다. "서론이 길어서 미안합니다. 하지만 시작 부분을 말하지 않고는 이 이야기를 올바르게 할 수 없기 때문이었습니다. 아마 선생은 이렇게 생각하겠지요. 그녀와 내가 이런 상황에서 늘상 그렇듯 격렬한 시간을 가진 후 잠이 들었을 거라고요. 전혀 틀린 생각은 아닙니다. 사실 그랬으니까요. 하지만 그 장면에 대해 선생이 상상하실 이미지는 현실과 큰 거리가 있답니다."

그때 웨이터가 불쑥 나타나 우리가 주문한 음식을 테이블 위에 내려놓았다. 그는 내가 자리를 옮긴 것에 대해 아무 말도 하지 않았고, 다만 수저와 포크 등을 가져다준 뒤 다시 가버렸다. 그는 다시 말을 이었다.

*

“나는 그녀가 맨살에 걸친 스웨터 안에 손을 집어넣으려 했습니다. 그런데 그녀는 저항하듯 내 손목을 꽉 잡았어요. 마치 더 이상 나아가는 것을 거부하듯이 말입니다. 나는 실망했다기보다는 이해할 수 없는 심정이었죠. 아니, 이야기를 매듭짓기 위한 모든 상황이 갖춰졌는데, 여기서 중단해야 한단 말인가? 그렇게 해명을 요구하려는데 그녀가 내 입술에 검지를 갖다댔습니다.

‘당신에게 말할 게 있어요.’ 그녀가 속삭였어요. ‘듣고 나서 무서워하지 않을 거죠?’

나는 아무 말 없이 가만히 있었습니다.

‘약속하세요. 무서워하지 않겠다고.’

난 그녀가 원하는 대로 약속했죠. 그러자 그녀는 내 손을 잡아 자신의 스웨터 안으로 이끌었어요. 그런데 그녀의 살에서 뜻밖의 두터움이, 당황스러운 오돌토돌함이 느껴졌어요. 당황한 나는 젖가슴 쪽에 손을 대보았지만 젊은 여인의 피부에서 느껴지는 벨벳처럼 보드라운 감촉은 어디에도 없었어요. 도대체 이 여자에게 무슨 문제가 있는 걸까? 나는 여러 가지를 상상해보았어요. 심한 사고를 당한 걸까? 화상? 상처? 아니면 경결증(硬結症)이 있는 걸까? 그녀의 눈은 나를 엄하게 응시했습니다. 마치 나를 시험하는 듯한 눈이었지요.

"보고 싶어요?"

"네."

그녀는 스웨터를 올렸고, 나는 태어나서 본 것 중 가장 놀라운 광경과 마주하게 되었습니다. 배부터 목까지, 그녀의 몸은 온통 오렌지 껍질로 덮여 있었던 겁니다. 그것은 마치 네소스의 튜닉* 처럼 몸에 완벽하게 들어맞는 일종의 갑각(甲殼)이었습니다. 그녀에 대한 욕망과 뜻밖에 목격한 이 모습에 당황한 나는 어찌할 바를 몰랐죠. 그녀에게 내 입술을 대고 이 초자연적인 피부를 맛볼 것인가? 아니면 건드리지 않고 그저 감탄하며 바라보기만 할 것인가? 그녀는 내게 결정할 틈도 주지 않았어요. 곧바로 바지도 벗어버렸죠. 석상처럼 굳은 나는 그녀의 허벅지와 종아리 역시 상체와 마찬가지로 딱딱한 껍질에 덮여 있다는 걸 발견했습

* 오비디우스의 『변신 이야기』에서 반인반마인 네소스는 헤라클레스와 그의 아내 데이아네리아가 물살 급한 강을 건널 때 도와주겠다고 하고는, 먼저 데이아네리아를 데리고 강을 건넌 후 그녀를 겁탈하려 했다. 격노한 헤라클레스는 히드라의 독이 묻은 화살을 쏘아 그를 죽였다. 그는 죽어가면서 복수를 위해 자기 피가 묻은 튜닉을 데이아네리아에게 주며 이 튜닉은 사랑을 불러일으키는 것이니 남편이 바람을 피우면 입히라고 말했다. 후에 질투심에 사로잡힌 데이아네리아는 그 튜닉을 남편에게 주었고, 이 옷을 입은 헤라클레스는 몸에 독이 퍼져 불타는 듯한 고통을 느끼며 죽어갔다. 옷은 그가 벗으려 할수록 살에 찰싹 달라붙어 떨어지지 않았고, 찢어내면 살점이 함께 떨어져나갔다고 한다.

니다. 사지의 끝 부분만 그렇지 않더군요. 오렌지 피부는 발목과 손목, 그리고 목 쪽으로 가까워질수록 얇아져서 손톱 언저리의 각피 같은 것으로 마감되어 있었지요.

그녀가 옷을 다 벗고 나자 방 안에는 정적이 감돌았습니다. 내가 꼼짝도 하지 않자 그녀가 손수 내 셔츠와 바지, 그리고 팬티를 벗도록 도와주었습니다. 우리는 상대만큼이나—그렇게 말할 수 있는 거라면—벌거벗은 상태가 되었죠. 나는 불안했어요. 그녀를 보통 여자처럼 사랑할 수 있을까? 아니면 이 오렌지 피부가 사랑의 행위에 방해가 될까? 혹시 내가 그녀 안에 들어갈 수 없게 이 피부가 막는 것은 아닐까? 나는 그녀의 허벅지 안쪽을 살펴보았습니다. 음부로 통하는 틈이 있는지 확인해보고 싶어서였죠. 그러자 그녀는 나를 또다시 경악케 한 행동을 했습니다. 손을 자기 발목에 갖다대더니 검지를 오므려 손톱 끝으로 인간의 피부와 오렌지 피부가 맞닿은 경계 부분을 살살 긁더군요. 몇 초 후, 마침내 서로 다른 두 피부를 구별해낸 그녀는 다리에 줄무늬 모양의 흔적을 남기며 오렌지 껍질을 길게 벗겼습니다. 그리고 과일 껍질을 멀리 던져버리더니 나를 쳐다보았습니다.

'자, 이제 당신 차례예요.'

그녀는 드러누워 내게 몸을 맡겼습니다. 여인의 초대에 이렇게까지 겁 먹어본 적이 없었다는 것은 새삼 말할 필요도 없겠죠.

그녀 앞에 무릎을 꿇은 나는 그녀가 껍질을 벗겨낸 곳에 손을 갖다댔습니다. 그 부분은 너무 좁아 손가락 하나 들어갈 너비도 안 되었죠. 어쨌든 나는 바로 그 옆에 두번째 껍질을 벗겼습니다. 얇은 피부였는데, 오렌지보다는 오히려 귤에 가까웠어요. 저는 피부에 붙은 가는 실 같은 하얀 섬유조직을 하나하나 떼어냈습니다. 그렇게 드러난 그녀의 속살은 탄탄하고 매끄러웠습니다. 그 어떤 고급 직물보다 촉감이 보드라웠죠.

나는 머리에서 발끝까지 껍질을 벗겨냈습니다. 큼직한 각피 조각을 쫙쫙 뜯어내기도 하고, 어린아이처럼 껍질을 끊지 않고 최대한 길게 벗겨내려 애쓰기도 하고, 허벅지 부분에선 나선 모양을 만들며 벗기기도 했답니다. 복부에서는 배꼽 주위에 마치 지도를 그린 듯한 큼직한 딱지들을 떼어냈죠. 어떤 부분의 좀더 두꺼운 껍질을 떼어내자 드러난 살에는 식물학자들이 '중과피(中菓皮)'라고 부르는 허옇고 폭신폭신한 조직층이 남아 있었고, 난 마치 양탄자를 말듯 그것을 손가락으로 돌돌 말아 제거했죠. 짙은 오렌지 향이 방 안을 가득 채웠습니다. 그녀는 이따금 나른한 신음 소리를 내곤 했죠. 아마 그런 식으로 발가벗겨지는 데서 쾌감을 느끼고, 원래 피부에서 껍질이 벗겨져나가는 감각에 황홀한 모양이었습니다.

그녀의 몸에서 오렌지 껍질을 모두 없애는 데 얼마나 많은 시간이 필요했을까요? 한 시간, 아니면 두 시간? 그렇게 그녀의 어깨, 가슴, 젖무덤, 그리고 다리의 껍질을 벗겨낸 나는 이번엔 등과 허리와 허벅지의 껍질을 벗기기 위해 침대에 엎드려달라고 부탁했어요. 놀랍게도 엉덩이에는 얇은 겉껍질만 덮여 있었습니다. 손가락으로 살짝 건드리기만 해도 거스러미처럼 바스러지더군요. 양발 뒤꿈치는 비대칭이었습니다. 한쪽은 오렌지 껍질로 덮인 반면 다른 쪽은 그렇지 않았지요. 그런데 신기하게도 껍질을 벗겨내 드러난 살갗 위에 향기로운 작은 물방울들이 맺혔고, 나는 걸신들린 듯 그것을 핥아댔습니다. 이러한 의식은 영원히 끝나지 않을 듯 계속되었습니다. 마치 시간이 멈춘 것 같았죠. 그녀를 소유하고픈 욕구는 강렬했지만, 나는 그 순간을 뒤로 미루었습니다. 대신 몸의 구석구석을 뒤지며 혹시 빠뜨리고 벗겨내지 않은 건 없나 살폈고, 찾으면 조심스럽게 벗겨내기를 계속했습니다. 드디어 나는 쿵쿵대는 심장 소리를 들으며 그녀의 다리를 벌렸습니다. 안쪽 깊은 곳에 감춰져 있을 나머지 껍질을 떼어내기 위해서였죠. 음부 가장자리는 발목과 손목처럼 오렌지 껍질이 매우 얇아서 보이지 않을 정도였습니다. 구멍은 드러나 있었습니다. 나는 작업에 착수했어요. 그녀가 내뱉는 뜨거운 신음 소리에 한껏 고취되었죠. 마침내 그녀의 몸이 완전히 인간적인 상태로 돌아왔을 때, 나는 그녀를 안고 천천히 그녀 속으로 들어갔습니다. 내 살에 닿은 그녀의 기막히게 보드라운 피부를 느끼면서…… 그다음은 말씀드리지 않겠습니다."

*

그는 입을 다물었다. 그의 얼굴은 평소와 다름없이 무표정했지만, 난 그가 흥분해 있다는 걸 느낄 수 있었다. 웨이터가 다가와 우리에게 식사를 마쳤느냐고 물었다. 나는 나도 모르는 사이에 접시에 담긴 음식을 남김없이 먹어버렸음을 깨달았다. 후식을 고르는 동안 우리는 잠시 숨을 돌릴 수 있었다. 우리는 묵묵히 자두 타르트를 맛보았고, 커피를 주문했다. 남자는 다시 이야기를 시작했다. 낮빛이 어두웠다.

*

"사실 여기에서 이야기를 멈추고 싶습니다만, 선생은 좀더 자세한 이야기를 듣고 싶으시겠죠. 내가 왜 오렌지 주스에 피를 섞는지 아직 모르니까요. 썩 유쾌하지는 않습니다만, 이제 이야기의 결말을 말씀드려야겠군요.

그녀와 섹스를 한 뒤 나는 곧바로 잠들었습니다. 참으로 이상

한 일이지만 아침까지 깨지 않고 잤지요. 잠에서 깬 뒤 몇 초가 지나서야 어젯밤 일과 내 곁에 자고 있는 오렌지 여인을 기억해냈어요. 눈을 뜨고 고개를 돌렸지요. 끔찍한 광경이 눈앞에 있었습니다. 내가 발견한 것은 나와 사랑을 나누었던 금발의 천사가 아니라, 화염에 그슬린 듯 바짝 시들고 오그라든 몸이었습니다. 몸 여기저기는 푸른곰팡이로 덮였고, 얼굴은 온통 발진으로 망가져 있었어요. 또 내가 전날 밤 벗겨낸 껍질들은 새카맣게 말라 비틀어졌더군요. 어떤 것은 물러져 끈적한 진물이 방바닥에 흘렀고요. 나는 충격에 꼼짝할 수 없었습니다. 내 정신은 이 썩어가는 몸이 어제의 그 아름다운 아가씨였다는 사실을 받아들일 수 없었죠. 그녀는 죽은 걸까? 나는 흉측하게 변한 그녀의 얼굴을 살펴보았습니다. 약하게 숨을 쉬더군요. 그녀의 눈꺼풀은 반쯤 열렸고, 갈색으로 변한 입술 역시 마찬가지였습니다. 그녀는 간신히 말했습니다. '자, 이제 나를 마셔요!' 그러고는 숨을 거뒀어요. 이제 침대 위에는, 전혀 알아볼 수 없게 변해버려 어젯밤까지만 해도 한 여인이었다는 사실을 아무도 믿지 않을 시체가 놓여 있었습니다. 충격과 매혹에 동시에 사로잡힌 나는 무슨 생각을 해야 할지 알 수 없었어요. 난 그녀의 그 껍질을 벗겨내며 어떤 놀이를 한다고 생각했죠. 이내 새 피부가 돋아나리라 확신하면서 말입니다. 하지만 실제로는 그녀를 죽인 거였어요. 나는 그녀의 살해범인 셈입니다. 물론 나도 모르게 죽인 거지만, 어쨌든 죽인 건 죽인 거지요. 왜 그녀는 자신이 무사하지 못하리라는 사실을 알면서도 자기 몸을 내게 맡겼을까요? 그 껍질 벗기기가 치명적인 결과를 초래한다는 사실을 몰랐을까요? 아니면 자살하기 위해 나를 이용한 걸까요? 그렇게 내 사랑의 손길이 닿는 곳마다 조금씩 불타는 듯한 고통을 느끼며 죽어가려 했던 걸까요?

그녀가 남긴 마지막 말이 내 머릿속을 떠돌아다녔습니다. '자, 이제 나를 마셔요!' 나는 마치 자동인형처럼 깊이 생각하지 않고 부엌으로 갔습니다. 그리고 아무 서랍이나 열어 뒤지다가 플라스틱 빨대를 찾아내 그녀 곁으로 가져왔어요. 그러곤 빨대를 그녀의 이마에 탁 꽂았죠. 딱딱한 빨대도 아니었는데 마치 버터에 박히듯 푹 들어가더군요. 그녀의 몸속 뼈는 더이상 단단하지 않았던 거죠. 시체가 썩으면서 흐물흐물해졌으니까요. 나는 빨대를 천천히 그녀의 머리통 깊숙이 박아 넣은 다음, 입술로 물고 빨아들였어요. 어떤 끈적한 액체 같은 것이 내 입으로 올라오더군요. 오렌지와 피의 맛이 나는 액체였는데, 맛있었어요. 정말로 맛있었습니다…… 그렇게 다 마셔버리고 났을 때 남은 것이라곤 과육을 빨아먹고 난 오렌지 조각처럼 쭈글쭈글하고 투명한 막뿐이었습니다.

그녀의 맛은 이후 몇 주 동안 나를 따라다녔습니다. 끊임없이 혀에 그 맛이 느껴지더군요. 쾌감과 욕지기가 뒤섞인, 표현하기 어려운 기이한 느낌이었습니다. 하지만 그 느낌은 점차 약해졌고, 결국 사라져버렸습니다. 그러자 이내 그리워지더군요. 더이상 그것 없이는 지낼 수 없다는 걸 깨달았습니다. 그후로 나는 매주 오렌지 주스 한 잔에 피를 섞어 그 맛을 다시 찾고 있지요. 매번 혼합 비율, 당도, 혹은 혈액형 등을 바꿔보면서 그 기이한 음료를 재구성해보려고 애쓴답니다. 하지만 그날 밤, 그 치명적인 향연에서 느꼈던 감각을 영원히 되찾지 못할까봐 두렵습니다."

*

나는 바르플뢰르에 일주일간 더 머물렀고, 그동안 우리는 여러 차례 만났다. 함께 산책도 하고 체스도 두고 이야기도 나눴지만, 오렌지 여인은 더이상 화제에 올리지 않았다. 사실 난 그에게 여러 가지 질문을 던지고 싶었다. 그 사랑의 밤 이후 그의 삶은 어떻게 변했으며 그녀를 어떻게 숭배해왔는지 들어보고 싶었다. 나의 호기심은 아주 사소한 데까지 나아갔다. 그는 그녀가 누구인지 알아보려 했을까? 그 알맹이 빠진 껍질은 어떻게 처리했을까? 피가 든 앰플은 어디에서 구하는 것일까…… 하지만 경망스러운 사람으로 비칠까 두려워 대놓고 물어보지는 못했다. 우리는 같은 날 그 도시를 떠나게 되어, 함께 택시를 타고 역까지 갔다. 역에 도착한 우리는 다시 만나자는 말도 없이 정중히 작별인사를 나누었다. 그후 난 종종 그를 생각했으며, 다음의 사실도 고백해야겠다. 이 이야기를 듣고 난 이후 오렌지 주스는 내 머릿속에서 매우 강렬하고 에로틱한 의미를 띠게 되었고, 나는 그것을 성적 유희에 활용했다. 내 애인들 역시 이 괴상한 페티시즘을 자못 재미있게 받아들이며, 나를 위해 스스로 피를 뽑아 오렌지 주스에 떨어뜨리는 일에 기꺼이 동의했다. 이 여인들 중에는 나의 성적 환상을 공유하게 된 이도 있다. 그네는 긴급한 영양학적 이유로 자신의 탐욕을 정당화하며, 각종 감귤류 과일을 짜낸 주스에 내가 제공하는 모든 종류의 즙을 섞어 마신다.

아르헨티나 주교

남편이 죽은 지 얼마 되지 않은 1939년, 나는 산훌리안 시의 주교님을 모시게 되었다. 남편은 티에라델푸에고에서 비행기 사고로 동업자와 함께 사망했는데, 그로 인해 나는 말도 설고 아는 이도 없는 이곳 아르헨티나에 혼자 남게 되었다. 가진 재산도 없었으므로 일자리를 찾아야만 했다. 그러다 교구청에서 사람을 구한다는 말을 듣고 지원하면서 생각했다. 하느님을 섬기는 분과 가까이 있으면 마음의 평화를 얻고, 아픔을 이겨내는 데 도움도 받을 수 있을 거야……

나는 채용되어 주방 일을 맡게 되었다. 급료는 보잘것없었지만, 대신 끼니와 잠자리가 제공되었다. 방은 테레사라는 칠레 출신 요리사와 같이 썼는데, 한 번에 세 마디 이상 말하는 걸 본 적이 을 정도로 과묵한 사람이었다. 일을 시작한 지 몇 주 후, 가정부 한 명이 병에 걸려 내가 그 자리를 대신하게 되었다. 내 일은 매일 아침 주교님 방을 치우는 것이었는데, 나에게는 큰 영예로 느껴졌다. 집사인 모렐은 특히 시간 엄수를 강조했다. 정해진 일과표를 아주 정확하게 지켜야 한다는 것이었다. 또 어떤 경우에도 예하*를 방해해선 안 되며, 그분께서 내가 지나가는 것을 알아채지 못하셔야 한다고 주의를 주었다.

"그분에게 당신은 투명인간이 되어야 하오. 또 그분의 방에는 일을 마치는 데 필요한 시간만큼만 있어야지, 단 일 분도 더 머물러선 안 되오."

그는 주교님 방에는 나 외에 그 누구도 들어가선 안 되며, 방을 치우다 피치 못하게 옮긴 물건이 있으면 반드시 제자리에 돌려놓아야 한다고 설명했다. 그는 이렇게 결론지었다.

"이상적인 것은 마치 어떤 마법에 의해 방이 치워진 것 같은 느낌을 받는 것이오."

그는 미소를 지으며 표현을 정정했다.

"아니, 오히려 '기적에 의해'라는 말이 더 낫겠군."

그렇게 해서 나는 매일 아침 예하의 방에 들어가게 되었다. 커

* 주교를 높여 부르는 말.

다란 방은 하얀 벽에 가구는 매우 간소했다. 개폐식 뚜껑이 달린 책상 하나, 서랍장 하나, 옷장 하나, 그리고 세공된 등갓을 씌운 스탠드가 놓인 머리맡 탁자 양쪽에 나란히 놓은 침대 두 개가 전부였다. 지금 생각해보면 놀라운 일이지만, 당시 나는 가구 배치가 이상하다는 생각을 전혀 하지 못했다. 한 사람이 쓰는 방에 침대 두 개는 너무 많다는 것, 그건 분명한 사실 아닌가? 하지만 새로 맡게 된 일로 정신이 없던 나는 그런 의문을 가질 겨를이 없었다. 그 방에서 바의 스탠드로 쓰이는 높은 테이블이나 주크박스를 발견했다 해도 별반 놀라지 않았을 것이다. 하지만 며칠이 지나자 그 기이함이 눈에 들어오기 시작했다. 왜 하느님의 종께서 두 개의 침대를 필요로 하실까? 나는 곧 흥미로운 사실을 발견했다. 예하께서는 어떤 때는 이 침대를, 어떤 때는 저 침대를 사용하신다는 것이었다. 드물긴 하지만 두 침대 모두 흐트러져 있을 때도 있었다. 그렇다면 그분께서 밤중에 일어나 침대를 바꾸시는 거라고 결론지어야 할까? 나는 어떻게 생각해야 할지 알 수 없었다. 어쩌면 등이 아프셔서 매트리스 두 개를 번갈아 쓰시는 건지도 몰랐다. 아니면 불면증이 있으셔서, 잠이 오지 않는 침대에서 계속 뒤척이느니 아예 다른 침대에서 잠을 청하는 걸 수도 있었다.

두 침대의 수수께끼는 어찌 보면 하찮은지도 모르지만, 나에게는 교구청의 단조로운 삶을 조금이나마 잊게 해주는 흥밋거리였다. 어느 날 모렐과 대화를 나누던 나는 그 문제에 대해 묻고 싶은 욕구를 이겨내지 못했다. 하지만 곧바로 나의 호기심을 후회했다. 질문을 받은 그가 내게 싸늘한 시선을 던졌던 것이다. 내가 삼위일체의 교리에 의혹을 표명했어도 그보다 엄한 얼굴을 하지는 않았으리라. 그는 역정 어린 표정으로 내게 물러가라고 손짓했다. 나는 당황하여 도망치듯 자리를 떴다. 그리고 나의 무엄한 행동에 대한 용서를 빌기 위해 저녁때까지 열심히 일에 매달렸다.

당신도 짐작했겠지만, 그렇다고 예하의 두 침대에 대한 나의 흥미가 수그러든 것은 아니었다. 결국 나의 주인님께서는 하느님하고만 밤을 보내시는 건 아니라는 결론인가? 참으로 불경한 생각이었고, 난 이 생각을 머리에서 떨쳐내려 애썼다. 하지만 호기심은 점점 더 커져만 갔다. 결국 나는 내 의혹을 뒷받침해줄 증거를 찾아내기 위해 밤마다 건물 복도를 돌아다녀보기로 마음먹었다. 처음에는 그리 과감하지 못했다. 그저 하인들이 쓰는 건물 복도를 왔다 갔다 하면서 창문을 통해 안마당에 누가 있는지, 들어온 자동차는 없는지 확인하는 정도였으니까. 만약 누군가와 마주치면 목이 말라 잠이 깨어 부엌에 물을 마시러 갔던 것이라고 말할 참이었다. 시간이 지나면서 한층 대담해진 나는 하인들이 쓰는 건물을 벗어나 예하께서 주무시는 본관까지 진출하기에 이르렀다. 매일 밤 고양이 걸음으로 그분의 방에 점점 더 다가갔다. 그게 얼마나 위험한 짓인지 잘 알면서도 말이다. 심지어 한 번은 방문에 귀를 대고 엿들은 적도 있었다. 내 꼴이 부끄러웠지만, 그 방은 도저히 저항할 수 없는 매력으로 나를 끌어당겼다. 아아, 하지만 방 안에서는 아무 소리도 들리지 않았고, 몇 분 후에는 두려움 때문에 주인님의 밤의 비밀—하지만 과연 비밀이 실제로 존재할까? 이 모든 것은 결국 내 상상의 가련한 산물이 아닐까?—을 캐내고 싶은 욕구가 사라져버렸다. 나는 뛰다시피 걸어 내 방으로 돌아왔고, 한 시간 동안 이불 속에서 심장이 쿵쾅대는 소리를 듣고 있어야 했다. 내 옆에서 평온하게 자고 있는 테레사가 제발 나의 못된 짓을 알아채지 못하기를 빌면서.

이러한 야간 탐사와 함께 나는 아침마다 예하의 방을 청소하는 동안에도 조사를 계속했다. 침대를(침대들을) 정리하거나 비질을 하면서 혹시 단서가 있는지 찾아보았다. 집사의 주의에도 불구하고, '작은 데스크'(예하의 일 층 집무실과 거기 있는 엄청난 크기의 필사대를 동시에 지칭하는 '큰 데스크'와 구별하기 위해 그렇게 불렀다) 위에 어지러이 널려 있는 종이를 훔쳐보았다. 또 거기 놓인 책들의 제목도 읽었고, 책을 뒤적이며 책갈피가 꽂힌 부분을 열어보기도 했다. 이러한 나의 행동은 적진에 침투한 스파이의 행동과 비슷했다. 거기에는 장난기도 약간 있었지만, 무엇보다도 과히 자랑스럽지 못한 여인네의 호기심이 크게 작용했다. 어쨌든 이러한 아침 조사에서 얻어낸 결과는 야간 탐사의 결과만큼이나 보잘것없었다. 주교님의 방에는 종교 서적과 평범한 서류밖에 없었다. 이상한 점이라곤 쌍둥이 침대 두 개가 전부였으며, 나는 그 이유를 결코 알아낼 수 없으리라고 믿기 시작했다.

*

이어 이 집은 뭔가 수상하다는 나의 생각을 확고히 해주는 기이한 사건들이 발생했다.

첫번째 사건은 2월의 어느 금요일에 일어났다. 이틀 전, 예하께서는 부에노스아이레스에 일주일간 머물 예정으로 산훌리안을 떠나시고 안 계셨다. 나는 그분이 짐을 꾸리는 것을 도와드렸고, 교구청을 나서는 모습도 직접 보았다. 이틀 뒤인 문제의 금요일, 나는 빨아놓은 침대 시트를 가지러 세탁실에 갔다. 안마당을 가로지르던 나는 거의 벌거벗은 어떤 남자와 세게 부딪쳐 넘어졌다. 그 남자는 바로 주교님이었다. 그는 땅바닥에 넘어진 나를 내버려둔 채 본관으로 뛰어 들어갔다. 내 비명 소리에 놀라

달려온 하녀들의 도움으로 난 간신히 일어설 수 있었다. 나는 나를 넘어뜨린 사람이 주교님이라고 설명했지만, 그들은 믿으려 들지 않았다. "예하께선 지금 부에노스아이레스에 계시잖아. 거짓말을 해도 좀 그럴듯하게 해야지." 그들은 웃으면서 각자 하던 일로 돌아갔다. 하지만 나는 꿈을 꾼 것이 아님을 확신할 수 있었다. 나를 밀친 사람은 틀림없이 주교님이었고, 내가 본 사람도 분명히 그분이었다. 왜 그분은 부에노스아이레스에 계시지 않은 걸까? 간밤에 아무에게도 알리지 않고 부에노스아이레스에서 이 산훌리안까지 육백 킬로미터나 되는 길을 달려오신 것일까? 하지만 이후 일주일간 그분의 모습은 더이상 보이지 않았다. 그리고 그다음 주 금요일, 그분은 부에노스아이레스에서 돌아오셨다. 마치 아무 일도 없었던 듯 태연한 표정이었다.

이 주 뒤, 그분은 페이퍼나이프를 사용하시다 오른손을 베셨다. 상처가 깊었고, 산훌리안의 의사가 방문해 치료한 다음 붕대로 손을 감아주었다. 다음 날 나는 주교님과 마주쳤다. 나는 손의 상처가 많이 아프시진 않느냐고 물었다. 그분은 왠지 모르게 내 질문에 당황하시는 듯했고, 당신의 손바닥을 오래도록 내려다보았다. 꼭 남의 손을 바라보는 듯한 표정이었다. 그제야 나는 그분이 이미 붕대를 풀었고, 상처는 깨끗이 아물었다는 사실을 발견했다. 그분은 내게 불안한 시선을 던지더니 실례하겠다며 총총히 떠나버리셨다.

다음 날 나는 마차에 오르는 그분의 모습을 보았는데, 손에 다시 붕대가 감겨 있었다.

그다음 달에 설명하기 더 힘든 사건이 또하나 일어났다. 주교님의 침실 바로 옆에는 골방이 하나 있었다. 나는 그 방을 정리하고 싶었는데 문이 잠겨 있었다. 집사의 방에 교구청의 모든 문을 열 수 있는 열쇠들이 있다는 걸 알고 있던 나는 그곳으로 내려가 열쇠꾸러미를 가지고 다시 이 층으로 올라왔다. 구멍에 열쇠를 넣고 돌려 문을 연 뒤 스위치를 켠 나는 내 눈에 들어온 광경에 얼어붙고 말았다. 주교님이 거기 계셨던 것이다. 별다른 일 없이 교구청에 머무실 때 걸치시곤 하는 올이 굵은 모직옷 차림으로 서 계셨다. 몸은 움직이지 않았고 두 눈은 감겨 있었다. 마치 주무시는 듯한 모습이었다. 끔찍이 당황한 나는 불을 끄고 다시 문을 닫았다. 그리고 잠시 후에야 정신을 차릴 수 있었다. 주교님은 그 어둠 속에서 혼자 뭘 하고 계셨던 것일까? 명상을 하기 위해 혼자 계시고 싶으셨던 걸까? 어두운 곳을 원하셨다면 간단히 침실 커튼을 내리면 됐을 일 아닌가? 조용한 곳을 원하셨다면 집무실에서 우리들에게 조용히 하라고 분부만 하시면 되지 않는가? 그렇다면 그분은 숨어 계셨던 것일까? 무엇 때문에?

나는 허둥지둥 층계 쪽으로 돌아갔다. 일 층에 내려온 나는 기절할 듯 놀랐다. 예하께서 거기 계셨던 것이다. 현관 홀에서 집사와 대화를 나누고 계셨다. 그리고 모직옷이 아니라 회색 옷을 입으셨다. 나는 쓰러지지 않기 위해 난간을 꼭 붙잡아야 했다. 그분은 그런 나를 보시고는 다가와 괜찮으냐고 물으셨다. 눈가에 방울방울 눈물이 맺힌 나는 다만 이렇게 되풀이할 뿐이었다. "위에 계셨잖아요. 예하! 위에 계셨잖아요." 집사는 내가 헛소리를 한다고 생각했다. 그는 내 이마에 손을 대보더니 열이 있다며 하인들에게 나를 방으로 데려가라고 했다. 하지만 주교님은 내가 한 말에 충격을 받으신 듯했다. 조금 전의 상냥한 태도는 순식간에 사라지고 당황과 역정이 뒤섞인 표정이 떠올라 있었다. "이보게, 모렐! 이 일은 자네가 처리해주게나!" 그분은 신경질적으로 내뱉듯 말씀하셨다. 그리고 집사가 내 겨드랑이에 손을 끼고 부축해 가는 동안 돌아서서 성큼성큼 집무실로 가셨고, 들어가서는 쾅 소리를 내며 문을 닫으셨다.

모렐은 내 방까지 따라와 자리에 누우라고 권했다. 그리고 이불을 덮어준 뒤 한숨 자라고 했다. "내일도 회복되지 않으면 의사를 부르겠소. 주방 사람들에게 말해서 저녁식사 때 먹을 것을 방으로 가져다주라고 하리다." 그는 문을 반쯤 열어놓은 채 떠났고, 나는 즉시 잠이 들었다.

저녁이 되자 테레사가 방에 들어와 가지고 온 음식 쟁반을 침대 발치에 내려놓았다. 내가 고맙다고 하자 그녀는 미소로 화답했다. 그녀의 입술이 서로 떨어지는 것을 본 건 그때가 처음이었다. 다음 순간 더 믿을 수 없는 일이 일어났다. 그녀가 가까이 다가와 앉더니 이렇게 말했던 것이다. "주교님은 둘이야. 하지만 다른 이는 죽은 거나 마찬가지지." 내가 좀더 자세히 설명해달라고 부탁하자 그녀는 이렇게 반복했다. "다른 이는 죽은 거나 마찬가지야." 그러고 나서 일어나 방을 나갔다. 그녀는 무슨 말을 하려 했던 것일까? 나는 주방에서 나를 위해 만든 수프를 삼키며 그녀가 한 말의 의미를 이해해보려 애썼다. 그리고 다시 자리에 누워 잠을 청했지만 머릿속에 침대에 누워 있는 예하의 시신이 자꾸만 떠올랐다. 두 손은 한데 포개지고, 알몸은 촛불 빛에 창백하게 빛났다. 또 옆의 쌍둥이 침대에 또다른 그분의 시신이 놓여 있었다. 테레사가 한 말은 내 머릿속에서 어지러이 소용돌이치다 결국 그 의미를 잃고 말았다.

*

그날 밤, 어떤 손 하나가 내 어깨를 살며시 어루만지는 바람에 잠에서 깨어난 나는 소스라쳐 놀랐다. 손전등 빛을 받아 어둠 속에 불쑥 나타난 얼굴, 바로 예하의 얼굴이었다. "나를 따라오시오. 당신에게 할 말이 있소." 그분이 말씀하셨다. 나는 혹시 꿈을 꾸는 건 아닌가 자문하며 이불에서 빠져나와 몸을 일으켰고, 신을 신은 뒤 끈도 매지 않았다. 주교님은 긴 실내 가운 차림이셨다. 나 역시 잠옷을 입은 내 꼴을 그분께 보이는 것이 걱정되지 않았다. 나는 테레사 쪽을 돌아보았다. 그녀는 차분한 얼굴로 나를 바라보고 있었다. 마치 이렇게 한밤중에 예하가 찾아오신 일이 조금도 놀랍지 않다는 듯한 표정이었다. 나는 주교님을 따라 적막한 복도를 지났다. 하인들이 묵는 건물을 나와 본관에 이르렀고, 계단을 올라 어두컴컴한 그분의 방 안으로 들어갔다.

그분은 문을 닫고 열쇠를 돌려 잠근 다음 돌아서서 손전등으로 두 침대 중 하나를 비추었다. 그분은 거기 계셨다. 그분, 주교님 말이다. 그분은 두 눈을 감고 누워 계셨다. 나의 혼란은 극에 달해 더이상 무섭지도 않았다. 손전등을 들고 비추는 사람이 그 빛에 모습을 드러낸 사람과 동일 인물이라니. 방 안에는 두 주교님이 있었지만, 둘은 결국 하나였다. 쌍둥이가 아닐까 하는 생각도 잠시 스쳤지만, 그것은 너무 단순한 설명이라는 느낌이 들었다. 그런 식의 설명은 교구청에 감도는 이 기이한 분위기와는 전혀 어울리지 않았기 때문이다. 물론 그 분위기가 내 안에 불러일으킨 느낌을 말로 표현하기란 불가능했지만. 주교님은 손전등을 끄고 대신 작은 등 하나를 켰고, 그 빛은 희미하게 방을 밝혔다.

그분은 아무 말 없이 침대에 누워 있는 자신의 몸을 처연한 시선으로 내려다보았다. 잠시 후 그는 길게 한숨을 내쉬고 다른 침대에 걸터앉았다. 두 발을 침대 사이 좁은 공간에 두고 앉은 그는 자기 자신에게서 채 일 미터도 떨어지지 않은 곳에 있었다.

"더이상 당신에게 숨길 수 없을 것 같소." 그분은 마침내 입을 여셨다.

"이분은 누구시죠?" 나는 미동도 없이 누워 있는 몸을 가리키며 물었다.

"이 사람? 누구긴, 나 아니오?"

내가 아연실색해 아무 말도 못하자 그분은 말을 이으셨다.

"주님께서 내게 주신 게 벌인지 영예인지 나는 잘 모르겠소. 여하튼 주님은 내게 하나가 아닌 두 개의 몸을 주셨다오. 지금 내가 이렇게 들어와 그 목소리로 말하고 있는 이 몸과 당신이 보다시피 침대 위에 죽은 듯이 누워 있는 저 몸, 어쩌면 내일 내가 다시 들어가게 될지도 모르는 저 몸 말이오."

"내일요?"

"매일 밤 나는 한 몸에서 다른 몸으로 영혼이 건너간다오. 저녁 때 잠자리에 들면, 다음 날 아침 어떤 몸에서 깨어날지 모른다오. 때로는 아무것도 바뀌지 않아 침대에서 일어나며 전날 나를 괴롭혔던 몸의 통증을 다시 느끼게 된다오. 반대로 내 영혼이

다른 몸으로 건너가면 그 몸에 저녁까지 거하게 되는 거지."

"아, 그래서 침대를 두 개 갖고 계시는군요……"

"그렇소. 처음 다른 몸이 나타났을 때 나의 반응은 그것을 감추는 거였소. 당신도 짐작하겠지만 그때 나는 사람들이 날 괴물로 여길까봐 너무 두려웠다오. 하지만 두 몸을 멀리 떨어뜨려놓는 것은 좋은 생각이 아니었소. 내 죽은 몸을 침실에서 멀리 떨어진 곳에 숨겨놓았을 경우 엉뚱한 장소에서 깨어나야만 했을 때도 있으니까. 사실 이 '건너가기'의 메커니즘을 완전히 이해하기까지 몇 주가 걸렸다오. 내가 잠든 곳이 아닌 다른 곳에서 깨어나는 일이 반복되자, 처음에는 내가 미쳤다고 생각했소. 하지만 점차 이 모든 일이 어떤 식으로 이루어지는지 이해하게 되었지. 결국 나는 이런 결론을 내리게 되었다오. 무엇보다 중요한 일은 두 개의 몸을 가까이에 두는 것이다, 다시 말해 나 자신이 있는 방에서 자는 것이다, 라고."

그는 잠시 입을 다물었다가 다시 생각에 잠긴 표정으로 덧붙였다.

"처음에는 다른 몸을 없애버릴까도 생각해보았소! 하지만 만일 그리했다면, 나를 떠나 그를 향해 날아가는 내 영혼은 어떻게 되었겠소?"

지금 보고 듣는 것에 너무나도 놀란 나는 무슨 말을 해야 할지 몰랐다. 그분은 나에게 앉으라고 하고는 이야기를 계속하셨다. 그것은 내게 하는 말이었지만, 동시에 그분 자신에게 하는 말이기도 했다.

"그런 상황에서 어디론가 이동한다는 것이 얼마나 어려운 일일지 한번 상상해보오! 어디를 가든 내 몸을 짐에 싸서 가지고 다녀야 하오. 그러지 않으면 내 몸을 남겨둔 곳에 되돌아올 위험이 있으니까. 또 이런 상상 해본 적 있소? 어제 저녁까지만 해도 당신과 웃으면서 대화를 나누던 손님이 뻣뻣한 시체가 되어 있는 걸 발견했소. 그래서 시체를 비행기에 실어 고향에 돌려보냈더니, 그가 거기서 너무도 건강하게 주교 일을 잘하고 있다는 소식이 들려오는 거요. 물론 있을 수 없는 일이오. 하지만 어쩔 수 없이 내 몸, 즉 나의 다른 몸을 두고 여행을 떠나는 위험을 감수해야만 했던 상황도 있었다오. 세 번 있었지. 그리고 처음 두 번은 무사히 넘어갔소."

"세번째는요?"

"한 달 전 부에노스아이레스 여행이었소. 기억나시오? 몇 주 동안 몸이 바뀌지 않아 나는 별로 위험하지 않으리라 판단했소. 아, 얼마나 순진한 생각이었는지! 그 결과는 당신이 잘 알 거요. 직접 보았으니까. 나는 여기 남겨둔 몸에서 깨어났고, 몸을 숨겨놓았던 지하실에서 뛰쳐나와 당신과 부딪쳤던 것이오. 나는 내 방으로 달려가 다시 잠들려고 애썼다오. 정말 다행스럽게도 내 시도는 성공해, 한 시간 후에는 부에노스아이레스에 있는 제대로 된 몸에서 깨어나게 되었지. 너무도 기막힌 이야기가 아니오?"

그분은 웃음을 터뜨렸다. 마치 그분을 사로잡고 있는 저주가 고통스럽다기보다는 오히려 재미있다는 듯한 모습이었다.

이야기에 푹 빠진 나는 시선을 돌려 죽은 주교님의 몸을 바라보았다. 내일 이 죽은 몸이 다시 살아나고, 산 몸이 죽을 수 있다는 사실이 놀랍기만 했다. 이제 무서움은 사라졌고 마법에 홀린 듯한 기분마저 들었다. 나는 그 메커니즘의 미묘한 세부 사항들에 대해 주교님께 질문하지 않을 수 없었다.

"주교님의 그 변화는……"

"'변화'가 아니라 '건너가기'라고 합시다. 난 그렇게 부른다오."

"주교님의 그 '건너가기'는 우연히 일어나나요, 아니면 어떤 규칙이 있나요? 예를 들어 그런 현상을 일으키는 어떤 특별한 상황이랄지……"

"나도 많이 생각해보았소. 무엇이 내 영혼으로 하여금 육신을 바꾸게 하는지, 머리가 터져라 생각해보았지. 처음에는 주님의 선물이라고 생각했소. 피곤하거나 병들었을 때 첫번째 몸을 쉬라고 내려주신 두번째 몸이라고 말이오. 하지만 잘못된 생각이었소. 지난여름 내가 열병 때문에 삼 주 동안이나 앓아누웠던 일 기억하시오? 매일 저녁 잠자기 전에 나는 기도했다오. 내일 아침에는 저 건강하고 가뿐한 몸에서 깨어나게 해달라고. 그런데 어땠는지 아시오? 내 영혼은 덜덜 떨고 있는 그 쇠약한 몸속에 계속 웅크리고 있었고, 아침마다 전날보다 더 아픈 몸으로 깨어났다오. 규칙에 대해 말하자면, 난 모든 것을 다 생각해보았소. 기온, 음식, 음료, 그날의 기분, 기압, 내가 한 일…… 하지만 어느 것도 '건너가기'를 설명해주지 못했소. 결국 내가 할 수 있었던 것은 모든 걸 하느님의 뜻에 맡기는 일뿐이었지. 그분이 자신의 거대한 계획에 따라 내 영혼에게 한 몸에서 다른 몸으로 건너가라는 명을 내리신다고 믿는 수밖에."

그분은 입을 다물었다. 나는 또다른 질문을 연이어 던졌다.

"두 몸에 들어가는 횟수는 같은가요?"

"전체적으로 보면 비슷할 거요. 내 생각이지만. 일 년 혹은 십 년 단위로 보면 아마도 균형이 맞을 거요. 어쨌든 난 자세히 알기를 포기했다오."

"그들은 같이 늙어가나요?"

"그렇소. 시간은 그 안에 영혼이 깃들어 있든 아니든 상관없이 두 몸에 똑같이 작용한다오. 간혹 한동안 들어가지 않았던 몸의 상태를 확인해보는 일이 있소. 그럴 때면 내 몸이 쇠했다는 걸 너무도 확실히 느낄 수 있다오. 거울에 비친 내 모습을 볼 때보다 훨씬 분명하게 말이오. 이미지로만 자신을 보는 것, 그리고 몸의 형태로, 만질 수 있고 주물러볼 수도 있는 몸의 형태로 자신을 보는 것은 정말이지 완전히 다른 두 경험이라오."

"추우신가요?" 나는 물었다.

"언제 말이오?"

"죽으셨을 때요."

"아, 꼭 그렇진 않소. 글쎄, 어떻게 설명해야 할까…… 자, 당신이 직접 만져보시오. 이해가 될 테니까."

그분은 나를 침대 가까이로 데려가 죽은 그분의 이마에 손을 올려놓게 했다. 처음에 나는 거부했다. 존재하지 않는 사람과 접촉하는 것은 위험할 수 있다는 생각에 두려웠기 때문이다. 더 정확히 말하자면, 그 몸을 만지는 것이 진짜 시체에 손을 대는 것만큼이나 불건전하고도 혐오스럽게 느껴졌다. 하지만 호기심이 더 강했고, 결국 나는 꼼짝 않고 누워 있는 주교님의 이마와 뺨과 입술을 손가락 끝으로 살짝 만져보았다. 참으로 기이한 느낌이었다. 그분의 피부는 미지근했고, 심장은 뛰지 않았지만 죽었다는 생각은 들지 않았다. 정말이지 죽은 동시에 살아 있는 것 같았다. 두 표현 중 어느 것도 그분의 상태와 딱 맞아떨어지지 않았지만 말이다. "간단히 말해 그의 안에는 영혼이 없을 뿐이오." 내 느낌을 설명해드리자 예하께서 하신 말씀이었다.

우리는 오랫동안 대화를 나누었다. 나는 그분께 질문하고 말씀을 들었으며, 그분은 대답하고 또 연관된 다른 이야기를 들려주셨다. 이따금 대화는 긴 침묵으로 이어졌고, 그때마다 우리는 또다른 주교님의 움직이지 않는 몸을 내려다보았다. 그 몸은 더 이상 공포나 불안의 대상으로 보이지 않았고, 오히려 평정 혹은 어떤 진정(鎭靜)의 근원으로 느껴졌다. 삶과 죽음 사이의 어느 곳, 우리의 이해력을 벗어난 그 불가능한 장소에 위치해 있는 그 몸은 가장 완벽한 휴식에 잠겨 있는 듯 보였으니, 더이상 그 몸을 동요시키는 영혼이 없었던 까닭이다.

나는 예하께 이 이야기가 『지킬 박사와 하이드 씨』를 떠올리게 한다고 말씀드렸다. 그러자 그분은 자신의 경우는 스티븐슨이 상상한 것보다 훨씬 단순하다고 반박했다. 그분의 설명은 이러했다. "헨리 지킬은 하나의 몸에 각기 다른 성격의 두 영혼이 있는 경우이지만, 나는 두 몸, 완전히 동일한 두 몸을 채울 단 하나의 영혼이 있을 뿐이오. 내 경우는 얼마나 평범하고 무미건조하며 빈약한지! 지킬은 하나의 껍데기를 가졌고, 하이드 역시 그랬소. 그리고 각 껍데기는 그 안에 깃든 영혼을 반영했지. 지킬은 고귀하고 번뇌하는 영혼이었고, 하이드는 어둡고 사악한 영혼이었소. 하지만 두 인물은 각기 완전한 인물이었던 반면, 나는 그렇지 못하오. 이해하겠소? 내 앞에 있는 이 뼈와 살로 된 덩어리를 내려다보노라면, 나는 나 자신이 어떤 완성되지 못한 괴물처럼 느껴지오. 주님께서 만들다가 중단한 어떤 창조물 말이오. 나 자신의 반쪽이 이렇게 불필요한 상태로 있는 것은 정상이 아니라고, 자연스럽지 못하다고 느껴지오. 우주에서 어떤 영혼이 하나 누락된 것 같은 기분, 그 영혼에게 가야 할 몸이 행정상의 착오로 내게 떨어진 것 같은 기분이오. 난 무언가를 과도하게 갖고 있는 것 같기도 하고, 무언가를 덜 갖고 있는 것 같기도 하오. 나는 하나도 아니요 둘도 아닌 불완전한 존재, 저쪽 강둑에 이르지 못하고 강 한가운데에 어정쩡히 서 있는 존재에 불과하오. 지킬과 하이드는 하나였고, 또한 둘이었소. 나는 그들이 얼마나 부러운지 모르오. 왜냐면 내가 보기에 그들은 멋지고 신비하고 가변적인 어떤 완벽한 형태에 도달한 듯하기 때문이오. 하지만 내게는 그 어떤 신비도 없소. 나의 두번째 몸은 나의 숨겨진 부분을 해방하는 데 아무런 도움도 주지 못하오. 그것은 과도하고 불필요한 기관처럼 단순히 내 옆에 뒹굴고 있을 따름이오. 내 영혼이 잠시 그쪽에서 머물기로 결정하면 변덕스러운 운명에 따라 움직이게 되는 기관 말이오.

*

그날 밤 방으로 돌아온 나는 잠을 이룰 수 없었고, 동이 틀 때까지 이불 속에서 뒤척였다. 그리고 여느 아침처럼 예하의 방을 정리하러 갔다. 이제 그분은 거하지 않는 몸을 구태여 숨기려 하지 않으셨고, 그후로도 마찬가지였다.

우리는 더이상 그 문제를 입 밖에 꺼내지 않았다. 주교님은 당신의 이중 몸이 내 일상에서 하나의 평범한 요소가 되기를 원하셨다. 내가 이 모든 일을 류머티즘이나 치통처럼 대수롭지 않게 여기길 바라신 것이다. 그것에 대해 크게 떠드는 것은 예의에 어긋나는 행동일 터였다. 집사 모렐이나 요리사 테레사처럼(예하의 침실에 들어가볼 기회가 전혀 없던 그녀가 어떻게 그 사실을 알았는지 궁금할 뿐이었다), 나는 이 모든 것이 조금도 이상한 일이 아닌 양 행동하려 애썼다. 우리 모두는 저마다 무거운 짐을 지고 사는 법이다. 그렇다면 산훌리안 시 주교의 짐은 무엇이었던가? 바로 타협해야 할 여분의 몸이었다.

1945년, 정전협정이 조인된 직후에 나는 교구청을 떠나 우루과이의 몬테비데오로 갔다. 나는 매년 성탄절과 부활절에 주교님께 편지를 썼다. 그분께서 소식을 전해달라고 당부하셨기 때문이다. 1952년, 나는 그때까지 지켜오던 그분의 몸에 대한 침묵을 깨고 내 편지에 오비디우스의 『변신 이야기』 한 구절을 인용했다. "영혼은 어디에 가든 처음의 영혼 그대롭니다. 다만 다른 형상 안에 자리 잡았을 뿐입니다." 나는 그분이 화내시지 않기를 바랐다. 이 인용을 적은 나의 뜻—동정심의 표현 혹은 위로의 시도—을 있는 그대로 받아들여주시기를 원했다. 그분은 내게 답장을 보내 당신 역시 그 구절을 알고 있으며, 내가 그런 문장을 쓰다니 기특하다고 말씀하셨다. "당신은 날 잊지 않았구려. 내 비밀도 잊지 않았고. 이에 대해 감사드리오." 다음 날, 그 편지를 다시 읽다 나는 호기심에 편지 뒷면을 보았고, 거기에 추신이 적혀 있는 것을 발견했다. "팔 주 전 세번째 몸이 나타나 내 삶은 훨씬 복잡해졌다오. 마침내 평안을 얻게 될 때까지 얼마나 더 많은 몸이 태어나게 될지!"

귀 있는 자는 들을지어다

❖ 이 제목은 라틴어 속담이자 성경 구절에서 따온 것이다.

1965년 3월 15일 저녁 여섯시, 르누비에는 십오 년 동안 근무해온 은행의 지점장과 부지점장이 나누는 대화를 들었다.

지점장 : 그런데 르누비에 말이오. 점점 더 일에 대한 열의가 없어지는 것 같지 않소?

부지점장 : 아, 말도 마십시오. 저도 요즘 그 친구 때문에 골치 아파 죽겠습니다.

지점장 : 그 사람 정신 차리게 혼 좀 내줘야겠소. 알겠소?

부지점장 : 네, 명심하겠습니다.

지점장 : 그런데 SCMN* 관련 서류는 어느 정도 진척되었소?

---

* 뒤에 오는 작품 「기름 바다」에서 SCMN은 Société des Connaisseurs de Marées Noires(기름 유출 사고 전문가 협회)의 약자라는 사실이 밝혀진다.

부지점장 : (죽어가는 소리로) 아휴, 조금도 진척이 없어요. 이번 주만 해도 빨리 마치라고 세 번이나 주의를 주었는데.

지점장 : 이런 식으로 계속할 수는 없소! 그 사람 때문에 지점 전체가 지장을 받잖소.

부지점장 : 제 말이 바로 그 말입니다. 신속함과 정확함! 하루 종일 입이 닳도록 말하고 있지요.

지점장 : (엄한 목소리로) 내일까지 그 서류를 완성해 내 책상 위에 갖다놓도록 하시오. 알겠소?

부지점장 : 그런데 지점장님, 내일 보베로 출장가시지 않습니까?

지점장 : 아참, 그렇군. 그럼 모레까지! 대신 아침 일찍 갖다 놓아야 하오. 하루를 더 주었으니 일을 못 마치면 더 변명하기 힘들겠지. 만일 이번에도 미꾸라지같이 빠져나가려 든다면, 내가 호되게 혼내주겠소.

부지점장 : 저는 내일 아침부터 그 인간의 나사를 단단히 조여놓겠습니다. 그럼 그렇게 빨리 잊어버리지는 않겠죠.

지점장 : (한숨을 내쉬며) 제발 당신 말대로만 되기를 바랄 뿐이오.

이 대화를 듣고 르누비에는 분개해 소리를 지를 뻔했다. 사실 SCMN 관련 서류가 늦어지는 건 그의 잘못이 아니라 오히려 부지점장 탓이었다. 그는 요청서를 제출하고 벌써 한 달째 부지점장이 서명해서 돌려주기만을 기다리고 있었다. 그런데 오히려 자기 탓을 하다니, 아무리 뻔뻔해도 이렇게까지 뻔뻔할 수가 있을까! 르누비에는 욕을 막 퍼부어대려다 순간 멈췄다. 갑자기 놀라운 사실을 의식한 것이다. 지금 그의 귀에 들려온 대화가 이루어진 곳은 물론 그가 근무하는 은행이었다. 하지만 지금 그는 은행에서 오 킬로미터나 떨어진 그의 집 주방 식탁에 앉아 신문을 읽고 있지 않은가!

*

다음 날 르누비에는 부지점장에게 쳐들어갔다. 그리고 정중하지만 단호한 목소리로, 자신은 여전히 부지점장님에게 올린 SCMN 관련 요청서가 결재되어 내려오기를 기다리고 있으며, 그로 인해 관련 서류 작성이 늦어지고 있다고 상기시켰다. 이어 덧붙이기를, '죄송한 말씀이지만' 이 모든 상황은 우리가 일을 할 때 준수해야 할 규칙에 부합하지 않는 것 같다, 최소한 업무를 제대로 돌아가게 하는 두 축이라 할 신속함과 정확함은 꼭 지켜야 하지 않겠느냐고 따졌다. 그리고 더욱이 지점장님이 서류가 지체된다고 역정을 내실 수도 있으니 가능한 빨리 마무리 지어 제출해 올리는 것이 현명하지 않겠느냐고 말했다.

부지점장은 그야말로 명치를 한 방 맞은 듯한 표정이었다. 그는 웅얼거리듯 알았다고 말하고는, 오전 중에 서류를 결재하겠노라고 약속했다. 르누비에는 만족해 자기 사무실로 돌아와 업무에 몰두했다. 부지점장은 약속을 지켰고, 르누비에는 정오 무렵에 훌륭하게 완성한 SCMN 관련 서류를 지점장의 비서에게 제출할 수 있었다. 지점장에게 정중한 인사말을 전하는 자필 쪽지까지 한 장 곁들여서……

그런데 기적은 또다시 일어났다. 르누비에가 오후 한시가 조금 넘은 시각에 늘 가는 은행 근처의 한 식당에서 점심을 먹고 있을 때였다. 이번에는 친구와 대화를 나누는 그의 어머니의 말소리였다.

어머니 : 얘, 이럴 수가 있니? 우리 아들 녀석은 몇 주가 넘도록 전화 한 통 없어.

친구 : 네가 그애를 위해 희생한 것들을 생각하면 참 서글픈 일이네.

어머니 : 어쩌겠어. 자식이란 다 그런 거지.

친구 : 다 그런 건 아냐. 예를 들어 우리 이웃집 아들은 달라. 그는 토요일마다 한 손엔 케이크를, 다른 한 손엔 꽃을 들고 어머니를 찾아온다니까. 그리고 어머니와 점심식사도 같이 하고

함께 마을을 돌면서 산책도 하고 저녁이 돼서야 떠나지. 하긴 아직 여자친구가 없어서 그렇기도 하지만.

어머니 : 난 우리 에두아르에게 그 정도까지 바라진 않아. 그저 이 불쌍한 어미에게 가끔 전화는 해줄 수 있는 거 아냐? 그럼 아주 기쁠 텐데.

르누비에는 경악해 주위를 둘러보았다. 물론 그의 어머니는 거기 있지 않았다. 그는 테이블 밑에 손을 넣어 더듬어보았다. 혹시 누군가 장난으로 스피커를 설치해놓은 건 아닌가 하고. 하지만 아무것도 없었다. 식욕이 싹 가셔버린 그는 수저를 내려놓고 계산서를 부탁했다. 그리고 자신이 지금 미쳐가고 있는 건 아닌가 자문하며 식당을 나왔다.

그날 오후 내내 그는 그 기이한 환청에 대해 생각하지 않으려고 미친 듯이 일에 매달렸다. 저녁 일곱시경, 그는 업무를 정리하고 집으로 돌아왔다. 우선 목욕을 한 뒤 수화기를 들고 백 킬로미터 떨어진 곳에 사는 어머니에게 전화를 걸었다.

"아, 우리 아들!" 어머니는 말했다. "글쎄, 그러잖아도 아까 전에 내 친구 뤼시하고 네 얘기를 했단다!"

*

그후로 르누비에는 동일한 증상을 두 번이나 더 겪은 뒤에야 의사를 찾아갔다. 짧게 지속된 첫번째 증상 때에는 그의 동료가 그에 대해 악의에 찬 농담을 늘어놓는 소리가 들려왔다. 그는 내일 당장 동료의 업무를 훼방 놓으리라 작정했다. 두번째 증상 때에는 못 본 지 몇 달이나 된 두 친구가 그를 저녁식사에 초대할까 말까 의논하는 대화가 들렸다. 그들은 결국 르누비에를 초대하지 않기로 했고, 그 결정에 그는 슬퍼졌다.

자신의 증상이 이비인후과 소관인지 정신과 소관인지 판단할 수 없었던 르누비에는 그냥 내과 의사를 찾아갔다. 내과 의사는 르누비에의 증상을 듣고 어안이 벙벙해했다.

"한마디로 환청이 들린다는 말인가요?"

"정확히 말하자면 환청이 아닙니다." 르누비에는 잠시 생각하다 대답했다. "제가 듣는 대화 내용은 꾸며낸 것이 아니니까요. 일종의 청각적 수신이라고나 할까요? 무슨 뜻인지 이해하겠습니까?"

"라디오 수신기처럼 말입니까?"

"바로 그겁니다. 하지만 저에 대해 말하는 방송만 수신하지요."

무력감을 느낀 의사는 르누비에를 유명한 전문가에게 보냈다. 이 전문가는 그의 증상이 너무도 흥미롭다면서, 이 증상에 대해 좀더 많은 것을 알아내기 위해 긴 검사 프로그램을 마련했다. 르누비에는 자신이 스스로에게나 주변 사람들에게 위험한 존재가 될 수도 있느냐고 물었다. 의사는 아니라고 대답하면서, 다른 증상이 나타나기 전까지는 아주 정상적인 생활을 할 수 있다고 단언했다. 비로소 안심이 된 르누비에는 그에게 연신 고맙다고 말했다. 집으로 돌아오는 버스에서 증상이 다시 나타났다. 우선 지점장이 부지점장에게 SCMN 관련 서류가 잘되었다며 칭찬의 말을 자신에게 전해주라고 얘기하는 소리가 들려왔다. 이어 들려온 것은 학창시절 기숙사에서 함께 지냈던 두 친구의 대화였다. 그와 팔백 킬로미터 떨어진 곳에서 우연히 만난 두 사람은 흘러간 옛 시절에 대해 이런저런 얘기를 나누었고, 특히 옛 친구 르누비에를 화제에 올렸다. 그들이 그에 대해 좋게 이야기하자 그는 우쭐해졌다.

*

이후 몇 주 동안 르누비에는 자신의 새로운 능력을 사용하는 일에 큰 재미를 붙였다. 우선 그는 사람들이 자신에 대해 나누는 대화를 들으면서 자신의 인간관계를 정리해보았다. 수첩 한가운데에 줄을 그어 반으로 가른 다음, 왼쪽 칸에는 자신에 대해 좋게 말하는 사람을, 오른쪽 칸에는 그 반대인 사람을 기입했다. 어떤 경우는 그의 추측을 확인해주었고, 어떤 경우는 편견이 잘못된 것임을 알려주었으며, 유쾌하지 못한 의외의 발견도 있었다. 오른쪽 칸이 왼쪽 칸보다 더 빠르게 채워졌고, 르누비에는 자신의 병이 최소한 인간 본성에 대해 알게 해주는 이점이 있다는 씁쓸한 생각을 해보았다.

다른 사람들의 대화를 수신할 수 있는 능력은 그에게 또 한 가지 일을 가능케 해주었다. 자신에 대한 그들의 생각을 미리 알아냄으로써 그들의 비난을 사전에 차단할 수 있었던 것이다. 그가 전혀 편지를 보내지 않는다고 불평하는 고모에게 장문의 편지를 보내 그동안 소식이 없었던 것에 대해 용서를 빌고 앞으로는 좀 더 자주 소식을 전하겠노라 약속했다. 또 그가 남의 초대는 많이 받으면서 정작 다른 사람들은 잘 초대하지 않는다고 투덜대는 사람들을 으리으리한 저녁식사에 초대해 그의 후한 마음을 의심했던 것을 후회하게 해주었다. 그가 어쩌다 마음을 상하게 했던 사람들에게는 꽃다발과 함께 카드를 보내 너무 미안해서 어찌해야 할지 모르겠다고 사과했다. 이에 상대방은 그의 통찰력에 놀랐고, 그를 사람의 심리를 섬세하게 헤아릴 줄 아는 신사라고 생각했다. 어떤 사람은 그가 거만하다고 말했는데, 이런 이에게는 아주 섭섭한 듯한 표정을 지으며 이렇게 말했다. "자넨 날 거만한 놈이라고 생각하지? 내가 어떻게 행동했기에 그리 생각하는지 모르겠네. 여하튼 나는 마음이 몹시 아프고, 그렇지 않다는 걸 보여주고 싶을 따름이야." 그러면 상대방은 당황하여 얼굴이 빨개지면서, 대체 이 사람이 어떻게 자기 마음을 알아냈을까 궁금해했다.

파티에서 우연히 만난 여자가 그녀의 친구에게 그가 매력적이라고 말하는 소리를 들은 적도 있었다. 그는 그녀의 이름과 연락처를 알아내려 애썼고, 처음 만난 이후로 줄곧 그녀만을 생각해왔다고 맹세하며 그녀를 꼭 만나고 싶다고 들러붙었다.

그의 동료 하나는 자기 아내에게 그에 대해 말하면서, 괜찮은 사람이긴 하지만 오페라나 소설가, 철학가에 대해서는 무지한 듯하다고 애석해했다. 다음 주 르누비에는 그에게 전화를 걸어 저녁식사를 함께하자고 했고, 후식을 먹으면서 준비했던 말을 꺼내놓았다. 즉 최근에 어떤 소설가의 작품 전집을 다시 읽어보았는데, 전에 읽었을 때 느꼈던 것보다 훨씬 훌륭한 작가임을 확인했다고 고백했다. 이어 이 작가의 작품을 처음 읽은 것은 열여섯 살 때로, 한 철학가의 사상 체계에 대한 비평문을 노트 두 권 분량으로 쓰고 나서였다고 설명했다. 입이 딱 벌어진 동료는 나중에 아내에게 자신이 르누비에를 아주 잘못 생각하고 있었노라고 떠들어댔다. 동료가 자신을 칭송하며 그의 엄청난 교양을 부러워하는 얘기를 들은 르누비에의 가슴속에는 희열이 솟아올랐다.

때로 그는 자신의 수신 능력에 제한이 있음을 애석해했다. 그는 사람들이 자신의 생각을 크고 명확한 음성으로 표현할 때만 들을 수 있었다. 하지만 그들의 마음속에 있는 생각을 직접 알 수만 있다면 얼마나 더 편리하고 확실하겠는가! 사람들은 항상 생각하는 것을 그대로 얘기하지 않고, 입 밖에 꺼낸 말 그대로 생각하지도 않는다. 따라서 청각적 수신은 완벽하지 않았다. 르누비에는 자신이 도달할 수 있는 영역이 사람들의 영혼 깊은 곳이 아니라, 단지 감정의 표피뿐이라는 생각에 실망하곤 했다. 그는 사람들의 말 속에서 진실과 거짓을 구별하지 못할까봐, 그들의 의도를 오해할까봐 두려웠다. 예를 들어 대화의 전후 맥락을 모를 경우, 누군가의 말이 농담인지 아닌지 어떻게 판별할 수 있단 말인가? 그리고 어떤 친구가 그를 욕할 경우, 실제로는 단지 대화 상대의 기분을 맞춰주기 위해 그냥 건성으로 동조하는 것일 수도 있지 않은가? 누구의 말이 진심이고 누구의 말이 거짓인지 어떻게 알 수 있단 말인가? 이러한 질문들은 르누비에의 머리를 빙빙 돌게 만들었고, 결국 그는 자신의 특이한 능력을 저주하게 되었다. 하지만 어느 정도 시간이 지나자 그는 진정되었고, 모든 점을 고려해볼 때 이런 불완전한 점들은 그의 능력이 가져다주는 이점에 비하면 아무것도 아니라는 생각을 하게 되었다. 자신이 완벽하지 못하다고 애석해하는 것은 이 세상 황금의 절반을 갖고도 전부를 갖지 못했다고 투덜대는 것이나 다름없다는 결론에 이르렀던 것이다.

르누비에는 그 증상으로 인한 불편에도 어렵지 않게 적응할 수 있었다. 처음에는 한밤중에 들려오는 말소리에 잠이 깨곤 했다. 그것은 그의 침대와 멀리 떨어진 곳에서 이루어지는 대화였지만, 바로 옆에서 들리는 것처럼 아주 또렷했다. 그는 자신이 듣는 소리가 환청이 아니라 분명히 고막을 진동시킨다는 사실을 알고 있었으므로, 밀랍으로 만든 귀마개로 귓구멍을 틀어막고 다시 편안하게 잠을 청했다.

어떤 때는 두 장소에서 동시에 그에 대해 말하기도 했다. 이런 경우 두 대화가 서로 겹쳐서 무슨 말인지 잘 알아들을 수 없었다. 그는 세상이 제대로 정리되어 있지 않다는 사실이 아쉽게 느껴졌고, 왜 사람들은 자기에 대해 동시에 말하지 않게끔 잘 조정하지 못하는가 하는 불평도 했다. 그러면서도 많은 사람들이 동시에 자기에게 주의를 기울이고 있다는 것에 은근히 흐뭇해하기도 했다. 그는 만일 유명 인사가 된다면, 전 세계적으로 그에 대해 말하는 사람이 너무 많아져 그의 삶은 그야말로 청각적 지옥이 되리라는 생각도 해보았다.

한편 전문가가 행한 일련의 검사는 그의 병에 대해 아무것도 밝혀주지 못했다.

*

르누비에는 특별한 능력을 발견한 지 일 년이 지난 어느 날 알지 못하는 여자가 그녀의 친구와 대화를 나누는 소리를 들었다.

여자 : 그를 볼 때마다 숨이 탁 막혀와. 너무 당황해서 눈도 내리깔게 되고.

친구 : (놀리듯이) 아이고, 볼만하네!

여자 : (흐느끼듯) 사람 앞에서 이렇게 떨려보긴 처음이야. 아무래도 그를 사랑하는 것 같아.

친구 : 그런 것 같다, 얘!

여자 : 그런데 답답한 건 그에게 내 마음을 고백할 용기가 안 난다는 거야. 어떻게 해야 하지?

친구 : (안심시키는 어조로) 그 사람 앞에서 그렇게 볼이 빨개진다면, 결국 그도 알아챌 거야.

수신은 거기서 끝났다. 한편으로는 다행스러운 일이었다. 르누비에의 심장이 얼마나 세차게 뛰었는지 더는 견딜 수 없을 정도였으니까. 그의 이름은 직접 언급되지 않았다. 하지만 여태까지 그와 관련 없는 대화는 들어본 적이 없었기에 여자가 사랑하는 사람이 자신이라는 사실은 의심의 여지가 없었다. 그녀는 누구일까? 그는 마음이 들떠서 미지의 여인이 과연 누구일까 생각하며 그날의 남은 시간을 보냈다. 하지만 잠자리에 들 때까지 알아낼 수 없었다.

다음 날 그가 저녁을 먹는데 전날의 그 여자 목소리가 다시 들려왔다. "아니, 오늘은 그를 보지 못했어. 하지만 계속 그를 생각했지. 이제 밥도 거의 못 먹고, 사람들이 나더러 정신이 딴 데가 있다고 할 정도야." 르누비에는 당황해 들고 있던 포크를 떨어뜨렸다. 자신이 누군가로부터 은밀히 사랑받고 있다는 사실은 그 자신이 누구를 사랑하는 것만큼이나 강렬한 기쁨이었다. 대체 이 여인은 누구일까? 그녀의 음색은 그의 머릿속에 깊이 각인되었다. 그녀가 한 말은 처음부터 끝까지 외울 수 있을 정도였지만, 그 말을 한 사람이 누구인지는 여전히 알 수 없었다.

두 시간 뒤, 그가 침대에 누워 책을 읽고 있는데, 역시 침대에 누워 말하고 있는 그녀의 목소리가 들려왔다. 그녀는 그에게 말하고 있었다. "잘 자요, 내 사랑. 빨리 용기를 내어 당신을 얼마나 사랑하는지 말할 수 있으면 좋겠어요. 하지만 내가 말하지 않아도 당신이 알아챌 수만 있다면 얼마나 좋을까요?" 마음이 흔들린 르누비에는 책을 내려놓고 세면대로 가서 세수를 했다. 세차게 고동치는 가슴을 진정시키기 위해서였다. 자신에게 그토록 애틋한 감정을 품고 있는 이 아가씨를 무슨 일이 있어도 찾아내야 했다. 그녀가 마음에 들지 않을 수도 있다는 생각은 머리에 스치지도 않았다. 그녀의 맑은 목소리만으로도 그는 이미 사랑에 빠졌던 것이다. 그가 상상하는 그녀의 모습, 그 모습은 그가 잠을 이루지 못할 때 달콤한 몽상 속에서 그려보는 천사같이 어여쁜 아가씨의 모습이었다.

그후 며칠 동안 르누비에는 주위의 여인들을 유심히 관찰했다. 혹시 볼을 붉히는 여인은 없는지, 비밀을 드러내는 시선은 없는지 살피기 위함이었다. 그와 그의 연인이 어떤 상황에서 마주칠지 모르는 일이었으므로 어디에서나 긴장을 했다. 버스에서도 끊임없이 주위를 살폈고, 여성 승객 한 명 한 명을 뚫어지게 쳐다보았다. 심지어 여자 운전기사까지 의심하며 그녀의 목소리를 들어보려고 버스 운행시간표를 물어보기도 했다. 직장에서는 온갖 구실을 만들어 이 방 저 방 다니면서 그 여인을 찾았다. 식당에서는 종업원들의 대화에 귀를 기울였고, 가게에 가면 점원들에게 질문을 던졌으며, 만나는 여자마다 대화를 시도해봤으나 매번 아무런 소득이 없었다. 한 여인이 그를 미칠 듯이 사랑하는데, 그는 그녀를 찾아낼 수조차 없다니…… 이제 누군가의 목소리가 수신되기만 해도 그의 심장은 두근거리기 시작했다. 하지만 그녀의 목소리가 아님을 알게 되면 흥미는 곧바로 식어버렸고, 그는 더이상 듣지 않았다. 한편 그녀는 자신의 속마음을 정기적으로 친구에게 털어놓았다.

여자 : 아, 그 사람 때문에 미칠 것 같아. 더는 사는 것 같지도 않아.

친구 : 그 사람은 여전히 아무것도 눈치채지 못했니?

처녀 : (아주 슬픈 어조로) 그런 것 같아. 오늘도 그와 마주쳤거든. 그런데 나를 보지도 못한 것 같더라. 내가 마치 투명인간이라도 되는 듯이 말이야.

르누비에는 분통이 터져서 오늘 하루의 필름을 다시 돌려보았다. 도대체 언제 그녀와 마주쳤단 말인가? 그녀를 알아보지 못해 행복을 놓쳐버렸다는 생각까지 들었다.

매일같이 들려오는 목소리에 머리가 꽉 차버리고, 어떤 은밀한 힘이 사랑하는 여인을 만나지 못하도록 음모를 꾸미고 있다고 확신한 르누비에는 조금씩 이성을 잃어갔다. 그는 사랑하는 그녀의 말소리가 자기에게 들려온다면, 자신의 말소리 또한 그녀에게 이르지 못할 리 없다고 생각했다. 그래서 혼자 방에 앉아 새벽이 될 때까지 계속 지껄여댔다. 자신 역시 그녀를 사랑하고, 그녀에게 영원한 행복을 안겨줄 것이며, 내일 당장 약속을 정해 만나자고…… 하지만 아무런 대답도 들려오지 않았다. 그는 생각했다. '아마 자고 있어서 내 말을 못 듣는 모양이야.' 그리고 다음 날 밤도 똑같은 짓을 반복했다.

어느 날 그는 마침내 그녀를 찾아냈다고 생각했다. 은행에서 그보다 나이가 스무 살이나 아래인 여직원이 그를 야릇한 눈으로 쳐다봤던 것이다. 그는 지체 없이 무릎을 꿇고 그녀의 두 다리를 끌어안았다. 그녀는 층 전체가 울리도록 크게 비명을 질렀다. 르누비에는 모든 사람이 보는 앞에서 사과해야 했다. 쥐구멍에 들어가고 싶을 정도로 부끄러워진 그는 순간적인 광기로 이런 짓을 저질렀다며 과로를 핑계로 두 달간 병가를 얻었다. 바로 그날 저녁에도 그는 또다시 한탄하는 그녀의 목소리를 들을 수 있었다. "그는 나를 보지 못해. 그에게 나는 존재하지 않는 사람인 모양이야. 아아, 얼마나 괴로운지 모르겠어!"

*

르누비에에게 무엇보다 두려운 일은 그녀가 그의 무관심에 지쳐 드디어 정신을 차리고 그를 잊기로 결심하는 것이었다. 매일 밤 그는 그녀가 잠들기 전에 습관적으로 보내는 밤 인사를 거의 종교적인 자세로 기다렸다. 그는 행여 그녀가 이를 중단하지나 않을까 마음을 졸였다. 그것은 그녀의 정열이 약해졌다는 표시일 테니까. 다행히도 상황은 정반대로 흘러갔다. 매일 저녁 그녀의 사랑 고백은 점점 더 열렬해졌다. 르누비에는 그녀가 자신에게 완전히 미쳐 있음을 느낄 수 있었다. 그녀가 그토록 불행하다는 사실을 안다는 것은 괴로운 일이었지만, 최소한 그녀가 여전히 자신을 사랑한다는 것만큼은 확신할 수 있었다. 그렇다면 게임은 아직 끝난 게 아니었다. 게다가 그는 이러한 상황에 익숙해져서 전처럼 열심히 그녀를 찾으려고 애쓰지도 않았다. 자신이 사랑받고 있다는 사실을 아는 것만으로 충분하게 느껴졌고, 이렇게 서로 떨어져 있는 목가적 사랑에는 오히려 어떤 이점마저 있다고 생각하기에 이르렀다. 허공에다 사랑을 호소하는 그녀의 목소리를 듣고 있을 때면, 그녀는 자신의 삶에 조금도 침범하지 못하지만 자신은 그녀의 삶을 완전히 점령하고 있다는 생각에 만족스러웠다. 또한 그녀가 점점 잠과 식욕을 잃어간다는 사실에 희열마저 느꼈다. 어느 날 마침내 그녀가 친구에게 너무도 절망해서 이제는 죽어버리고 싶다고 고백했을 때, 그는 일말의 자부심마저 느꼈다.

*

그렇게 육 개월이 흘렀다. 어느 날 밤, 르누비에는 강한 폭발음에 잠이 깼다. 마치 총소리 같았다. 그는 반사적으로 가스가 폭발해 건물이 무너지고, 자기 집은 화염에 휩싸였으리라고 생각했다. 하지만 머리맡 스탠드를 켜보니 모든 것이 그대로다. 심지어 건물 안팎에는 평소와 다르게 정적마저 감돌았다.

그는 이튿날이 돼서야 그 총이 겨눈 것은 그의 귀가 아니라 그녀의 관자놀이였고, 그녀는 그 때문에 아마도 죽었을 거라는 사실을 알게 되었다. 그리고 무슨 불길한 아이러니인지 그 소리로 인해 그는 귀를 먹었다. 그의 여인은 한밤중에 사라져버리기 전에 르누비에에게서 그의 능력을 빼앗아갔고, 그후로 그는 아무 소리도 듣지 못하게 되었다.

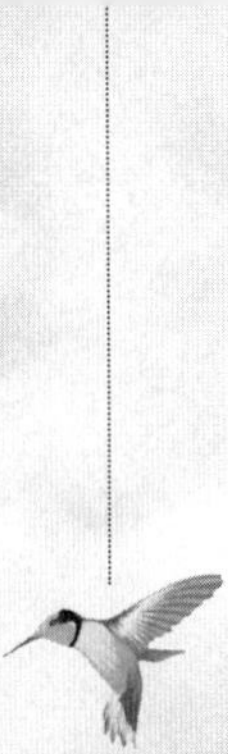

지금은 모두 죽어버린 몇 작가에 대하여

피에르 굴드 덕분에 나는 제대로 인정받지 못한 수많은 작가를 알게 되었다. 작가 선집 편찬자들은 잘 모르는 그늘 속의 문학가들을 말이다. 피에르는 이런 이류 작가들에 대해 항상 특별한 애착을 느껴왔다. 신중한 작가, 엉뚱한 작가, 거장이 되기엔 조금 부족한 작가, 잊힌 작가, 어떤 작가의 제자, 유행이 지난 유파의 후예, 지방 작가, 망명 작가, 식견 있는 아마추어 작가, 문학사에 한 획을 긋는 데 실패한 작가, 그런 일에는 무관심한 작가, 시대와 동떨어진 작가, 괴상한 작가, 겸손한 작가, 도서관의 기념비적 거장들 뒤에 숨겨진 그 모든 작가…… 이 작가들은 대부분 재능이 없지만, 그중 몇몇은 후대에 와서 부당한 명성을 얻은 다른 유명 작가들보다도 오히려 뛰어난 재능을 지녔다. 그리고 지금은 모두 죽었다. 다음은 그중 내가 가장 좋아하는 작가들이다.

엔조 트라나스타니(1890-1939)

이 이탈리아 작가는 음악 작품의 제목을 붙인 소설 열 권을 출간했다. 1911년, 한 밀라노 잡지에 발표한 그의 첫 단편소설 제목은 「현악사중주 1번」이었다. 이어 그는 『피아노 소나타 마장조』『교향곡 1번』『교향곡 2번』『미사곡 나장조』『현악사중주 2번』『두 개의 피아노를 위한 작품집』『바이올린 협주곡』『피아노와 첼로를 위한 작품집』『교향곡 3번』을 차례로 썼다. 그는 이렇게 말했다. "내 작품은 읽지 말고 연주해야 한다."

아돌프 모르소(1855-1940)

'이드로파트 그룹'*에서 잠시 활동하며 샤를 크로, 알퐁스 알레 등과 교분을 쌓기도 했던 이 단문(短文)의 전문가는 보통 사람처럼 종이 위에 글을 쓰지 않았다. 그의 모든 단편은(그중 상당수가 유실되었기 때문에 그가 몇 편을 썼는지는 알 수 없다) 그 줄거리와 관계있기 때문에 선택된 매체 위에 쓰였다. 『한 보

* 1878~1880년 사이에 파리에서 활동한 문학 클럽 가운데 하나.

행자의 죽음』은 삼백 밀리미터짜리 가죽 구두에 쓰였고, 『초콜릿 애호가』는 디저트용 포크의 손잡이에 새겨졌다. 『서부로 가는 길 위에서』는 파리를 빠져나가는 길목에 세워진 표지판에 페인트로 쓰였고, 『세트 앤 매치』*는 나무 라켓에 조각되었다. 피에르는 회중시계 뒷면에 송곳으로 새긴 그의 작품 『흘러가는 시간의 사행시』를 갖고 있다. 1920년 말에 미국으로 이민 간 모르소는 과대망상증에 사로잡혔던 것인지 쌍발폭격기 동체에 전쟁소설을 페인트로 쓰기 시작했지만, 우리가 아는 바로는 완성하지 못했다고 한다.

맬컴 갤토와 클레런스 갤토(1884-1845, 1884-1955)

가족 모두가 문학계에 몸담고 있는 대가족 집안에서 태어난 이 영국인 쌍둥이는 오늘날엔 잊혔지만 당시에는 큰 성공을 거둔 일련의 책을 공동 집필했다. 그들의 집필 방식은 비평가들을 매혹시켰으니, 두 사람이 모든 것을 공동으로 작업해 그들의 책에서 어느 부분이 클레런스의 것이고 어느 부분이 맬컴의 것인지 구별할 수 없었던 까닭이다. 피에르는 그들의 시집 『북웨일스여, 잘 있거라』의 시 몇 편을 외우고 있었고, 영어를 모르는

* 테니스 용어로 세트가 끝나면서 게임도 끝났음을 알리는 말.

우리가 아무것도 이해하지 못한다는 사실에 개의치 않고 종종 그 시들을 암송해주곤 했다.

피에르 알렉상드르 스코프스키(1919-1940)

러시아인 부친과 스위스인 모친 사이에서 태어난 이 소년은 모든 영역에서 조숙함을 보여주었다. 아홉 살 때는 가출해 넉 달 동안 유럽 이곳저곳을 떠돌아다니다 경찰에게 붙잡혀 집으로 돌려보내졌다. 열세 살 때는 증권에 투자해 거금을 벌어 이십 헥타르에 달하는 포도밭을 샀으나, 곧 포도나무뿌리진디가 모든 것을 휩쓸어버렸다. 열다섯 살 때는 아들 둘을 가졌다. 첫째는 태어나자마자 산모와 함께 죽었고, 거의 폐경에 이른 사교계 귀부인에게서 얻은 둘째는 백치에다 날 때부터 왼팔이 없었다. 열여섯 살 때는 자서전 『급한 젊은이』를 썼다. 열일곱에서 열아홉 살 사이에는 두 편의 러시아어 소설을 포함한 소설 여섯 편을 썼다. 또 결혼하고 이혼했으며, 사기죄로 육 개월 동안 감옥살이를 한 뒤 가톨릭으로 개종하고, 승마 사고로 한쪽 눈을 잃었다. 스무 살 때는 지금까지 쓴 소설 원고를 모두 태워버렸다가 모두 다시 썼고, 또다시 태워버렸다. 그중 두번째로 쓴 『급한 젊은이』만이 살아남았다. 일 년 후 그는 머리에 총을 쏴 자살했는데, 죽기 직전에 탁자 한 귀퉁이에 다음과 같이 휘갈겨놓았다. "난 잘 살았고, 이제는 늙어간다. 그러므로 떠난다."

프란시스코 마르티네스 이 디아스(1930-1981)

이 스페인 퇴역 군인은 은퇴한 후에야 글을 쓰기 시작했다. 그의 작업 속도는 매우 느려서 생전에 완성한 책이 단 한 권뿐이었다. 루이스 캐럴 스타일의 환상적인 이야기 열두어 편을 모은 『거울을 통해 읽는 이야기』가 바로 그것이다. 피에르 굴드는 이렇게 설명한다. "이 작품들은 걸작이라고 할 수는 없지만 저는 무척 좋아해요. 특히 그가 편집자에게 제시한 조건은 그저 감탄스러울 따름입니다. 그는 책을 거꾸로 인쇄하고 책 커버에 조그만 거울 하나를 끼워 판매하게 했습니다. 그의 책을 읽기 위해서는—책 제목이 암시하듯—글자를 거울에 비춰 보아야 하죠. 저는 이 희귀한 책을 한 권 소장하고 있지만, 거울에는 금이 갔답니다."

일명 '콜랭'이라 불리는 니콜라 상뱅(1910-1986)

피에르는 자신이 이 오베르뉴 사람을 아는 몇 안 되는 사람 중 하나라는 사실을 자랑하곤 했다. 그는 좌중의 주의를 끌기 위해 집게손가락을 추켜올리며 설명하기를, 이 사람이야말로 1964년에 출간된 앙리 케즈넬의 『사람이 사는 정원들』의 진정한 저자라고 했다. "그의 대필자였단 말일세! 그럼, 물론이고말고! 케즈넬은 그 책의 단 한 줄도 쓰지 않았다고!" 이 폭로에 좌중이 멍해져 조용해지자 피에르는 다시 의자에 앉으며 낮은 목소리로 덧붙였다. "물론 케즈넬이 유명한 작가였다면 이건 좀더 흥미로운 사실이 되었겠지."

마르슬랭 에샤르(20세기 후반)

파리 18구 중앙도서관의 서고 책임자였던 이 사람은 아돌프 히틀러가 죽지 않았다는 것을 증명하는 일로 생의 마지막 십오 년을 보냈다. 그는 『1945년 4월 30일 벙커에서 자살한 아돌프 히틀러의 죽음에 관한 자료들의 비판적 문헌』이라는 제목의 소책자를 출간했다. 이 책에서 그는 '퓌러'*의 죽음에 관련된 모든 프랑스어 자료를 검토했는데, 이 자료들은 결국 아무것도 증명하지 못한다는 사실을 증명하고 있다. 에샤르는 작업을 완성하기 위해 영어(여기에는 미국 자료들도 포함된다), 러시아어, 독일어 혹은 이탈리아어 자료들에 관한 소책자도 계획했으나, 결국 출간하지 못했다. 조르주 페렉은 『인생 사용법』의 41장과 91장에서 이러한 에샤르의 작업을 언급했는데, 피에르 굴드와 페

* 독일어로 '지도자' '통솔자' '총통'을 의미하며 아돌프 히틀러의 칭호이다.

렉이 자주 그에 대해 이야기한 것은 어쩌면 당연한 일이다.

브누아 시도니(1915-1958)

앙드레 브르통의 친구이며, 그와 책을 한 권 공동 집필할 뻔했던 이 이탈리아어 교사는 1940년대에 너무도 외설스러워 그 자신도 다시 읽을 때마다 토악질을 했다는 포르노 이야기를 대여섯 권 썼다. 그러나 법정에 서게 될까 두려워 출간하지는 않았다. 대신 아주 가까운 몇몇 친구에게만 돌려 읽게 했는데, 그중 한 명인 판화가는 그 이야기에 삽화를 그리려다가 결국 역겨움을 이기지 못해 포기했다고 한다. 말년에 이르러 시도니는 그 노트들을 파기해버렸다. 하지만 다른 것들에 비해 비교적 덜 혐오스럽다고 판단한 짤막한 소설 하나만은 남겨놓았는데, 피에르가 우리에게 읽어준 몇 구절로 판단하건대 그것 또한 너무나도 구역질 나는 것이었다.

피에르 라로슈 드 메리쿠르(1918-1956)

부유한 집안 출신의 이 완벽한 댄디는 서른 살에 냉소적인 분위기의 아포리즘 모음집 한 권, 그리고 『기름 바다』라는 제목의 소설 한 권을 출간했다. 냉소적이면서도 젠체하기 좋아하는 그는 자신은 인생을 살아보기도 전에 물려버렸다고 주장했다. "내가 태어나서 어떻게 울었냐고요? 난 울지 않았어요. 단지 하품을 했을 뿐이죠."

베르트랑 송브르리외(1915-1984)

보주 지방 코르니몽 출신인 그는 막대한 재산을 물려받은 덕에 일하지 않고 여행 등 자신이 좋아하는 것만 하며 평생을 보냈다. 그는 문학적 재능은 없었으나 문인과 어울리기를 좋아했다. 자크 프레베르와 로베르 캉테르 같은 작가도 그의 친구였다고 한다. 1940년에서 1962년 사이에 그는 동명이인 전기를 집필했다. 유명한 인물과 동명이인인 사람들의 전기인데, 그는 이를 자비로 인쇄해 서점에 갖다놓았다. 이름에 속아 넘어갈 독자들을 생각하며 혼자 킬킬대면서. 그는 에로 지방 라트 시의 구두 수선공인 『테오필 고티에*의 생애』, 두 지방의 세일즈맨인 『캉브론**의 생애』를 썼다. 『랑세***의 생애에 대한 몇 가지 논평』은 많은 사람들이 샤토브리앙의 책에 대한 해설서라고 생각했지만, 실은 오랭 지방의 중소 사업가인 모리스 랑세의 삶에 대한 이백여 개

* 프랑스 작가.

** 프랑스 장군.

** 17세기 프랑스의 성직자. 샤토브리앙은 그에 대한 일종의 전기인 『랑세의 생애』(1844)를 썼다.

의 아포리즘을 모아놓은 것에 불과했다. 또 『레닌의 생애』는 벨기에 철도청 직원이자 공산당 리에주 지부 멤버인 클레망 레닌에 관한 것이다. 1959년 그는 두 작품을 발표한다. 『마레샬 조프르』는 1802년에 태어나 1850년 콩피에뉴에서 사망한 제철공 클로드 조프르에 대한 것이며,* 『프레지당 푸앙카레』는 1949년부터 1956년까지 코르니몽의 관광협회 회장을 역임한 마티외 푸앙카레의 삶을 이야기하고 있다.** 그의 마지막 책은 1975년에 나왔다. 『베르트랑 송브르리외가 이야기하는 베르트랑 송브르리외』는 자서전이 아니다. 이 책은 작가의 동명이인이자 그가 7월을 보내려 종종 내려갔던 피레네 지방의 조그만 호텔 주인 베르트랑 송브르리외의 삶에 대한 책이다.

* 프랑스 장군 조제 조프르를 떠올리게 하는 제목이지만 실은 '원수'를 뜻하는 마레샬(maréchal)과 '제철공'을 뜻하는 마레샬 페랑(maréchal-ferrant)에서 마레샬(maréchal)의 철자가 같은 것을 이용한 속임수이다.

** 프랑스 제3공화국의 대통령 레몽 푸앙카레를 떠올리게 하는 제목이지만 실은 '프레지당(président)'에 대통령과 회장이라는 두 가지 의미가 있다는 것을 이용한 속임수이다.

착각의 나라(야푸족은 어떻게 말하는가)

내가 야푸어의 수수께끼를 해결하게 된 것은 아마존 지역을 세번째 여행했을 때였다. 그때 나는 수십 년 전부터 그것을 알아내는 데 실패한 다른 사람들과 마찬가지로 이 수수께끼를 푸는 것은 불가능하다고 결론을 내린 상태였다. 민족학자와 언어학자 사이에서 야푸족은 일종의 전설이었다. 다른 사람들보다 좀더 똑똑한 어떤 친구*가 그것을 재구성하는 데 성공하기 전까지 수백 년 동안 '페르마의 정리'가 수학자들에게 그러했듯이 말이다. 그런데 이러한 비교마저 사실은 적절한 것이 못 된다. 과거 페르마가 그의 정리를 분명히 논증했다는 것은 의심의 여지 없

* 수학계의 해결되지 않은 난제로 남아 있던 페르마의 정리를 1993년에 증명한 영국의 수학자 앤드루 와일스를 말함.

는 사실이었다. 따라서 페르마만큼 명석한 어떤 인물이 다시 한 번 그것을 증명해내는 건 언젠가는 가능한 일이었다. 반면 야푸어가 진정으로 이해 가능한 것인가에 대해서는 많은 사람이 의문을 제기했다. 예를 들어 네덜란드의 위대한 언어학자 빌헬름 그루스는 한 저서에서 이렇게 주장했다. "이 언어는 다른 모든 언어의 공통적인 규칙과 모순되는 특수한 성격을 지니고 있다. 따라서 야푸족은—최소한 이 관점에서 보자면—인류와 구별되는 종족이다." 이어 그루스는 비관적인 어조로 "이 때문에 우리 서양인이—다른 사람들도 마찬가지겠지만—야푸어의 비밀을 알아낼 가능성은 거의 없다"고 덧붙였다. 미국 민족학자 마거릿 마커는 1965년에서 1974년 사이에 여섯 번이나 야푸족을 방문한 끝에 더욱 극단적인 결론에 도달했다. 그녀에 따르면, 그 누구도 야푸어를 이해할 수 없다. 왜냐하면 간단히 말해 이 언어에는 이해할 것이 아무것도 없기 때문이며, 또 그것은 야푸족이 말 그대로 정신이상자들이기 때문이다. 그녀는 『인디언과 대화하기』의 마지막 장에 이렇게 썼다. "야푸어를 철저히 연구해보면 우리는 깨닫게 된다. 야푸족이 말하는 문장에는 항상 한 개 혹은 여러 개의 터무니없는 요소가 포함되어 있어서 의미를 파악할 수 없다는 사실을. 따라서 우리는 다음과 같은 부인할 수 없는 사실과 마주치게 된다. 거의 항상, 그리고 모든 상황에서 야푸족은 아무렇게나 말한다. 다시 말해 이 부족은 개인적으로나 집단적으로 미쳐 있는 것이다."

내가 이러한 야푸어의 수수께끼를 규명하겠다는 야심을 품은 것은 사실 무모한 짓이었다. 고명한 대가들도 줄줄이 실패했는데, 새파란 무명 학자에 불과한 내가 무슨 수로 성공하겠는가? 야푸족을 연구해보겠다고 고집스럽게 덤비는 나를 두고 동료들은 시간 낭비라며 빈정거렸다. 그들은 말하곤 했다. 이미 전문가들이 이 언어는 이해 불가능하다고 분명히 밝히지 않았던가? 이런 언어를 이해해보겠다고 덤비기보다는 차라리 다른 일을 하는 편이 낫지 않겠는가? 이런 식으로 그들은 문제를 진지하게 검토해보려 하지 않고 이미 알려진 쉬운 견해를 고수했다. 이러한 조건하에서 야푸족이 사는 지역으로 연구 여행을 떠나기 위한 경비를 대학 당국으로부터 얻어낸다는 것은 불가능했다. 결국 나는 꾀를 내어 여행 목적에 대해 거짓말을 했다. 나는 야푸어가 이해 불가능하다는 주장을 뒷받침해줄 새로운 논증을 찾아내기 위해 현장 연구를 떠난다고 설명했다. 즉 내 진정한 목적과는 정반대의 목적을 댄 것이다. 대학 당국자들은 미심쩍어하긴 했지만, 결국 지원금을 내주었다. 그리고 이 탐사 여행은 내 관점에서 보자면 대실패로, 동료들의 관점에서 보자면 성공으로 끝났다. 육 개월 동안 정글에서 갖은 고생을 하며 야푸족을 따라다녔는데도 그들의 말하는 방식을 전혀 이해할 수 없었으며, 그들이 미쳤다고 주장하는 사람들이 옳았음을 입증하는 새로운 증거만 잔뜩 가지고 돌아왔기 때문이다.

하지만 나는 포기하지 않고 두번째 여행을 준비했다. 다시 한번 지원금을 타내기 위해 이번에도 거짓말을 했다. 야푸족과 같은 지역에 사는 미피보족의 풍속을 연구하고 싶다고 둘러댄 것이다. 그렇게 현지에 도착한 나는 즉시 야푸족의 마을로 향했고, 나를 열렬히 환영해주는—그들은 외부와의 접촉을 기피하는 경향이 있었지만 손님 접대는 매우 좋아했다—그들과 함께 지내며 다시 한번 그들의 언어의 비밀을 파헤쳐보려 시도했다. 하지만 이번에도 실패였다. 더욱이 이번에는 미피보족에 대한 연구 결과조차 제대로 얻지 못한 채 프랑스로 돌아오게 되었다. 다행히 대학 당국에 이런저런 사정을 설명하는 것으로 별 탈 없이 끝나긴 했지만, 대학은 대신—충분히 이해할 수 있는 일이지만—앞으로는 파리 근교 밖으로의 모든 여행에는 한 푼도 지원해주지 않겠다고 결정했다. 하지만 상관없었다. 그다음 방학이 되자 나는 내 적금을 깨서 다시 떠났다. 그리고 팔 주 동안을 더 야푸족과 접촉하며 지낸 끝에 드디어 모든 사람이 이해 불가능하다고 여기는 것을 이해하는 데 성공했다.

*

야푸족은 아마존 밀림의 가장 깊은 곳에 살며, 계절에 따라 한 마을에서 다른 마을로 이동하며 지낸다. 벌써 두 번이나 그들을 방문했기 때문에 그들은 나를 알아보았다. 그들은 나를 다시 보게 되자 몹시 반가워하며 나의 방문을 축하하는 조촐한 잔치까지 벌였다. 그런 흥겨운 잔치 분위기가 지나가자 그들은 생업으로 돌아갔고, 나 역시 그곳의 풍경에 녹아들어가 그들의 일상을 관찰하기 시작했다. 사실 야푸족은 일상에서 어떤 대단한 일을 하지는 않는다. 양식을 찾는 일, 이것이 그들의 주요 활동이다. 그들은 사냥, 고기잡이, 채취, 혹은 초보적인 경작 따위를 통해 살아간다. 그들 음식의 기본을 이루는 것은 카사바 뿌리이다. 그들은 이것으로 둥글넓적한 빵, 볶은 가루, 술 등을 만든다. 또 맥, 멧돼지, 사슴 같은 동물도 잡아먹는다. 육지거북 역시 그들이 즐기는 음식 중 하나인데, 그들의 사촌이라 할 수 있는 투피과라니족과 마찬가지로 이는 여자가 월경을 할 때 먹을 수 있는 유일한 고기이다. 야푸족은 부족이 다음 날 먹을 양식까지 확보하고 나면 일을 중단하고 휴식을 취한다. '비축'이란 개념은 그들에게 존재하지 않기 때문이다. 야푸족은 당장 필요한 양 이상으로 식용 뿌리를 채취하거나, 미래를 위해 남겨놓는 일이 결코 없다. 한번은 나도 그들을 따라 숲으로 채취를 하러 갔다. 우리는 초시류 곤충의 애벌레며 과라나 열매 등을 채취했는데, 무리의 우두머리가 음식물을 충분히 모았다고 판단해 오늘 일은 끝났다고 선언했다. 그런데 열매가 잔뜩 달린 나무를 발견하여 가지 하나를 공략하고 있던 나는 열매를 다 따지 않고 내버려둔다는 건 너무도 유감스런 일이라 생각되어 작업을 끝까지 마치리라 작정했다. 그러자 깜짝 놀란 야푸족은 내 주위에 몰려들어 만류했다. 처음에 나는 그들이 우두머리의 명령에 복종하지 않는 나의 태도에 불만을 느낀 것이라고 생각했다. 하지만 그들의 얼굴에 나타난 것은 분노나 반감이라기보다는 어떤 우정 어린 염려, 마치 나의 건강을 걱정하는 듯한 표정이었다. 필요 이상으로 열매를 따는 행위—마르크스의 표현을 빌리자면 '잉여노동'—는 그들에게 단순히 어리석은 짓을 넘어서서 위험한 행동으로까지 여겨지는 모양이었다. 그들에게 노동이란 당장 생존의 문제가 걸려 있으면 견딜 만한 것이지만, 그렇지 않은 경우라면 용납할 수 없는 것이 된다. 부족에게 필요한 양이 충분히 모이는 즉시 '채취'의 의미는 완전히 반대로 변해버린다. 불과 오 분 전까지만 해도 기계적으로, 아니 심지어 흥겹게 수행하던 일이 갑자기 하나의 고문이 되어버리기 때문에, 이 세상 그 무엇도 그들을 계속 일하게 만들 수 없다.

하지만 잠깐, 이 글의 주제는 야푸족 사회의 경제나 생존 방식이 아님을 상기해야겠다. 지금 우리의 관심사는 그들의 언어가 아닌가? 자, 그럼 다시 본론으로 돌아와보자. 조금 전에 나는 야푸어를 연구한 인류학자들이 그것은 이해 불가능한 언어라고 판단한 바 있다고 말했다. 하지만 이 언어를 묘사할 수 있는 적절한 표현은 '이해 불가능한' 보다는 '부조리한' 이라고 해야 할 것이다. 야푸어 어휘의 상당한 부분은 아직 해독해야 할 과제로 남아 있지만, 우리는 가장 일상적으로 사용되는 몇몇 단어의 뜻 정도는 알고 있다. 반면 이 단어들이 어떤 식으로 배열되어 일정한 의미를 가지게 되는지는 전혀 이해할 수 없다. 야푸족은 단어를 제멋대로 대체하여 사용하는 듯 보인다. 즉 그들이 하는 말의 의미는 그들이 사용하는 어휘와 다소간 무관해 보인다. 그것은 분명히 황당한 일이며, 바로 이런 의미에서 마거릿 마커는 그들이 미쳤다고 결론지었던 것이다. 실제로 그들은 언어의 개념을 상실한 정신이상자와도 비슷하다. 따라서 그들은 음식을 요구하기 위해 당신에게 '난 배고파요' 라는 말 뿐만 아니라 '당신의 우산을 빌려주세요' 라고도 말할 수 있는 것이다. 당신이 그들의 뜻을 정확히 이해하리라고 마음속에 확신을 품고서 말이다. 그루스는 이렇게 적었다. "우리는 야푸족이 무슨 말을 하는지는 알 수 있지만, 그들이 의도하는 의미를 알 수 있는 경우는 극히 드물다. 그들에게 시니피앙과 시니피에의 관계는 상당히 느슨해서, 무수한 방식으로 새로이 조합될 수 있는 것 같다. 이 무수한 방식, 즉 이 무한한 가능성에도 한계가 존재한다면, 그것을 발견해내는 일이야말로 우리의 연구 과제이리라. 물론 이러한 혼돈 가운데 어떤 기준점, 우리가 연구할 때 도움이 될 기준점이 존재하지 않는 것은 아니다. 다시 말해서 모호하지 않고, 단일한 의미를 지닌 듯 보이는 말이 몇 개 존재한다(그것이 우리의 정신에 안도감을 준다). 반면 나머지 단어들은 전혀 일관되지 못한 방식, 즉 언어학의 기본 규칙과 상반되는 방식으로 사용된다. 어떤 야푸족 사람이 세 단어 이상의 문장을 말할 때, 거기에는 항상 의미를 알 수 없게 만드는 터무니없는 점이 있다. 그래서 전혀 이해하지 못한 당신이 두 팔을 축 늘어뜨리고 멍한 얼굴을 하면, 야푸족 사람은 외려 측은한 표정으로 당신을 쳐다본다. 백인이란 지적 능력이 너무 떨어져서 이렇게 힘들어하는구나 하는 표정으로 말이다."

야푸어의 어려움은 그들이 대화 중에 억양을 전혀 사용하지 않는다는 점 때문에 더욱 커진다. 그들의 대화를 관찰하다보면 참으로 기묘한 느낌이 든다. 대화의 주제와 맥락과 분위기에 상관없이 그들은 늘 특색 없고 단조로운 목소리를 유지하며, 무슨 말을 할 때든 느릿느릿 태평스런 어조를 잃지 않는다. 따라서 어떤 야푸족 사람의 현재 기분을 알기 위한 유일한 방법은 그의 얼굴을 살피는 것인데, 이마저도 거의 항상 아무런 표정이 없는 그들인지라 쉬운 일이 아니었다. 더욱 기이한 사실은, 야푸족은 의문이나 감탄을 표현하는 방식을 모른다는 점이다. 우리는 상대방에게 잘 지내냐고 물을 때, 음성에 적절한 굴곡을 가해 지금 내가 질문하고 있다는 사실을 명확히 할 수 있다. 하지만 야푸족은 사정이 다르다. 귀로 듣기만 해서는 지금 상대방이 질문하는 건지, 명령하는 건지, 어떤 비밀을 밝히는 건지, 혹은 어떤 우스운 이야기를 하는 건지 전혀 알아낼 수 없다. 그들에게 모든 것은 그때그때의 감정에 따라 결정되는 모양이다. 한번은 애벌레 껍질 까는 일에 열중하며 상대를 보지 않고 얘기를 나누는 두 여인을 본 적이 있다. 그때 한 여인은 다른 여인에게 세 번이나 똑같은 문장을 똑같은 어조로 말했다. 그때마다 메시지의 수신자는 다른 반응을 보였다. 처음에는 웃었는데, 이를 보고 나는 어떤 재미있는 농담을 했다고 생각했다. 두번째에는 눈썹을 치켜올리며 깜짝 놀란 표정을 지었다. 그리고 마지막에는 화를 냈다. 마치 상대방이 비난이라도 한 듯이 말이다. 나는 무진 애를 써보았지만, 대체 어떤 특별한 상황이 하나의 메시지를 어떤 때는 이런 의미로, 다른 때는 저런 의미로 만드는지 이해할 수 없었다. 결국 나는 혹시 야푸족에게는 동족의 심중을 읽는 신통력이 있는 것은 아닌가, 그래서 그들의 허술한 언어가 정확하게 전달할 수 없는 메시지의 진정한 내용을 발견할 수 있는 것은 아닌가, 라고 자문하기까지 했다.

그런데 야푸족은 이런 놀라운 공감 능력이 있는지는 잘 모르겠지만, 서로 주고받는 내용을 해석할 때 자주 착오를 범한다. 사실 그들이 주고받는 대부분의 메시지는 잘못 해석되기 때문에, 거의 언제나 그들은 요구받은 것이 아닌 다른 일을 하며, 무언가를 물어봐도 곧바로 대답하는 법이 거의 없다. 그리고 바로 여기에 그들의 비밀이, 그들의 신비의 열쇠가 숨어 있다.

몇 해 전, 피에르 굴드라는 벨기에 학자가 이러한 야푸어의 특이성을 설명하기 위해 그럴듯한 가설 하나를 내놓았다. 그에 따르면, 한 단어를 다른 단어로 대체하여 사용하는 야푸족의 성향은 하나의 특수한 담화 유형, 즉 시(詩)와 비교될 수 있다. 그는 이렇게 썼다. "야푸어의 명백한 부조리성에 대해서는 다른 설명이 있을 수 없다. 야푸족은 시대에 앞서 초현실주의를 발명했으며, 입을 열 때마다 '달콤한 시체 시작법'*을 실행하는 태생적인 시인의 사회이다. 우리 서구인이 마법이 깨어진 세계에 이야기와 시를 통해 신비를 돌려주려고 시도한다면, 그들은 문학적 창조 속에서 자연스럽게 호흡하고 있다. 그들은 항상 그렇

---

* 프랑스 초현실주의 시인들이 1925년에 창안해낸 시작법. 여러 명의 참가자가 서로 전혀 모르는 채 각기 문장의 한 요소씩 채워 시를 짓는 방식이다.

게 살아왔기 때문에 아마 의식조차 못하고 있을 그런 세계 속에서 말이다. 이러한 관점에서 나는 야푸족이야말로 우리의 모델이며 우리의 학교에서는 그들의 대화를 발췌하여 가르쳐야 한다고 생각한다."

굴드의 동료들은 그가 농담 삼아 이런 글을 썼다고 생각했지만, 그는 아주 심각하게 한 말이었다. 그리고 그의 시각은 진실에 매우 근접했으나, 내 생각에는 야푸어의 부조리함이 지닌 깊은 의미만큼은 잘못 짚었다. 사실 야푸어는 시인의 언어가 아니다. 실없이 웃기는 언어일 따름이다. 아주 이상하게 보일지 모르지만, 야푸족은 실수를 하는 데서 즐거움을 느끼며, 심지어 자신들의 착각에 일종의 신성한 가치를 부여한다. 내가 조사한 바에 따르면 야푸어에는 '착오'를 의미하는 단어가 마흔여덟 개나 있으며, 그 각각은 온갖 종류의 오해를 표현한다. 사실에 대한 착오부터 인물 간의 혼동, 날짜의 혼동, 의도의 모호함에 이르기까지…… 이에 비하면 프랑스어는 너무도 빈곤하게 느껴질 정도이다. 나는 그들의 말 가운데 '착오'를 뜻하는 단어가 빈번히 나타나는 것을 보고, 처음에는 이것이 어떤 무의미한 말버릇이나 구두점 같은 것이라 생각했다. 하지만 천만의 말씀이었다. 착각 때문에 복잡하게 얽혀드는 상황은 야푸족에게 진정한 사회적 기능을 지닌다. 피에르 굴드는 야푸족이 천성적인 시인이라고 주장했지만, 나는 오히려 무의식적인 희극배우라고 말하고 싶다. 그들의 삶은 일종의 끊임없는 보드빌*, 일상생활 가운데 일어나는 사소한 사건 하나하나가 말도 안 되는 일련의 오해를 낳는 계기가 되는 희극인 것이다. 여기서 나는 분명히 말할 수 있다. 착오와 오해는 부족 간 전쟁과 식인 풍습과 더불어 야푸족 사회를 떠받치는 네 개의 기둥이라고. 이에 대해 민족학자들은 다음과 같은 반론을 제기하리라. 이성 간 성관계가 금지되면 인간 집단이 존속할 수 없는 것(그리되면 집단은 한 세대 후에 멸종할 테니까)과 마찬가지로, 한 사회가 착오를 기반으로 세워지는 것은 불가능하다고. 하지만 나는 절대 내 주장을 철회하지 않을 것이다. 야푸족 사회는 오해를 기반으로 세워졌으며, 나아가 야푸족은 모든 상황에서 최대한 오해를 끌어내고자 노력한다. 그리고 야푸어의 특수성은 바로 여기에서 기인한다. 즉 착오야말로 그들 사회의 본질적 가치이기 때문에, 그들의 언어 역시 최대한의 오해를 위한 요구 사항에 부응해야 했던 것이다. 야푸어의 이러한 점에 대해 단 하나의—동시에 지극히 뚜렷한—예를 보여줄 터인데, 그것은 바로 '이름'이다.

* 19세기에 유행했던 프랑스의 연극 장르로, 음모, 착각, 오해 등으로 복잡하게 뒤얽히는 상황이 웃음을 자아내는 가벼운 내용의 희극이 주를 이룬다.

*

다른 곳과 마찬가지로 야푸족 사회에서도 부모는 자식들에게 이름을 지어준다. 하지만 이웃 미피보족처럼 자식들이 누리기를 바라는 복이나 미덕을 뜻하는 이름을 짓는 대신 그들의 어휘 체계에 속한 가장 평범한 단어를 이름으로 쓰는데, 그중에서도 가장 즐겨 선택하는 것이 바로 대명사이다. 여기서 나는 보다 명확한 설명을 위해 프랑스어로 추론해보려 한다. 이러한 최소한의 변환을 통해 여러분이 훨씬 쉽게 이해할 수 있으리라 믿기 때문이다.

야푸족은 자식들에게 '피에르' '폴' '마르그리트' 같은 이름 대신, '나' '너' '그' '그녀' '그들' '우리' 같은 이름을 붙인다. 이러한 고유명사가 얼마나 기이한 것인지는 금방 실감할 수 없을 것이다. 이를 제대로 이해하기 위해서, 당신의 이름이 '너'일 경우 당신의 삶이 어떻게 될지 한번 상상해보기 바란다. 길거리를 지날 때마다 당신은 누군가가 이 이인칭 대명사를 말하는 소리를 듣게 될 테고, 그때마다 끊임없이 누군가가 자신을 부른다고 착각하는 정신병 걸린 개처럼 말소리가 들리는 방향으로 몸을 돌릴 것이다. 또 조금 전에 내가 말한 사실, 즉 야푸족은 억양이란 걸 모르며, 모든 것을 상황에 따라 해석한다는 사실을 생각해보라. 그러면 이러한 종류의 이름이 얼마나 기막힌 문제를 야기할지 조금이나마 이해할 수 있을 것이다. '그건 너야' 라는 아주 간단한 문장을 예로 들어보자. 프랑스어로 이 문장은 단 하나의 의미밖에 없다. 하지만 야푸족에게는 두 가지 의미가 있다. '너'는 이 문장의 수신자를 지시할 수도 있고, '너'라는 이름을 가진 어떤 사람을 말할 수도 있다. 하지만 문제의 복잡성은 여기서 끝나지 않는다. 부족 사람 각각이 서로 다른 대명사를 가질 수 있을 만큼 대명사의 종류가 풍부하다면 얼마나 좋으랴마는 현실은 그렇지 못하다. 이런 이유로 '너'라는 소리가 들리면 항상 대여섯 명이 고개를 돌리며 대답하게 된다. 그렇다면 야푸족은 아주 섬세해서 여러 '너'들에 서로 다른 형용사(예를 들어 '작은 너' '큰 너' '바보 같은 너' 등)를 붙여 각각을 구별하는 것일까? 천만의 말씀이다. 그들은 지금 누구 얘기를 하는지 전혀 모르는 상황이 되면 오히려 신이 나고, 이로 인한 혼란에서 큰 즐거움을 느낀다.

문장이 더 복잡해지면, 문제는 현기증이 일 정도로 커진다. '너 그를 봤어?'라는 간단한 문장을 생각해보자. 내가 이 문장에 붙인 의문부호를 보고 당신은 곧장 이것이 질문임을 눈치챌 것이다. 하지만 야푸족은 아무것도 모른다. 그들의 언어에는 의문부호와 그에 따른 특별한 억양이 없기 때문이다. 그래도 야푸족이 이를 질문으로 받아들였다고 가정해보자. 이 경우 네 가지 가능성이 존재한다. 첫째, '너'라는 이름의 사람이 '그'라는 이름의 사람을 보았는지 묻는 경우. 둘째, '너'라는 이름의 사람이 이름은 말해지지 않았지만 대화 중에 앞에서 언급되었던 사람을 보았는지 묻는 경우. 셋째, 질문의 수신자가 '그'라는 이름의 사람을 보았는지 묻는 경우. 넷째, 질문의 수신자가 이름은 말해지지 않았지만 대화 중에 앞에서 언급된 사람을 보았는지 묻는 경우…… 이제 야푸족이 착각하여 이 문장을 의문문이 아닌 긍정문으로 해석했다고 가정해보자. 이 경우 네 가지 새로운 가능성이 추가로 발생하며, 따라서 이 문장을 이해할 수 있는 방식은 모두 여덟 가지가 된다. 그런데 이런 종류의 문장은 어떤 대화에서든 늘 튀어나올 수 있지 않은가? 이 점을 생각해보면, 야푸족이 서로를 완벽히 이해하는 것은 불가능하며, 대화가 세 마디 정도 오간 뒤 완전한 혼돈에 빠져버리지 않는다면 그거야말로 기적이라는 결론에 이른다.

나는 여러 차례 장난삼아 그들을 매혹시킬 만한 짤막한 문장을 던져보곤 했다. 예를 들어 '나는 나고, 너는 너다' 혹은 '너, 나, 그, 그리고 다른 모든 사람이여, 우리 함께 떠납시다' 따위 문장 말이다. 그들은 멍하니 입을 벌렸고, 그다음에는 새로운 욕설을 배운 아이들마냥 신이 나서 그 문장을 반복했다. 지금도 그들은 내가 그들의 단조로운 어조를 흉내 내며 던진 그 함정으로 가득한 문장의 진정한 의미가 무엇인지 알아내기 위해 열심히 토론하고 있으리라. 사정이 이러하니 야푸족 사회에서 철학적 담론이란 전적으로 불가능하며, 모든 공적 담화는 두말할 나위 없이 실패할 수밖에 없다. 극단적인 예를 하나 들어보자면, 어떤 사람이 쉰 개의 단어로 이루어진 담화로 행하는 연설을 열 명의 청중이 이해할 수 있는 방식은 모두 50^{10}개에 달한다고 말할 수 있다. 이 점은 야푸족 사회의 지극히 불완전한 정치 구조의 성격을 설명해주지만, 여기서의 주제는 이것이 아니므로 길게 부연하지 않겠다.

*

나는 야푸족을 이해하기 위해 많은 시간과 노력이 필요했다. 물론 그들 자신도 서로를 전혀 이해하지 못하는 터에, 내가 그들을 제대로 이해했다고 단언하기는 어렵다. 다시 말해서 내가 그들의 비밀을 알아냈다는 것은 논리적 모순으로 가득한 언어를 가지고 하루하루 끙끙대며 살아가는 그들의 방식을 어렴풋이나마 이해했다는 것에 불과하다. 어쨌거나 나는 그들과의 접촉을 통해 많은 것을 배울 수 있었다. 그들 세계에서의 마지막 체류를 끝내고 돌아온 나는 우리 사회 조직의 합리성에 다시 적응하는 데 조금 애를 먹었다. 프랑스에서는 비행기 표를 예약하거나 책을 한 권 주문할 때, 예정된 날짜에 올바른 목적지로 떠나는 비행기에 탑승하는 것이나, 자기 주소로 책을 받는 것에 대해 조금도 걱정할 필요가 없다. 물론 이러한 규칙성에는 상당한 이점이 있는 게 사실이며, 나는 우리 삶의 방식이 야푸족의 그것에 비해 한결 단순하고 살 만하다는 사실에 이의를 제기할 생각이 없다. 그렇지만 다른 한편으로는 우리의 삶에 재미가 덜하다는 사실을 고백하지 않을 수 없다. 그들의 사회 체계는 그들에게 무료함을 느낄 시간을 주지 않는다. 솔직히 말하자면 내가 볼 때 그들의 삶은 우리의 삶보다 훨씬 더 풍요롭고 다채롭다. 그렇다면 우리 또한 몇몇 자유의 공간을 보존하는 것이 필요하지 않을까? 야푸족의 부조리한 감각을 조금이라도 맛볼 수 있는 그런 예외적인 공간을 말이다. 이런 이유로 나는 공공 행정과 관료주의의 무한한 확장에 찬성한다. 이것들이야말로 온갖 실수와 어처구니없는 행태의 마르지 않는 온상이니까.

내가 나의 아내 아바에(야푸어로 '우리')를 만난 것도 바로 야푸족 마을에서였다. 그곳을 마지막으로 여행할 때 그녀와 사랑에 빠진 나는 그녀의 부모를 설득해 그녀를 유럽으로 데려올 수 있었다. 그렇게 해서 이 년째 같이 살고 있다. 그녀는 프랑스어를 할 줄 알지만, 둘만 있을 때는 야푸어로 대화하고, 그 결과 우리 집은 무질서와 혼란의 소굴이 되어버렸다. 지난해 그녀는 쌍둥이를 낳았다. 두 녀석은 구별하기 힘들 정도로 꼭 닮았다. 두 자녀에게 같은 이름을 주는 것은 법으로 금지되어 있기 때문에 우리는 각각 테오필과 테오프라스트라는 이름을 붙여주었다. 녀석들이 자라면 우리는 이름과 의복을 교환하는 법을 알려줄 작정이다. 그들의 이름을 언급할 때 누구에 대해 말하는 건지 전혀 알 수 없게끔 말이다. 그리고 만일 녀석들 역시 이러한 착각을 좋아하는 기미가 보인다면, 아이들을 데리고 야푸족이 사는 곳으로 떠나려 한다. 아이들이 인생이 끝나는 날까지 끊임없이, 그리고 모든 것에 대해 착각하면서 살 수 있도록.

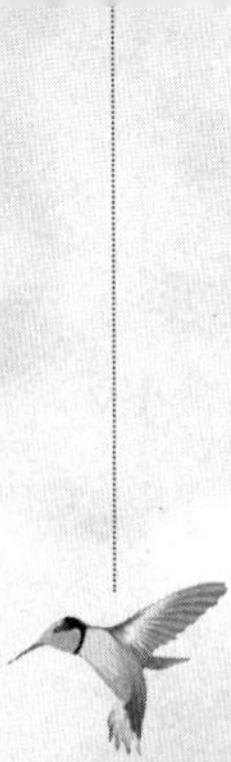

기름 바다

내가 피에르 굴드를 만난 것은 안트베르펜 항에서 수로 안내인으로 일할 때였다. 내 일은 굵은 강철 밧줄을 이용해 거대한 선박을 정박시키는 작업이었다. 육체적으로 매우 고된 일이었다. 하지만 나는 수십만 세제곱미터의 석유를 실을 수 있는 그 거대한 유조선 가까이에서 일하는 게 좋았다. 수로 안내인은 항상 두 명씩 짝을 지어 일한다. 한 사람은 바다에 떠 있는 예인선에서 작업한다. 갈고리가 달린 장대로 밧줄을 건져 올려, 육지에서 던져주는 밧줄을 그 끝에 연결한다. 나머지 한 사람은 부두에서 작업한다. 하지만 두 사람 모두 조심해야 하기는 마찬가지다. 예인선 위에 서 있으면 아찔할 때가 한두 번이 아니다. 정박용 말뚝이 박힌 선착장과 유조선 사이에서 일할 때면, 자신이 마치 매머드 주위를 날아다니는 날파리처럼 느껴진다. 해류, 너울, 스크루가 일으키는 물결에 휩쓸려 언제라도 선체 아래로 빨려 들어갈 수 있는 위험이 도사린다. 부두 위의 위험은 종류가 다르다. 거기서는 밧줄에 적당한 장력이 걸리도록 항상 주의해야 한다. 만일 강철 밧줄이 팽 하고 풀리기라도 하면, 당신은 칼에 잘리는 버터 덩이처럼 두 동강 나버릴 것이기 때문이다. 하지만 내가 여기에서 하고 싶은 이야기는 선박 정박 작업이 아니라 피에르 굴드와 만나게 된 사연이다.

그는 그 장소가 얼마나 위험한지 모르는 관광객처럼 부두 위를 기웃거렸다. 심지어 의무로 착용해야 하는 안전모조차 쓰지 않고서. 체크무늬 양복 차림에 동그란 안경을 쓴 그는 이 살벌한 장소에 어쩌다 길을 잃고 들어온 보수파 국회의원이나 법학 교수를 생각나게 했다. 부두 위에서 그에게 신경을 쓰는 사람은 아무도 없었다. 선원들은 그를 못 본 척했고, 하역 인부들은 자기 일에 바빠 그에게 물러가라고 할 겨를이 없었다. 하지만 그가 다칠까봐 걱정이 된 나는 부두에서 나가라는 충고를 하려고 그에게 다가갔다. 그는 선박 한 척을 유심히 살펴보고 있었다. 페르시아 만에서 온, 전체 길이가 백오십 미터에 달하는 멕시코 유조선인 페드로 파라모 호였다.

"선생님, 뭐 도와드릴 일이라도 있습니까?"

그는 내 얼굴을 쳐다보았다.

"정말 엄청난 괴물이오! 안 그렇소?" 그는 미소 지으며 말했다.

그는 진정으로 감탄한 표정이었다. 그 모습에 나는 그가 배에 대해 별로 아는 게 없다고 결론을 내렸다. 왜냐면 페드로 파라모 호는 결코 큰 배라고 할 수 없었기 때문이다. 항구 곳곳에 이보다 훨씬 더 큰 배가 있지 않은가. 하지만 그의 기분을 상하게 하고 싶지 않아 나는 그냥 고개를 끄덕였다.

"네, 아주 멋진 배죠."

그에게 부두에 서 있으면 안 된다고 일러주려는데, 그가 다시 말을 이었다.

"그런데 이 배, 상태가 별로 좋아보이지 않는군."

나는 깜짝 놀라 페드로 파라모 호의 선체를 주의 깊게 살펴보았다. 평소에 나는 내가 정박시킨 선박들의 상태에 그다지 주의를 기울이지 않는다. 망가진 어뢰정이든 16세기의 대형 범선이든 별다른 신경을 쓰지 않는 것이다. 그런데 가만히 살펴보니, 과연 페드로 파라모 호는 그리 새것이 아니었다. 아마 이십여 년, 혹은 그 이상 항해한 배 같았다. 선체는 녹이 슬었고 깨진 선창도 여럿 보였으며 배 이름은 페인트 칠이 들떠 있었다.

"선생님 말씀이 맞군요. 새것 같아 보이진 않네요." 내가 말했다.

"이 배 유조 안에 석유가 얼마나 들어가는지 알고 계시오?"

나는 몰랐다. 하지만 전문가 체면이 있으니 대충이라도 계산해서 말해야 할 것 같았다.

"이십만 세제곱미터 정도 될 것 같은데요."

"정확히 말하자면, 모두 스물한 개의 유조에 이십오만 일천 세제곱미터가 들어간다오. 선적하지 않은 상태의 배 무게는 이만 구천 톤으로, 에펠탑 무게의 서른 배에 달하오. 선체 아랫부분, 즉 용골에서 마스트 꼭대기까지의 길이는 사십오 미터가 넘고. 한 번 연료를 채우면 사십여 일을 항해하는데, 이 시간이면 지구 둘레의 사분의 삼을 주파할 수 있소."

나는 입을 딱 벌리고 말았다.

"어떻게 그 모든 걸 다 아시죠?"

그는 수사 결과를 밝히는 탐정 같은 은밀하고 진지한 표정으로 대답했다.

"얼마 전부터 이 페드로 파라모 호를 주시해왔소. 내 생각에 이 배는 조금만 더 기다리면 무르익게 될 거요."

"무르익다뇨?"

"그래요, 무르익을 거요. 커다란 자두처럼. 앞으로 수십만 킬로미터만 더 항해하면, 이 배는 쩍 벌어질 거요. 확실하오."

"아니, 대체 무슨 말씀이죠?"

그의 눈은 기쁨으로 반짝반짝 빛났고, 입은 환한 미소를 띠며 벌어졌다.

"바다에 석유를 쏟아내며 침몰할 거라는 말이오. 그래서 아름다운, 아주 아름다운, 황홀할 정도로 아름다운 기름 유출 사고를 일으키게 되는 거지."

그는 양복 주머니에서 조그만 양철 상자를 꺼내 뚜껑을 열어 내게 내밀었다.

"아몬드 과자 하나 드시겠소?"

상자 안에는 과자가 가득 들어 있었다. 내가 하나를 집어들었더니, 그도 두 개를 집어 입에 넣고 상자를 닫았다. 우리는 페드로 파라모 호를 흥미롭게 바라보며 묵묵히 과자를 씹었다. 그의 태도가 정말 기이하다는 생각이 들었다.

"내 말을 듣고 놀라셨소?" 그가 물었다.

"아뇨, 아뇨. 약간…… 이상하다고만 느꼈습니다."

"이해하오. 암, 이해하고말고! 하지만 나를 미친 사람이나 변태라고 생각하지는 말아주시오. 내 맹세코 이 고철 덩어리가 화물을 바닷속에 쏟아내며 부서지기를 바라는 것은 아니오. 얼마나 끔찍하겠소! 그건 끔찍하고 비윤리적인, 너무나도 비윤리적인 일이겠지. 나는 윤리성과 미덕, 그리고 이에 따르는 것들을 중요하게 생각하는 사람이오. 그 누구보다 내가 먼저 단언하겠소. 기름 유출 사고는 진정 무섭고도 부끄러운 재앙이라고."

그는 다시 상자를 꺼내 과자를 입에 넣었다.

"하지만 말이오……"

그가 갑자기 아주 심각한 표정을 지었다. 눈은 가늘어지고 목소리는 한층 엄숙해졌다.

"기름 유출 사고는 인간이 저지르는 다른 가증스런 일과 크게 다르지 않소. 내가 보기에 그것은 살인 사건과 똑같은 방식으로 고찰될 수 있는 문제요."

그는 '살인 사건'이라는 단어를 강조해서 말했고, 이에 내가 흠칫하는 것을 보았다.

"걱정 마시오." 그는 웃으면서 말했다. "나는 기름 유출 사고와 마찬가지로 살인 사건이 일어나는 것도 바라지 않으니까. 그로 인한 결과는 다를지라도(여기서 그 결과를 비교해보지는 않겠소. 둘 다 인간이 낳은 결과물 중 가장 하층에 위치한 것이어서, 그것이 비록 학문적 목적을 위한 것이라 해도 거기까지 내려가본다는 것은 썩 유쾌한 일은 아니기 때문이오) 둘 다 단죄받아 마땅한 일이오. 하지만 우리 솔직히 말해봅시다. 좋소! 살인과 해양오염이 끔찍하고 부끄럽고 용납할 수 없는 것이라고 인정합시다. 그렇다고 해보자고요. 하지만…… 그게 다일까요? 우리가 모든 걸 다 말했다고 할 수 있을까요?"

그는 마치 대답을 기다리듯 강렬한 눈으로 나를 쳐다보았다.

"글쎄요, 그런 것 같은데요." 나는 어깨를 으쓱하며 말했다.

"아니요!" 그는 외치듯 말했다. "아니요, 선생. 다 말한 게 아니란 말이오. 사실은 말해야 할 것의 반만 말한 것에 불과하오. 왜냐면 살인 사건이나 기름 유출 사고는 동전의 양면이기 때문이라오. 우리는 온갖 부정적인 어휘를 사용해 이것들을 단죄할 수 있소. 하지만 이는 양면 중 한 면만 바라본 것에 불과하다오. 다른 면도 존재한다는 거지. 그 다른 면을 보기 위해서는 대부분의 사람들이 다가갈 수 없는 정신적 태도를 취해야 하오."

"무슨 말씀인지 잘 모르겠는데요."

그는 양복저고리 속에 손을 넣었다. 나는 그가 아몬드 과자를 한 개 더 주려는 것이라고 생각했다. 하지만 그는 질 나쁜 종이로 만든 소책자 하나를 꺼냈다.

"이 강의집을 아시오?"

책 표지에는 아무것도 쓰여 있지 않았다.

"이게 뭐죠?"

"빌려줄 테니 읽어보시오. 다음에 만날 때 내게 돌려주면 되오. 내 명함은 책 안에 있소."

책을 펼쳐보니, 과연 그 안에는 판지로 된 멋진 명함이 한 장 있었다. '피에르 굴드'라는 이름과 함께 'SCMN'이라는 글자와 전화번호가 적혀 있었다.

"이 약자는 무엇을 의미하지요? 해양 회사 이름 같은데요."

"선박 회사는 아니오. 그 강연집을 읽어보면 그게 뭘 의미하는지 이해할 거요. 자, 이제 난 가봐야겠소. 오늘 방문해야 할 배가 아직 많이 남았으니까."

그는 양복저고리 단추를 잠그고 두 손을 주머니에 찔러넣은 다음 걸음을 옮겨 멀어져갔다.

"하지만 어떻게 해야 선생님을 다시 뵐 수 있죠?" 나는 그를 향해 소리쳤다. "이 책을 돌려드려야 할 것 아닙니까?"

"나는 종종 이 부두에 나온다오." 그는 고개를 돌리지도 않고 대답했다. "그리고 만일 그 강연 내용에 흥미가 생기면 명함에 적힌 전화번호로 연락하면 되오."

손에 책을 든 채 나는 페드로 파라모 호의 발치에 서서 멀어져가는 그의 뒷모습을 멍하니 바라보았다. 그리고 그가 부두에 쌓여 있는 컨테이너 사이로 사라져버린 뒤에야 퍼뜩 깨달았다. 일반인은 항구에 접근해선 안 된다고 말해주는 걸 잊어버렸음을.

*

내가 피에르 굴드와 그의 아몬드 과자를 떠올리게 된 것은 그로부터 사흘 후, 바지 주머니를 비우다 책을 발견했을 때였다. 그것은 온통 구겨져서, 돌려주기 전에 두꺼운 사전으로 눌러두어 펴는 게 좋겠다는 생각이 들 정도였다. 책은 오십이 쪽밖에 되지 않았다. 굴드가 말했듯 그것은 어떤 강연 내용을 기록한 글이었다. 글은 이렇게 시작되었다.* "신사 여러분. 저는 영광스럽게도 귀 위원회로부터 '예술의 한 분야로 간주된 살인'이라는 어려운 주제로 강연을 해달라는 부탁을 받았습니다. 이 임무는 지금부터 삼사 세기 전에는 비교적 쉬운 일이었을 것입니다. 그때만 해도 이 예술 분야는 거의 이해받지 못했으며, 이의 위대한 모델로 제시된 작품 또한 거의 없었기 때문입니다. 하지만 전문가들이 완벽한 걸작들을 내놓고 있는 우리 시대에는 사정이 다릅니다. 안목이 높을 대로 높아진 대중이 이 분야를 다루는 비평에서도 동일한 발전을 기대하기 때문입니다." 나는 저자가 이 글을 통해 말하고자 하는 바를 금방 이해할 수 있었다. 이것은 '살인 사건'이 단순한 선과 악의 문제를 떠나서 특수한 검토를 요하는 미학적 차원을 포함하고 있음을 논증하는 글이었다. "아름다운 살인 사건에는 두 명의 멍청한 인간(살인자와 피해자), 단검, 돈주머니, 그리고 으슥한 골목길, 이런 것을 뛰어넘는 요

* 다음의 글은 영국의 문필가 토머스 드퀸시의 『예술의 한 분야로 간주된 살인에 대하여』(1827)를 피에르 레리스가 불역한 것의 발췌문이다. (원주)

소가 포함되어 있습니다." 다시 말해 전체적인 그림, 구성, 빛과 그림자, 시정, 감정 같은 요소에 주의를 기울여야 한다는 것이었다.

너무도 흥미로운 말이었고, 가장 코믹한 구절에 이르러서는 웃음을 터뜨리지 않을 수 없었다. 칼로 자행되는 살육극을 조금의 죄책감도 없이 하나의 예술 작품으로 간주하는 것이 가능하다고 청중을 설득하는 강연자의 명석함과 능수능란함에는 읽는 이의 감탄을 자아내는 무언가가 있었다. 저자는 자신의 주장이 윤리에 어긋난다는 비난을 피하기 위해, 독자에게 다음의 방법을 적용할 것을 제안했다. "어떤 살인 사건이 이른바 파울로-포스트-푸투룸의 시제(어떤 일이 아직 실현되지 않았고, 심지어 실현 중에 있지도 않으며, 단지 막 실현되려 하는 시제) 속에 있다면, 그리하여 그것이 일어날 거라는 소문이 우리 귀에 들려온다면, 그때는 그것을 도덕적으로 다룹시다…… 하지만 이렇게 가정해봅시다. 그것이 이미 실현되어 지난 일이 되었다고. 그래서 *Τετέλεσται*, 즉 '이건 끝났다' 혹은 (메데이아의 그 견고한 거상(巨像)에 새겨진 표현을 쓰자면) *εἴρηται*, 즉 '이건 완결되었다'라고 말하지 않을 수 없게 되었다고. 살해당한 불쌍한 사내가 고통 끝에 숨을 거뒀고, 살인을 범한 악당이 아무도 모르는 곳으로 번개처럼 사라져버렸다고 가정해봅시다. 달아나는 자에게 발을 뻗어 딴죽을 걸어보려 해보는 등 최선을 다했지만 결국 모든 것이 허사가 되어버렸다고—아비이트, 에바시트, 엑스케시트, 에루피트* 등등—가정해봅시다. 그렇다면 여러분에게 묻노니, 더이상 덕성을 발휘해본들 무슨 소용이 있겠습니까? 도덕에는 충분한 관심을 기울여주었으니, 이제는 취향과 예술의 차례가 아니겠습니까?" 백 퍼센트 동의할 수는 없었지만 아주 잘 쓴 글이었다. 강연자는 더없이 심각한 척하며 말했지만 그의 말에는 너무도 많은 유머가 섞여 있어, 나는 그의 말을 진심으로 믿을 수 없었고, 그의 이론에 찬동할 수도 없었다. 어쨌든 오랜만에 실컷 웃은 나는 유쾌한 기분으로 잠을 청했다. 그렇게 침대에 누우니 궁금해졌다. 과연 굴드의 주장처럼 이 재치 있는 작가가 살인 사건을 대상으로 행한 것, 즉 '예술 비평'을 기름 유출 사고에도 정말 적용할 수 있을까?

한 달 후에 나는 굴드를 다시 만났다. 그는 시오도어 포위스 호 앞에 서 있었다. 그 배는 그날 저녁 마르세유로 출발할 예정인 영국 유조선으로, 페드로 파라모 호와 비슷한 크기였다. 차가운 겨울 날씨였음에도 그는 카키색 반바지와 무릎까지 올라오는 흰색 양말 차림이었고, 등에는 조그만 천 배낭을 메고 있었다.

* abiit, evasit, excessit, erupit. 로마의 철학자 키케로가 한 말로, "그는 떠났고, 탈출했고, 도망갔고, 사라져버렸다"라는 뜻.

이런 차림을 보니 그가 마치 비쩍 마른 늙은 보이스카우트처럼 느껴지기도 했다.

"이것도 무르익었나요?" 나는 그에게 가까이 다가가 물었다.

"네?" 그는 놀란 표정을 짓더니 이윽고 나를 알아보았다. "아, 당신이군요!"

그는 내 쪽으로 걸어와 반갑게 손을 잡았다. 그의 손은 몹시 차가웠다.

"당분간은 걸작을 만들기 좀 힘든 물건이오." 그는 시오도어 포위스 호를 쳐다보며 말했다. "선체가 이중으로 되어 있는 데다 런던에 있는 선주는 아주 치밀한 실업가니까. 아뇨. 지금 나는 저쪽에 보이는, 파나마 국기가 나부끼는 저 유조선에 희망을 걸고 있다오."

그는 우리가 있는 곳에서 수백 미터 떨어진 곳에 정박한 한 유조선을 가리켰다. 너무 멀어서 배 이름은 잘 보이지 않았다.

"자, 선생님 책입니다." 나는 책을 그에게 내밀었다.

"오, 고맙소."

그는 반바지 호주머니에서 예의 양철 상자를 꺼내 내게 아몬드 과자 한 개를 권한 다음 자신도 두어 개를 먹었다.

"어때, 좋았소?" 과자를 씹으며 그가 물었다.

"많이요. 아주…… 놀랍더군요."

"하하, 그렇지 않소? 이런 글은 초등학생도 읽어야 하는데."

나는 그가 한 말을 곱씹어보았다. 만일 위대한 음악 작품이나 거장의 그림, 혹은 시를 감상하듯 아름다운 범죄의 뛰어난 점을 감상하는 법을 초등학생에게 가르친다면, 이 세상은 과연 어떤 곳이 될지 상상해보면서.

"이젠 당신도 이해했으리라 믿소. 내가 속한 그 협회의 목적이 무엇인지." 굴드가 다시 말했다.

"네, 알 것 같습니다. 선생님은 기름 유출 사고 전문가가 아니십니까?"

"맞소!" 굴드가 얼굴이 환해져서 외쳤다. "바로 그거요! 그래, 당신은 어떻게 생각하시오?"

"글쎄, 어떻게 말씀드려야 할까요. 정말이지 이 글을 읽으면서 지루하지는 않았습니다. 네, 재미있었어요. 하지만 한두 가지……"

"말씀해보시오."

"환경 오염자를 살인자에 비교한 것은 이해가 잘 갑니다. 하지만 다른 인간 활동도 마찬가지로 말할 수는 없지 않나요?"

"어허, 그건 너무 성급한 판단이오! 무슨 뜻인지 이해는 하겠소. 하지만 기름 유출 사고는 예를 들어 항공기 사고보다 훨씬 더 미학적 접근의 가능성이 크지 않소? '기름 유출 사고 전문가 협회'는 존재하지만, '항공기 사고 전문가 협회'는 존재하지 않는 것은 결코 우연이 아니오."

"네, 그럴 수도 있겠네요." 나는 그의 기분을 상하게 하지 않으려고 반박하지 않았다. "자, 그럼 두번째 의문점을 말씀드리죠. 해변이 기름막에 덮인 광경을 보고 느끼는 미학적 즐거움이 어떤 건지 잘 상상이 되지 않네요."

"그건 당신이 가까이에서 본 적이 없기 때문이오."

그가 너무도 확신에 찬 어조로 말해서 나는 아무 말도 할 수 없었다.

"자, 내 말을 들어보시오. 보아하니 완전히 확신하지 못하는 것 같은데, 참으로 안타깝소. 내가 보기에 당신은 가치 있는 분이오. 다시 말해 우리의 눈과 정신이 누릴 수 있는 가장 세련된 쾌락 가운데 하나를 놓치고 살기에는 너무 아까운 분이란 말이오."

그의 말을 들으면, 기름 유출 사고의 미학적 가치를 판단할 줄 아는 것은 독일 철학을 이해하는 것만큼이나 드문 특권이라고 느껴질 정도였다.

"가장 좋은 방법은 언제 한번 우리 모임에 참석하는 것이오." 그가 설명했다. "다음 모임은 일주일 후에 열리오. 꼭 오겠다고 약속해주시오."

그는 배낭에서 만년필을 꺼내 종이에 주소를 하나 적고 두 번

접은 뒤, 경계하는 눈빛으로 주위를 둘러보며 내게 내밀었다. 그러고는 이렇게 덧붙였다.

"늦지 않도록 하시오."

*

기름 유출 사고 전문가 협회의 모임은 두 달에 한 번, 매번 다른 장소—벨기에 곳곳의 호텔, 지하실, 뒷방 등등—에서 열렸다. 그날 저녁, 그들이 모임을 가진 곳은 안트베르펜에서 멀지 않은 한 영화관이었다. 사실 내가 굴드의 초대에 응한 것은 모임 장소가 가까운 곳이었기 때문이다. 브뤼셀, 바스토뉴, 혹은 샤를루아 같은 곳까지 차를 몰고 가야 했다면 아마도 포기했으리라. 굴드는 나를 포옹하며 반갑게 맞아주었고, 다른 회원들에게도 소개해주었다. 모인 사람은 모두 삼십여 명이었는데, 프랑스어권 출신과 네덜란드어권 출신*이 섞여 있었다. 휠체어를 탄 노인, 애거사 크리스티를 꼭 빼닮은 부인, 그리고 실내가 어두운데도 선글라스를 벗지 않은, 얼굴에 칼자국이 난 젊은 사내 등 나이와 계층도 다양했다. 굴드는 내게 아몬드 과자 한 개를 권하

* 벨기에의 공용어는 두 개로, 왈론어라고 하는 프랑스어와 플라망어라고 하는 네덜란드어이다.

고, 그날 저녁 프로그램에 대해 알려주었다. 우선 한 이탈리아 교수의 강연을 들은 뒤에 회원 가운데 한 명인 필리프가 아시아에서 찍어온 사진을 감상한다는 것이었다. 나는 고개를 끄덕이고 홀의 중앙 좌석에 앉았다.

모든 사람이 자리를 잡고 나자, 말라치라는 교수가 들어와 스크린 앞에 마련된 책상에 앉아 멋진 이탈리아어 억양이 섞인 목소리로 강연을 시작했다. 강연의 주 내용은 유조선 난파부터 중유의 해안 상륙에 이르기까지, 기름 해안 형성의 각 단계에 관한 매우 상세한 설명이었다. 말라치는 해수면에 떠 있는 기름막의 결집 정도와 표면 넓이가 휘발도와 용해도와 밀도에 따라 어떻게 달라지는지 설명했고, 이어 이렇게 확산된 기름막이 바람과 조류에 의해 어떻게 사방으로 퍼져나가게 되는지 알려주었다. 그는 단언했다. “운이 좋을 경우 중유는 곧장 해안을 덮치게 되죠.” 그러자 홀 안 여기저기서 웃음이 터져나왔다. ‘운이 좋다’는 것이 뭘 의미하는지 충분히 이해하고 있다는 웃음이었다. 말라치는 계속해서 바위와 식물을 덮친 기름의 작용에 대해 설명했다. 그는 발표 주제를 정확히 파악했으며, 화학부터 시작해 지질학, 생물학, 기상학에 이르는 해박한 지식을 마음껏 펼쳐 보였다. 그는 어떻게 중유가 바위 틈에 사는 생명체를 질식시켜 죽이는지 설명한 다음, 결국 기름 덩어리는 굳고 바스러져서 떨어져

나가 "물결에 휩쓸려 새로운 모험을 향해 떠나게 된다"는 말로 결론지었다. 요컨대 기름은 해안 수 킬로미터를 덮고 있다가 공기와의 접촉으로 산화된 뒤 결국 바다에 흩어지게 된다는 것이었다. 그런데 때로는 환경주의자들과 소위 '양식 있는 시민'들이 삽을 들고 몰려와 그 멋진 기름 덩어리를 눈 하나 까딱 않고 수거하고 파괴한다. "섬세한 취향을 지닌 우리가 보기에는 너무도 황홀한 그 완벽한 끈적이는 검정 덩어리"를 말이다!

교수가 마지막으로 덧붙인 말에 청중은 우레와 같은 박수로 화답했다. 말라치는 몇 가지 질문에 대답한 후 연단에서 내려갔고, 인도 여행에서 돌아온 필리프라는 청년이 마치 사도처럼 엄숙한 얼굴로 연단에 나왔다. 그는 오만 해에서 두 유조선이 충돌해 엄청난 규모의 기름 유출 사고가 발생했다는 소식을 듣고 부랴부랴 현지로 달려갔다. 필리프는 우선 두 선박이 충돌하게 된 상황을 설명하고, 두 선박 중 큰 쪽에서 발생한 화재를 상세히 묘사했다. 그것은 한마디로 묵시록을 연상케 하는 장면이었다고 그는 말했다. 먼바다 쪽으로 예인해 가는 유조선 뒤에 남은 기름 막은 불에 타고 있었으며, 하늘은 시커먼 연기로 가려져 세상은 마치 일식 때처럼 캄캄했다고 한다. 그렇게 사흘간 유출이 계속된 끝에 마침내 배는 기울어 침몰하며 남은 기름을 바다에 모두 쏟아냈다. 그런데 운 좋게도 필리프는 헬리콥터를 얻어 타고 일대를 조망하면서 항공 사진을 찍을 수 있었다. 그런 다음에는 바트칼과 쿤다푸르 사이 해안으로 달려가 유출된 기름이 밀려오는 광경을 구경할 수 있었다. 대양처럼 밀려와 해안을 뒤덮어버리는 시커먼 기름은 하느님이 장난삼아 양동이로 퍼붓는 뜨거운 타르를 연상케 했다.

홀 안의 조명이 꺼지고, 스크린에 첫번째 이미지가 영사되었다. 헬리콥터에서 사진 촬영한 거대한 검은 버섯구름이었다. 그리고 유조선이 침몰하는 순간들, 그리고 엄청난 양의 기름이 유조에서 빠져나와 바다 위로 퍼지는 장면이 이어졌다. 그레코의 〈폭풍우 치는 하늘〉 앞에서 미술 애호가들이 그러하듯 회원들은 황홀해했다. 필리프는 사진을 한 장 한 장 설명하면서, 그 암울한 장면을 실제로 볼 때 느낌이 어떠했는지 들려주었다. 다음에는 기름막이 몰려왔을 때 해안에서 찍은 사진들이었다. 항공 사진은 비교적 추상적이라 그런대로 견딜 만했지만 해안에서 찍은 사진은 속이 뒤집힐 정도로 혐오스러웠다. 잿빛 가래톳*마냥 바위에 들러붙은 기름 덩어리, 끈적이는 검은 물질을 부리까지 뒤집어쓴 새, 고무래로 기름을 긁어모으는 비장한 얼굴의 현지 주민. 한쪽에 홀로 서 있는 어린 사내아이는 기름에 발을 담그고,

---

* 넓적다리 윗부분의 림프절이 부어 생긴 멍울.

손에 든 끈적한 기름 덩어리를 역겨운 눈으로 내려다보면서, 그것을 멀리 던져버려야 할지 아니면 이 거대한 비탄의 세계에 더 이상 아무것도 덧붙이지 않기 위해 그냥 들고 있어야 할지, 어찌할 바를 모르겠다는 얼굴로 서 있었다. 참으로 끔찍한 이미지들이었다. 굴드는 내 옆에 와서 앉더니, 내가 취해야 할 태도를 상기시켜주었다. 그가 속삭였다. "이곳에서 윤리는 아무 상관 없다는 사실을 기억하시오! 이 재앙은 이미 일어난 일이오. 그리고 우리는 이에 대해 아무 책임도 없고, 어떻게 해볼 수조차 없소. 그러니 죄책감 같은 것일랑 그냥 내려놓도록 하시오." 나는 역겨운 감정을 그럭저럭 참아내고 있었다. 그런데 다른 회원들은 오히려 쾌락에 겨워 낄낄대는 게 아닌가! 참으로 기이한 일이었다. 중유를 뒤집어쓴 새와 오염된 해변, 기름이 뚝뚝 떨어지는 이끼의 이미지들 앞에서 그들은, 보통 사람들이 포르노를 볼 때와 똑같은 반응을 나타냈다. '기름 유출 사고 전문가'들은 단순히 삐딱한 취향의 소유자가 아니었다. 그들은 특별한 종류의 음란함을 즐기는 애호가, 지극히 섬세한 변태적 쾌락만을 찾는 세련된 색정광에 비교할 수 있는 사람들이었다.

나는 충격적인 사실을 깨달았다. 나 자신도 이 유희에 동참하고 있었던 것이다. 이미지를 볼 때마다 나는 보다 참혹한 다른 이미지가 나타나기를 기다렸고, 클로즈업된 사진을 볼 때마다 다음 사진은 더욱 가까이에서 찍은 것이기를 바랐다. 또 기름 웅덩이가 나타날 때마다 다음 것은 더욱 넓고 두껍고 구역질 나는 것이기를, 그리고 사람들은 그것을 파괴하는 방법도, 확산을 억제하는 방법도 모른 채 다만 망연하게 바라보기를 바랐다. 나는 이성적으로 생각해보려 했다. 매혹에 사로잡힌 나 자신에게 건전하고 진지한 질책을 던져보려 애썼다. 하지만 아무 소용 없었다. 나는 피에르 굴드(지금 그는 희열에 사로잡혀 미친 듯이 두 손을 비벼댔다)가 빌려준 책의 저자와 똑같은 감정을 느꼈다. 그것은 바로 '도덕적 관점에서 충격적이고 용납할 수 없는 어떤 행위가 예술적 취향의 원칙에 비추어볼 때 위대한 가치를 지닌 위업이라는 사실을 발견할 때 오는 만족감'이었다. 주마등처럼 이어지는 기름 띤 해안 사진은 한동안 계속되다 끝났다. 나는 역겨움과 황홀함이 뒤섞인 심정으로, 이 타락한 예술 애호가들의 박수갈채에 나도 모르게 동참했다.

*

보름 후, 나는 새벽 두시에 걸려온 전화벨 소리에 잠이 깨었다. 굴드였다. 그는 흥분해서 외쳤다.

"하나가 왔어! 방금 라디오에서 뉴스가 나왔다고. 엄청난 놈이야! 스페인에서! 당신도 꼭 그걸 봐야 해!"

그는 사건을 요약해주었다. 어제 저녁, 남아프리카의 한 유조선이 스페인 피니스테레 곶과 멀지 않은 해상에서 암초에 부딪혔다. 유조들이 파괴되어 수만 리터의 정유가 대양에 퍼지고 있다. 조류가 제대로만 흘러준다면, 내일은 기름이 스페인 해안까지 이를 것이다. SCMN은 이 재난을 참관하기 위해 즉각 단체여행 계획을 짰다.

"아침 여섯시에 당신 집에 들르겠소. 차에 자리가 좁을 테니 짐은 최소한으로 준비하시오."

"여섯시라고요? 그건 불가능해요!"

"사장한테 전화해 아프다고 해요. 이런 걸작을 구경할 수 있는 기회는 생전에 다시 오지 않을 테니까."

그는 전화를 끊었다.

약속한 시간에 그는 다른 기름 유출 사고 찬미자들과 함께 우리 집에 들이닥쳤다. 나는 커피 한 잔 마시고 가자고 권했지만, 그들은 허비할 시간이 없다고 거절했다. 결국 나는 배낭을 싸들고 미니버스에 올랐다. 우리는 차에 시동을 걸고 출발했다.

대단한 여행이었다! 우리는 어린 시절 스키 교실을 떠올리게 하는 축제 분위기로 들떴다. 필리프는 앞자리에 앉아 우리의 운전사 피에르에게 길을 안내했다. 누군가 회사 팀장에게 전화하라며 휴대폰을 빌려주었다. "침대에 누워 있어요. 몸살에 걸려서요……" 내 주위에 있는 회원들은 숨을 죽이고 킥킥댔고, 내가 전화를 끊자 모두들 폭소를 터뜨렸다. 우리는 곧 릴에 도착했다. 우리는 두 시간마다 운전사를 바꾸었다. 고속도로 주변의 단조로운 경치에 지루해지자 필리프가 노래를 부르자고 했다. 우리는 씩씩한 군인처럼 목청껏 노래를 부르기 시작했고, 이어 장기자랑 대회까지 벌였는데, 정유회사 '셸'의 사장을 기막히게 흉내 낸 뱅상이 우승했다. 파리에 이르자 운전대를 잡은 에르베르가 이젠 모두 조용히 하고 휴식을 좀 취하라고 충고했다. 우리는 오를레앙까지 잠을 잤고, 거기에서 잠시 내려 식사를 한 뒤 운전사를 바꿔주고 주유소에도 들렀다. 오염의 진전 상황을 알기 위해 삼십 분마다 라디오 뉴스에 귀를 기울였다. 기름이 우리보다 빨리 해안에 도달하지 않기를 간절히 기원하면서.

오후 여섯시경에 스페인 국경을 통과했다. '산세바스티안'과 '빌바오'라고 적힌 도로 표지판이 나타나자 피에르는 환호성을 질렀다. "벌써 석유 냄새가 느껴져!" 우리는 두란고에서 잠시 내려 저녁을 먹고 피에르의 남은 아몬드 과자를 모두 먹은 다음, 마지막 여정을 위해 다시 미니버스에 올랐다. 이제 우리는 몹시 지쳤다. 하지만 모두가—나 역시도—어서 목적지에 도착하기만을 초조하게 기다렸다. 뱅상이 중얼거렸다. "밤이 되기 전에 도착해야 할 텐데." 해안에 가까워질수록 우리는 더욱 엄숙해졌다. 부엘나에 이르렀을 때, 버스 안에서 들리는 소리라곤 길을 안내하는 '부기장'이 짤막하게 지시하는 말, 그리고 언제 중요한 뉴스가 나올지 몰라 틀어놓은 라디오의 웅얼거리는 듯한 소리뿐이었다. 전문가들은 떨리는 마음으로 그들 인생 최고의 아름다운 감동을 체험할 준비를 했다.

천구백 킬로미터의 긴 여행 끝에, 마침내 우리는 목적지인 피니스테레 곶에 도착했다. 밝은 밤이었다. 이 정도면 기름이 해안으로 몰려오는 광경을 충분히 구경할 수 있으리라. 하지만 어느 쪽에서 들이닥칠지 알 수 없었던 우리는 해안도로를 따라 이십 분 정도 달리면서 혹시 경찰차나 공사용 차량, 혹은 환경주의자들의 차량이 있는지 살펴보았다. 그런 차들이 보인다는 것은 기름이 흘러드는 지점이 가까이 있다는 표시가 아니겠는가? 나는 녹초가 되었고, 일단 호텔을 찾는 게 현명하겠다고 생각했다. 하지만 동지들은 한번 냄새를 맡은 이상 기름을 찾아내기 전까지는 결코 쉬지 않으리라는 사실 또한 잘 알았다. 새벽 두시, 우리는 아래쪽 해변에서 한 무리의 사람들과 불빛을 발견했다. 무히아 근처부터 핸들을 잡았던 굴드는 브레이크를 밟았고, 차를 도로변에 주차한 뒤 만세를 부르며 바다 쪽으로 달려갔다. 모래사장에 수많은 사람이 모여 있었고, 뱅상과 나는 지나가는 두 사람에게 기름이 벌써 도달했느냐고 서투른 영어로 물었다. 그들이 큰 몸짓으로 재앙의 규모가 얼마나 큰지 설명하고 있을 때, 벌써 해변에 이른 굴드가 빨리 오라고 헉헉대며 우리를 불렀다.

마침내 우리는 해변에 도착했다. 숨이 막힐 듯한 광경이 펼쳐졌다. 주위에서 우주복 같은 고무 작업복으로 무장한 사람들이 분주히 움직였다. 불도저들은 부르릉거리며 작업을 했고, 트럭이 끄는 트레일러에는 삽으로 퍼 올린 기름 덩어리가 쌓여갔다. 우리 눈앞에서 첫 기름 덩어리가 파도에 실려왔다. 비록 어두웠지만, 서서히 금빛 모래를 뒤덮는 그 검고 끈끈한 물질을 알아볼 수 있었다. 회원들과 나는 벅찬 감동을 느끼며 그 광경을 바라보았다. 난 모든 것이 아름답게 느껴졌다고, 아니 그 이상이었다고 고백해야겠다. 나는 기름 유출 사고 전문가들의 미학을 그 누구보다 급진적으로 받아들였다. 주위 사람들이 그 더러운 것들을 치우려고 바삐 움직이는 것이 보였다. 이 대재앙 때문에 향후 이십 년간 해변은 황량한 모습으로 남게 될 것이었다. 하지만 나는 더이상 마음이 아프지도, 죄책감을 느끼지도 않았다. 이 밀려드는 중유를 제거하기 위해 과연 내가 뭘 할 수 있단 말인가? 앞으로 몇 주 동안 해안에 흘러들어올 수천 톤의 기름 앞에서, 앞으로 몇 개월 동안 제거해야 할 끈적한 기름 덩어리 앞에서 내 두 팔과 내 선의는 다만 무력할 뿐이었다. 그렇다면 합리적으로 생각해야 했다. 피니스테레 곶을 구할 수 없다면, 최소한 그 아름다운 광경을 감상할 수는 있지 않은가? 굴드의 책에 적힌 내용이 떠올랐다. "물론 그것은 슬픈 사건입니다. 매우 슬픈 사건이죠. 하지만 우리는 아무것도 할 수 없습니다. 그렇다면 이 고약한 사건에서 최상의 것을 끄집어냅시다. 이 고약한 사건을 망치로 아무리 두드려봐도 도덕적으로 유용한 그 무엇을 더는 만들 수 없습니까? 그렇다면 그것을 미학적으로 다루어봅시다. 최소한 미학적으로는 쓸 만한 것이 될 수 있는지 살펴봅시다."

우리 가운데 누가 처음 웃었는지는 기억나지 않는다. 어쨌든 그 웃음은 모두에게 전염됐고, 우리는 행복의 눈물마저 흘렸다. 맨 먼저 신발을 벗고 바지를 걷어 올리고 파도를 향해 뛰어간 사람은 바로 나였다. 동지들도 나를 따라했고, 우리는 아무도 밟지 않은 눈밭을 향해 달리는 아이들처럼 석유 속으로 뛰어들었다. 나는 생생히 기억한다. 그 끈적한 검은 물질에 발이 빠져들 때, 모래 위를 음란하게 철벅대며 걸을 때 느껴지던 그 감미로운 감각을…… 사람들은 경악하여 우리를 쳐다보았다. 더러운 돼지우리로 변한 대양에서 즐거워하는 우리를, 소리치고 낄낄대고 티 없이 맑은 달마저 더럽히겠다는 터무니없는 희망에 사로잡힌 듯 더러운 기름 덩어리를 하늘을 향해 집어던지는 미친 우리를.

뒤섞인 사랑

에두아르 르누비에는 자신이 근무하는 은행에서 가까운 호텔 삼 층에 방 하나를 일 년 계약으로 임대했다. 부유한 사람이라 방세는 크게 신경 쓰지 않았다. 사실 그렇게 대단한 호텔도 아니었다. 그가 업무차 여행할 때 묵곤 하는 다른 특급 호텔에 비하면 격이 한참 떨어졌으니까. 이곳이 호화로운 곳이 아니라는 사실은 별로 중요치 않았다. 중요한 것은, 호텔이 은행 바로 옆이어서 몇 분이면 걸어서 오갈 수 있다는 사실이었다. 입구가 인적 드문 으슥한 거리 쪽에 있다는 사실 또한 기분 좋은 일이었으니, 그는 무엇보다도 은밀함을 중요하게 여겼기 때문이다. 그는 이 호텔에 일주일에 세 번 가야 하는 사정이 있었고, 그 사정 때문에 어느 정도의 은밀함이 필요했던 것이다.

이쯤 되면 독자는 상상하리라. 이 르누비에라는 작자는 업무 중간에 슬그머니 빠져나가 낮잠을 즐기는 게으름뱅이가 아닐까? 혹은—이보다 엉뚱한 가정이겠지만—르누비에는 사기꾼이고, 이 호텔 방은 그가 은행에서 빼돌린 지폐 다발을 쟁여두는 창고가 아닐까? 하지만 진실은 더 단순한 것이었다. 적지 않은 나이임에도(그는 곧 예순 살이 된다) 르누비에는 바람둥이였다. 그에게는 아내 외에도 세 여인이 있었고, 네 여인을 동시에 사랑하는 행복을 좀처럼 포기하려 들지 않았다. 그것은 곧 그는 정확하게 짜인 시간표와 그것을 엄격히 준수할 필요가 있다는 의미였다.

오랜 조정을 거쳐, 그는 다음과 같은 매우 편리한 시스템을 고안해냈다. 일주일 중 사흘은 가족과, 나머지 사흘은 정부들과 보내는 것이었다. 일요일에는 선친에게 물려받은 연못가 방갈로에서 혼자 시간을 보내며 취미를 즐겼다. 바로 낚시였는데, 그의 생각으로는 절대적인 고독을 필요로 하는 활동이었다. 월요일 저녁에는 엘렌과 만났다. 엘렌은 철학을 전공하는 스물여섯 살의 대학생으로, 사랑을 나누고 나면 그에게 아리스토텔레스와 헤겔에 대해 얘기해주곤 했다. 수요일 저녁에는 서른여덟 살의 수학 교사 이자벨을 만났다. 전공 분야의 엄격한 성격에 걸맞게 엄숙한 거동과 차가운 용모의 소유자인 그녀는 속에 관능에 불타는 여인을 감추고 있었다. 금요일 저녁은 폴리나와 함께 보냈다. 몇 해 전 모나코의 언덕길에서 자동차 사고로 숨진 동료의 미망인이었다. 그보다 나이가 많았으나, 르누비에는 셋 중 그녀에게 가장 강렬한 욕구를 느끼곤 했다. 르누비에는 문학과 극적인 일을 즐기는 그녀에게 피에르 장 주브의 소설『폴리나 1880』을 선물했다. 멋진 책의 제목이 다름 아닌 자신의 이름이라는 사실을 발견하면 몹시 좋아할 거라 생각했기 때문이다. 사실 그녀는 이 소설을 이미 알았지만, 짐짓 놀라는 척했다. 그리고 사랑을 끝낸 뒤 달콤한 시간을 보낼 때, 때때로 핸드백에서 그 책을 꺼내 몇 구절 읽곤 했다. 그가 그녀의 어깨며 목덜미, 머리카락에 입을 맞출 때 말이다. 마지막으로 화요일, 목요일, 토요일 저녁은 몽테뉴 대로의 자기 아파트에서 아내 엘리즈와 아들 마르탱과 함께 보냈다.

그는 네 여인 모두에게 뻔뻔스러운 거짓말을 했다. 엘리즈에게는 자신이 정신없이 바쁘며, 경력을 쌓는 데 도움을 주는 고위 인사들과 만나기 위해 정치 클럽이나 모임에 출입하노라고 말했다. 남편이 튼튼한 인맥을 쌓길 바랐던 엘리즈는 일주일에 세 번 있는 남편의 외박을 받아들였다. 세 정부에게는 뉴욕의 사무실을 오가야 하고, 근동 지방에서 열리는 회의에도 자주 참석해야 한다고 둘러댔다. 이러한 전략은 잘 먹혀들었는데, 그가 뛰어난 거짓말쟁이에다 사람들에게 신뢰감을 주는—그가 일하는 분야에서 가장 중요한 자질이다—인물이었기 때문이다. 그래서 젊은 엘렌은 그가 파리에는 일주일에 이틀만 머물고, 나머지 시간에는 사업차 전 세계의 수도를 돌아다닌다고 확신했다. 그리고 이틀 중 하루는 그의 아내에게 할애하고 나머지 하루는 자신에게 바치니, 그만하면 괜찮은 타협이라고 판단했다. 이자벨은 르누비에가 거물 경제인, 국립행정학교 출신 고위 관료, 유대인 사장 등을 포함한 어떤 비밀 조직에 속해 있다고 믿었다. 그가 암시조차 하지 않았는데도 그녀 혼자 상상해낸 엉뚱한 생각이었다. 르누비에게는 반가운 일이 아닐 수 없었다. 그저 그녀의 환상을 유지해주기만 하면 되었으니까. 이를 위해 그는 대화 중간중간에 넌지시 몇몇 단서를 흘려서 그녀가 자신은 보통 사람들은 모르는 비밀 기관과 관계를 맺고 있다고 상상하게 만들었다. 그녀는 이러한 사실에 황홀해했고, 그가 바쁜 것을 당연하게 여겼다. 폴리나가 가장 다루기 쉬웠다. 셋 중 가장 순진했기 때문이다. 그를 일주일에 한 번밖에 보지 못한다는 사실은 그녀에게 문제가 되지 않았다. 르누비에가 시간을 낼 수 없다면 거기에는 충분한 이유가 있을 것이고, 그 이유는 그의 사업과 관련된 것일 터이며, 그의 사업은 자신이 상관할 바가 아니라는 것이—어차피 관심도 없으니까—그녀의 생각이었다. 르누비에에게 이러한 신뢰는 큰 힘이 되었다. 이것은 두 사람이 마음이 맞는다는 증거였고, 무엇보다 새로운 핑곗거리를 꾸며내는 수고를 덜어주었으니까.

이렇게 우리의 은행가 양반은 네 여인과 함께 잘 지냈다. 그는 이 세상의 그 무엇을 준다 해도 삶의 방식을 바꾸려 하지 않았을 것이고, 연인 가운데 한 명을 선택하라고 강요받았다면 몹시 난감해했을 것이다. 그는 종종 생각해보았다. 이 네 개의 삶을 동시에 영위할 수 없는 상황이 오면 어찌할 것인가? 만일 이 가운데 하나를 버려야 한다면, 누구의 입술, 누구의 목소리를 포기하는 것이 가장 좋을까? 그 답은 아무리 생각해도 나오지 않았다. 이자벨의 두 눈은 엘렌의 머리카락만큼이나, 폴리나의 가슴은 엘리즈의 향기만큼이나 필수불가결한 것이니까. 그렇다고 자신이 일부다처제 가족의 가장이라고 느끼는 것도 아니었다. 왜냐면 각 '러브스토리'는 하나의 칸처럼 다른 것과 엄격히 분리되어 있어서, 자신은 오직 한 여인의—월요일엔 엘렌의, 수요일엔 이자벨의, 금요일엔 폴리나의, 그리고 다른 날엔 엘리즈의—연인일 뿐이었기 때문이다. 그의 마음은 이를테면 잘 정돈된 7단 서랍장이라고 할 수 있었다. 각 관계가 일곱 개의 다른 서랍 속에 들어 있어 하나를 열면 더이상 다른 서랍은 생각하지 않는 그런 서랍장 말이다.

사실 월요일의 감정이 목요일의 감정과 섞이게 된다면, 혹은 화요일의 서랍이 수요일의 서랍과 뒤바뀌게 된다면 르누비에는 심히 당황할 것이다. 하지만 그러한 혼란이 일어날 가능성은 없어 보였다. 이자벨, 엘렌, 폴리나가 각자의 칸에 머물게끔, 서로의 존재를 알아채지 못하게끔 하기 위해 얼마나 세심한 주의를 기울이는데 그게 가능하겠는가! 하지만 이제 들려줄 터인데, 그런 일이 결국 일어나고야 말았다.

*

모든 것은 연말연시 휴가를 지낸 지 얼마 되지 않은 1월의 어느 월요일에 시작되었다. 르누비에는 아침 여덟시에 몽테뉴 대로에 있는 집을 떠나 십오 분 후에 은행에 도착했다. 열한시 이십분까지 일한 다음 커피를 한 잔 마셨고, 이어 열두시 사십분까지 회의에 참석했다. 그러고 나서 근처 식당에서 직장 동료들과 함께 점심식사를 했다. 오후 두시에 사무실로 돌아온 그는 저녁 여섯시 오십사분까지 쉬지 않고 일했다. 그런 다음 마치 작전을 수행하는 병사와도 같은 정확함으로, 서류철을 닫고 외투를 걸치고는 사무실을 나와 엘리베이터를 타고 일 층으로 내려갔다. 현관 로비에 도착한 그는 회전문을 지나 거리로 나왔다. 사 분이 지난 저녁 여섯시 오십구분에는 우리가 앞에서 말한 호텔로 들어갔다. 프런트 직원에게 인사를 건네고 두 층을 올라간 그는 좁은 복도 끝에 이르렀고, 먼 곳에서 울리는 저녁 일곱시를 알리는 시계 종소리를 들으며 자기 방의 문을 열었다. 엘렌이 알몸으로 침대에 누워 철학책을 읽고 있었다.

"정확히 일곱시네요." 그녀가 말했다. "칸트도 이보다 더 정확할 순 없을 거예요."

"게다가 그는 나보다 훨씬 운이 없는 사람이지." 르누비에는 몸을 굽혀 그녀에게 키스하며 대답했다.

"왜요?"

그녀는 르누비에의 셔츠로 손을 뻗어 단추를 끄르기 시작했다.

"그 불쌍한 남자는 동정(童貞)으로 죽었잖아. 안 그래?"

"그게 형편없는 철학자라는 말은 아니죠."

"그대의 품 안에서 십오 분을 누릴 수 있었다면, 자신의 모든 영광과 재능을 마다하지 않고 주었을 거야."

르누비에는 그녀가 자신의 옷을 벗기게 내버려두었고, 가장 젊은 애인의 애무에 몸을 맡겼다. 두 사람은 사랑을 나누었고, 잠시 선잠이 들었다가 깨어나 수다를 떨기 시작했다. 항상 그렇듯 서로에 대한 애정 어린 칭찬과 철학적 생각이 뒤섞인 산만한 대화였다. 르누비에는 침대 머리맡에 놓인 베개 더미에 등을 기대고 앉은 자세였고, 엘렌은 그의 어깨에 뺨을 묻은 채 바짝 붙어 있었다. 침대 맞은편 벽에는 거울이 놓인 화장대가 하나 세워져 있었다. 그 거울에 르누비에의 모습이 비쳤다. 그때 엘렌이 그의 볼에 입을 맞추려고 몸을 조금 일으켰다. 그런데 이게 웬일인가! 거울이 보여준 것은 그녀가 아니라 금요일의 애인 폴리나의 모습이었다. 자신이 환각에 사로잡힌 게 아닌가 싶어 르누비에는 눈을 질끈 감았다 떴다. 하지만 거울에 보이는 것은 지금 옆에 있는 엘렌이 아니라 분명히 폴리나였다. 그는 심장박동이 빨라지기 시작했고, 잠시 공황 상태에 빠졌다. 엘렌이 욕실에 가려고 몸을 일으키려 하자 그는 그녀의 손목을 붙잡았다. 그녀가 거울 속에서 자신이 아닌 다른 사람의 모습을 발견하게 될까봐 두려웠기 때문이다. 그는 그녀를 자기 쪽으로 끌어당기면서 조금 더 애무하고 싶다고 말했다. 그는 계속 엘렌과 거울을 번갈아 바라보았는데, 그때마다 그 놀라운 현상은 다시 시작되었다. 거울은 엘렌의 모습을 받아들여 폴리나의 모습으로 돌려보냈다. 이 신비의 정체는 대체 뭐란 말인가? 르누비에가 두려워하는 이유는 두 가지였다. 첫째는 이 초자연적 현상에 몸이 오싹했고, 둘째는 엘렌이 폴리나를 발견할까봐 겁이 났다. 그는 다시 한번 사랑을 나누자고 거의 애원하다시피 했다. 그리고 그녀가 화장대 쪽을 쳐다볼까 두려워 이불 속으로 끌어당겼다. 행위가 끝나자 그는 급히 침대에서 뛰어내려 화장대 거울을 아래로 엎어놓았다. 심하게 동요한 그는 두통이 있어서 오늘은 일찍 들어가봐야겠다면서 대신 다음 주 월요일에는 멋진 레스토랑에 가자고 약속하며 사과를 구했다. 그들은 저녁 아홉시경에 방을 나왔다. 그 와중에도 르누비에는 이미 엎어놓은 화장대 거울을 머리맡 탁자에서 찾아낸 두툼한 전화번호부로 눌러놓았다. 그것이 요술에 걸린 것처럼 다시 일어설까 두려웠던 것이다.

그는 집에 곧바로 들어가지 않았다. 대신 은행으로 돌아가 사무실 미니바에서 위스키 병을 꺼내 한 잔을 따라 단숨에 들이켰다. 그러고 나서 정신을 차리려 애썼다. 불안감을 쫓기 위해 일에 몰두하기로 결심했다. 문서를 대여섯 개나 검토한 뒤 너무 피곤해 더이상 일할 수 없게 된 자정 무렵에야 은행을 나와 택시를 타고 집에 돌아왔다. 아들은 자고 있었고, 아내는 없었다. 여러 클럽의 회원인 그녀는 월요일이면 항상 그렇듯 그는 무슨 일을 하는 곳인지 알 수 없는 한 여성 클럽의 모임에 참석 중이었다. 그는 대충 씻은 후 이불 속으로 기어들었다. 새벽 두시쯤 돌아온 엘리즈는 그를 깨우면서 왜 런던에 가지 않았느냐고 물었고, 그는 미팅이 연기되었다고 대답했다. 그러고는 다시 잠이 들었다.

*

잠에서 깨어난 르누비에는 어제의 사건을 다시 생각해보았다. 그는 피로해서 잠시 환각 증상이 나타난 것이라 판단하고는 며칠 휴가를 얻어야겠다고 생각했다. 그는 마르탱과 아침을 먹은 후 엘리즈를 깨웠다. 여덟시가 되자 외투를 걸치고 아내와 아이에게 키스한 다음 은행으로 갔다. 업무가 많아 하루 종일 일을 하느라 다행히 거울 사건을 완전히 잊어버릴 수 있었다.

다음 날, 여느 수요일과 마찬가지로 그는 오후 여섯시 오십사분에 사무실을 나왔다. 우리가 앞에서 묘사한 바 있는 그 과정을 거쳐 이자벨이 기다리는 호텔로 가기 위해서였다. 호텔 방에 들어선 그의 머릿속은 곧 맛보게 될 쾌락에 대한 생각으로 꽉 차 있었다. 그의 두 눈은 그를 향해 두 팔을 내민 수학 선생에게만 향했을 뿐, 거울이 다시 세워진 화장대에는 전혀 주의를 기울이지 않았다.

이어진 이십팔 분간의 이야기는 생략하기로 하자. 르누비에가 가쁜 숨을 몰아쉬며 욕실에 가려고 이자벨의 품에서 빠져나온 순간부터 얘기해보자. 그의 시선이 화장대의 거울로 향했다. 그런데 이게 또 웬일인가? 거기에 보인 것은 침대에 누워 있는 이자벨의 알몸이 아니라 같은 자세로 누워 있는 엘렌의 몸이었다. 현기증을 느낀 르누비에는 쓰러지지 않으려고 벽에 몸을 기대야 했다. 불안해진 이자벨이 괜찮냐고 물었다. 그녀가 거울 속의 다른 여자를 볼까봐 겁이 난 그는 황급히 거울을 엎어놓았다. 그런 다음 욕실에 들어가 얼굴을 차가운 물에 집어넣었다. 세면대 위의 거울에 비친 자신의 얼굴을 본 그는 소스라치지 않을 수 없었다. 대체 내게 무슨 일이 일어난 걸까? 왜 이런 현상이 일어나는 걸까? 내 정신이 쇠약해져서일까, 아니면 저 요상한 화장대의 장난일까? 저 가구는 방탕한 삶에 빠진 나를 벌주기로 작정한 걸까, 아니면 네 여인에게 끊임없이 거짓말하는 데 지쳐버린 내 무의식이 마침내 반발하고 나선 걸까? 그는 창백해진 얼굴로 욕실을 나와 다시 드러누웠다. 저녁 열시, 그는 이자벨에게 몸이 불편해 계속 있을 수 없겠다고 말했다. 그리고 이미 엘렌에게 했던 것, 즉 저녁식사를 약속하며 사과를 구했다. 그런 다음 자기 사무실로 돌아왔다. 얼마 후, 그는 전화기를 들어 호텔에 전화를 걸었다.

“노르웨이 호텔입니다.”

“에두아르 르누비에요.”

“아, 안녕하십니까, 선생님. 뭐 도와드릴 일이라도 있습니까?”

“내 방에서 치우고 싶은 가구가 하나 있소. 화장대인데, 침대 맞은편에 있고, 접이식 거울이 하나 놓여 있는 거요.”

"아, 뭔지 알겠습니다. 1920년대 화장대죠. 유명한 가구 디자이너 자크 에밀 륄망이 디자인했던 것과 매우 비슷한 디자인일 겁니다."

"뭐, 그렇겠지. 여하튼 그걸 좀 방에서 치워줄 수 있겠소? 지금 거기 있는 숙녀께서 떠난 다음에 말이오."

"물론입니다, 선생님. 제가 처리해드리죠. 대신 다른 가구를 들여놓을까요?"

"아무 거나 들여놓으시오. 난 상관없으니까."

"알겠습니다, 선생님. 다른 불편한 점은 없으십니까?"

"없소. 그게 전부요. 그럼 이만 끊으리다."

"다음에 뵙겠습니다, 선생님."

막 수화기를 내려놓으려던 르누비에는 생각을 바꿨다.

"잠깐만!"

"예, 선생님."

"더이상 화장대는 원치 않소."

"네?"

"화장대 말고 어떤 가구라도 괜찮소. 하지만 화장대는 사절이오."

"잘 알겠습니다, 선생님."

"다른 화장대는 절대 안 되오!" 르누비에는 못 박았다. "또다른 가구라도 거울이 달린 것은 안 되오."

"알겠습니다, 선생님."

은행가는 소파에 털썩 몸을 묻고 생각에 잠겼다. 일개 가구에 불과한 것을 트집 잡는 자신을 사람들은 어떻게 생각할까? 뭔가 우습다고 생각하지 않을까? 심지어 그를 페티시스트로 여길지도 모른다. 차라리 의사를 찾아가 환각에 대해 상담하는 게 더 현명하지 않을까? 여하튼 화장대를 치워버렸으니 안심이 되기도 했다. 평소 유령의 존재를 믿진 않았지만, 가구가 없어지면 마음이 한결 편해질 터였다. 이제 만족한 그는 모레 있을 만남을 생각했고, 다음번 밀회가 이런 신비한 현상 때문에 방해받는 일은 결코 없으리라 생각했다. 르누비에는 문제가 생기면 해결하기를 좋아하는 사람이었다. 오랫동안 금융인으로 일해온 그는 두 가지 습관이 있었는데, 하나는 당장 할 수 있는 일을 뒤로 미루지 않는 것이었고, 다른 하나는 가능한 모든 방법을 동원해보기 전에는 결코 포기하지 않는 것이었다. 화장대 거울이 장난을 쳐대는가? 그는 그것을 없애버렸다. 화장대가 없으니 거울도 없고, 거울이 사라졌으니 반영도 사라질 것이다. 마음이 다시 가라앉은 그는 일에 빠져들었고, 밤이 늦어서야 집에 들어왔다.

*

금요일 저녁 일곱시, 호텔 방에 들어선 르누비에의 시선은 그를 기다리는 폴리나가 아니라 침대 맞은편 벽으로 먼저 향했다. 화장대는 치워졌고, 대신 아름다운 쿠바산 마호가니로 만든 현대적인 서랍장이 놓여 있었다. 만족한 그는 덮치듯 폴리나를 안고 열렬히 입을 맞추었다. 황홀해진 그녀 역시 그에게 어서 옷을 벗으라고 재촉했다. 사랑의 행위가 끝난 후, 그녀는 함께 목욕하자고 제안했다. 그녀가 종종 제안하는 이 엉뚱한 일을 르누비에 역시 그다지 싫어하지 않았다. 별로 넓지 않은 욕조에 둘이 앉아 있는 게 약간은 불편했지만 말이다. 폴리나는 욕조에 물을 받고 소금을 뿌렸고, 르누비에는 라디에이터 위에 수건을 널어놓았다. 세면대 위 거울에 한 여인의 등이 비쳤는데, 너무나 다행스럽게도 분명히 폴리나였다. 엘렌, 엘리즈, 이자벨…… 이따위 것은 더이상 없었다! 이미지와 현실이 다시 일치했다! 그런데 이번에는 자신의 반영에 문제가 있었다. 그것은 더이상 익숙한 그의 얼굴이 아니었고, 예순 살 정도 된 남자의 얼굴이었다. 그가 누군지는 금방 알 수 있었다. 폴리나의 죽은 남편 조르주였다. 르누비에는 경악해 주저앉았다.

"에두아르! 왜 그래?" 폴리나가 외쳤다.

"아, 몸 상태가 별로 좋지 않아." 그는 중얼거렸다.

그는 무슨 말을 해야 할지 몰랐다. 거울에 그녀의 죽은 남편이 그를 대신해 나타났다고 말해줘야 하나? 그가 닷새 전부터 이 방에서 터무니없는 반영들을 보아왔다고? 그녀는 그를 침대까지 부축해주었다. 그가 가쁘게 숨을 내쉬자 그녀는 이러다 그가 의식을 잃는 게 아닐지 걱정이 되었다.

"의사를 부를까?"

"아니, 필요 없어. 맑은 공기 좀 쐬면 돼……"

그녀는 실내 가운도 걸치지 않은 채 커튼을 당기고 창을 열었다. 거리의 소음이 방 안을 가득 채웠다. 침대에 앉은 르누비에는 이게 과연 내 것이 맞나, 하는 표정으로 자기 손을 내려다보았다.

*

그후 보름 동안 르누비에는 엘렌도, 이자벨도, 폴리나도 만나지 않았다. 대신 휴식이 필요하다는 의사 진단서를 얻어내, 브르타뉴에 있는 별장으로 혼자 떠났다. 거기서 차가운 비바람이 후려치는 바위를 바라보면서, 지금 자신이 겪고 있는 혼란스러운 현상에 대해 생각해보았다. 이 모든 현상에서 완전한 설명은 아닐지라도 최소한 약간의 일관성이라도 찾아보려 해보았다. 그가 본 세 개의 잘못된 영상을 다시 생각해보니, 호텔 거울에 비친 것은 그가 실제로 사랑했던 여인들과 폴리나와 삶을 함께했던 남자였다. 이를테면 네 개의 진정한 사랑 이야기가 뒤섞였다고 할 수 있었다. 다시 말해 거울이 완전히 거짓말을 했다고는 말할 수 없었다. 다만 실제로 존재했던 사랑과 그 시간을 재조합해 그 유희의 결과를 희생자의 눈에 비춰 보여준 것에 불과했다. 하지만 그렇게 이해한다 치더라도 이상한 점이 하나 있었다. 어떻게 거울이 십 년 전에 죽은 조르주의 모습까지 반영할 수 있단 말인가? 엘렌, 이자벨, 폴리나의 모습이 보인 것은 그렇다 치자. 그네들이 호텔 방의 거울 앞을 무수히 지나간 결과 거울에 시각적 기억이 남겨졌고, 그것을 거울이 다시 뱉어낸 거라고 말할 수도 있을 테니까. 하지만 조르주는 어떠한가? 그는 노르웨이 호텔에 발을 들여놓은 적이 없으니 한 번도 거울과 접촉한 적이 없지 않은가? 어쩌면 폴리나가 욕조의 물을 틀 때 그를 생각했는지도 모른다. 그래서 세면대 거울이 그녀의 생각을 통해 들어온 그의 영상을 포착한 것인지도. 르누비에는 이런 복잡한 생각에 빠져들었다. 하지만 아무리 머리를 쥐어뜯어도 이 빌어먹을 영상이 어떻게 해서 생겨난 건지 도무지 이해되지 않았다. 그런 와중에도 하나의 질문이 그의 머리를 떠나지 않았다. 어린 시절 신부님에게서 교육받은 결과로 그의 정신 깊은 곳에 깔려 있던 미신에서 무럭무럭 솟아난 질문이었다. 이 마법은 거짓말쟁이, 배신자, 난봉꾼의 삶을 살아온 내게 하늘이 내리는 벌이 아닐까? 내가 여인들을 데리고 장난쳤듯, 하늘의 섭리가 나를 가지고 장난을 치는 걸까? 아니면 혹시 과거 이 호텔에 어떤 끔찍한 사건이 있었던 건 아닐까? 그 기억이 지금 오래 묵은 고름처럼 터져나와, 현재 숙박객에게 고약한 장난을 치는 건 아닐까?

이 '귀신 들린 방'의 가설이 가장 설득력 있게 느껴졌다. 특히 그의 행실을 특별히 문제 삼지 않아도 되기에 더욱 매력적이었다. 그는 파리에 돌아오자마자 노르웨이 호텔에 전화를 걸어, 그 방을 취소하고 다른 방을 빌리고 싶다고 말했다. 불안해진 호텔 매니저는 방이 너무 시끄러운지, 혹은 침대가 마음에 들지 않는지 물었다. 그는 단지 조망과 벽지를 바꾸고 싶을 뿐이라고 대답했다. 매니저는 다른 방을 잡아주고, 그의 요구 사항도 모두 들어주었다. 그의 요구란 이것이었다. 거울이나, 대상을 반영하는 표면이 절대로 없을 것. 그의 요구에 따라 매니저는 입주에 앞서 방을 검사하게 해주었다. 우리의 은행가 양반은 모든 것이 자기 요구대로 되었다는 것을 확인했다. 거기에는 화장대도 거울도 없었다. 대신 커다란 침대 하나, 그 옆에 붙은 전나무 옷장 하나, 제정시대풍의 안락의자 두 개, 나지막한 탁자 하나, 그리고 그의 마음에 쏙 든 개폐식 뚜껑이 달린 책상 하나가 있었다. 방은 이전 방보다 넓었고, 요금 또한 조금 더 높았다. 하지만 그의 사랑들을 안온하게 지켜나갈 수만 있다면, 그깟 돈은 문제가 되지 않았다.

만족한 르누비에는 엘렌에게 연락했다. 이제 몸이 회복되었으니 월요일 밀회를 다시 시작하자며 새 방 번호를 알려주었다. 다음 월요일 저녁 여섯시 오십사분, 르누비에는 사무실을 나와 호텔로 갔고, 거기에는 젊은 철학도가 아주 밝은 청색 모슬린 슬립가운을 입고 흐트러진 침대에 누워 기다리고 있었다. 그는 그동안 잃어버린 시간을 만회하겠다는 듯 그녀에게 달려들었고, 그녀는 웃으면서 그의 키스를 짐짓 피하려 했다. 그리고 그가 옷을 벗는 것을 도왔고, 욕망에 찬 신음 소리를 흘리며 그를 자기 쪽으로 끌어당겼다.

이때 무언가가 삐걱하는 소리가 들려왔고, 그 불길한 소리에 두 연인의 몸은 얼어붙었다. 침대 왼편에 놓인 웅장한 옷장의 문이 열린 것이다. 그 안에는 거대한 거울 하나가 고정되어 있었는데, 르누비에의 나체와 그 밑에 누운 여인의 모습이 보였다. 그 여인은 엘렌이 아니라 엘리즈였다. 거울에 비친 여자가 자신이 아니라 다른 여자임을 본 엘렌은 공포에 질려 울부짖었다. 르누비에는 울고 불며 난리를 치는 그녀를 어찌해볼 생각도 못한 채,

또다시 그를 배신한 거울을 멍한 눈으로 쳐다볼 따름이었다.

*

이 네번째 환영은 에두아르 르누비에의 불륜 관계에 종말을 가져왔다. 그는 어떤 불길한 힘이 자신의 비뚤어진 윤리 의식과 여러 해 동안 애인들에게 해왔던 거짓말을 응징하려는 것이라고 확신했다. 그는 부부 관계 외에 모든 육체적 관계를 중단했고, 더이상 노르웨이 호텔에 발을 들여놓지 않겠노라 맹세했다. 네 번의 환영, 이것으로 충분하지 않은가? 방탕한 만남을 계속해나간다면 무슨 일이 일어날지 알 수 없었다. 천장에서 비수가 떨어져내리지 않겠는가? 포도주에 독이 섞여 있다면? 또 폴리나와 목욕하다 익사할 수도 있지 않겠는가? 그는 세 애인에게 편지를 썼다. 자신이 범한 잘못에 대해 두서없이 용서를 구했고, 이제 관계를 끝냈으면 좋겠다며 더이상 자기를 찾지 말아달라고 부탁했다. 그리고 집에 돌아와 엘리즈 앞에 무릎을 꿇고 용서를 구했다. 이 모든 것은 그를 괴롭히는 악령에게 분명히 보여주기 위한 것이었다. 이제 자신은 바른 길로 돌아왔고, 지금까지 아내를 욕되게 했다면, 앞으로는 그만큼, 아니 그 이상 아끼고 위해주겠다는 결심을.

이 사건의 괴로운 추억은 그후 몇 달 동안 그를 쫓아다녔다. 그는 속죄하기 위해 엘리즈에게 수많은 꽃과 보석을 선물했다. 옛 애인들이 자주 생각났고, 그럴 때면 다시 만나고 싶은 마음이 굴뚝같았지만, 그런 불순한 생각을 쫓아버리려고 애썼다. 단 한 번이었지만, 더이상 호텔 방이 없다는 사실이 아쉽게 느껴지기도 했다. 은행에 새로 들어온 비서가 아주 마음에 들었기 때문이다. 하지만 그는 스스로 정해놓은 규칙을 깨고 싶은 유혹에 저항했다.

그날 저녁, 엘리즈와 그는 사랑을 나눴다. 그녀의 몸 안에서 파도치듯 움직이는데, 방 한쪽에 무언가 반짝이는 것이 눈에 들어왔다. 엘리즈가 에나멜 공방에서 만든 소품을 전시해놓은 서랍장 쪽이었다. 자세히 살펴보니 조각된 목재 틀을 두른 거울로, 처음 보는 물건이었다. 그는 너무 당황하여 몸이 뻣뻣이 굳어버렸다. 엘리즈가 무슨 일이냐고 물었다.

"저 거울…… 어디서 난 거지?"

"아, 저거!" 그녀가 대답했다. "오늘 오후에 마르소 거리에 있는 골동품 가게에서 사온 거예요. 아루에 성에서 나온 거래요. 예쁘지 않아요?"

르누비에는 일어나서 그 물건 쪽으로 다가갔다. 물건에서 어떤 빛줄기가 강렬한 열기와 함께 발산되는 듯했다. 그는 이미 그

물건의 의도를 알고 있었다. 저걸 없애버리지 않으면 곧 거울에 아내를 속였던 세 여인의 얼굴을 보게 되리라. 그리고 아내 역시 그 여인들을 보리라. 그는 떨리는 가슴으로 눈을 꼭 감고 거울을 잡았다. 그리고 옷장을 열어 그의 셔츠들 사이에 쑤셔넣었다.

"아니, 뭐 하는 거예요?" 엘리즈가 물었다.

"거울이 보이면 마음이 불안해져." 그는 대답하고 그녀 곁으로 돌아왔다.

그녀가 잠들자 그는 다시 일어나 거울을 꺼냈다. 그러고는 박살 낸 후에 그 조각들을 감히 쳐다보지도 못하고 쓸어서 쓰레기통에 버렸다. 그제야 안심이 되어 다시 잠자리에 들 수 있었지만, 그는 지금 한 일이 전혀 필요 없는 짓이었음을 몰랐다. 이번에 그 거울은 그가 아닌 엘리즈를 겨냥했기 때문이다. 만일 그가 거울에 비친 수많은 남자의 얼굴을 보았다면 알 수 있었으리라. 엘리즈 역시 그 세월 동안 결코 시간을 허비하지 않았다는 사실을.

유럽과 기타 지역의 음악 비평 몇 편

가우디의 발명품(벨기에, 1930년)

화요일 저녁, 가우디 씨는 드디어 왕립극장에 운집한 천팔백 명의 관객 앞에서(좌석은 매진되었고, 당일 매표소에서 표를 구할 수 있으리라 믿었던 순진한 사람들은 실망해 발길을 돌려야 했다) 수주, 아니 수개월 전부터 전 유럽의 음악 팬들이—사실 정확히 무엇인지도 모르면서—떠들어온 발명품을 소개했다. 그동안 갖가지 소문이 무성했다. 아는 척하기 좋아하는 사람들은 이 이탈리아 작곡가의 상상력이 창조해낸 것이 무엇인지 안다고 주장했다. 그들은 그 발명품이 전혀 새로운 방식으로 작곡한 오페라, 오케스트라를 지휘하는 기묘한 방식, 혹은 향후 수십 년간의 음악을 혁명적으로 바꿔놓을 전위적인 장치일 거라고 했다. 하지만 우리가 알다시피 그에게는 적잖은 반대파도 있었다. 우리 역시 이 비평란을 통해 그의 끔찍한 교향시들과 그 유명한 〈먹을 수 있는 교향곡〉을 혹평한 적이 있지 않은가? 이들은 어깨를 으쓱하면서 가우디에게 기대할 수 있는 것은 속물이나 머리 나쁜 인간을 현혹시키기에 알맞은 것뿐이라고 단언했다. 그리고 지금 홀 안에도 무수한 억측이 난무했다. 한마디로 이처럼 많은 관객이 곧 보게 될 작품을 초조한 마음으로 집중해서 기다리는 모습을 보는 것은, 내 기자 경력을 통틀어 보아도 드문 일이었다. 그들의 대화 주제는 온통 이 작품에 대한 것이었고, 음악과 예술 이외의 다른 것은 생각하지도 않았다.

마침내 조명이 꺼졌다. 무대의 막이 천천히 올라갔다. 숨이 멎을 듯한 광경이 우리 앞에 나타났다. 무대 위에는 기상천외하고 경이로운 괴물 하나가 웅크리고 있었다. 그것은 각종 목재, 고철, 고무관 등 잡다한 재료로 구성된 거대하고 기묘한 조각품이었다. 또 맑은 물을 채운 대야 두 개, 범선의 돛을 팽팽히 당기고 있는 듯한 밧줄, 나선형으로 배열된 동판, 그리고 기묘한 형태로 붙어 있는 온갖 부속품도 있었다. 하지만 가장 굉장한 것은 그 괴물 위에 솟아 있는 굽은 형태의 거대한 굴뚝이었다. 끝부분이 나팔처럼 너부죽이 벌어지고, 높이가 거의 삼사 미터에 달하는 그것은 갑판을 굽어보는 여객선의 굴뚝을 연상시켰다. 객석은 술렁대기 시작했다. 관객들은 모두 궁금하기 짝이 없었다. 이 거대한 기계는 무얼 위한 것일까? 무대 장식일까, 아니면 악기일까? 가우디는 이 기계로 소리를 낼 수 있을까? 저 아랫부분에 왜 톱니바퀴를 달아놓은 것일까? 그렇다면 이것은 곧 부르르 몸을 떨며 움직이기 시작할 자동 인형이란 말인가? 혼란은 극에 달했다. 어떤 관객들은 지금 가우디가 장난을 치는 것이라 생각했다. 야유의 휘파람 소리가 퍼졌다. 옆에 앉은 동료 기자는 다음 날 나갈 기사를 생각하며 벌써부터 고민을 했다. 모든 이의 시선을 끌고 있는, 마치 죽은 듯 엎드린 저 매머드에 대해 뭐라고 써야 할 것인가? 빈정거림과 야유 소리가 높아질 때, 안토니오 가우디가 항상 그렇듯 헝클어진 머리에 촌스러운 옷차림으로 불쑥 무대에 나타났다. 홀 안은 일순 조용해졌다. 마에스트로는 잠시 그의 짐승을 마주하고 서 있었다. 정말이지, 코끼리 앞에 선 조련사 같은 모습이었다. "이곳에 와주신 모든 분께 감사드립니다." 그는 멋진 말투로 인사말을 했다. "오늘은 제게 특별한 날입니다. '가우디오폰'이 처음 대중 앞에 모습을 드러내는 날이니까요." 홀 안 여기저기에서 수군대는 소리가 들렸다("뭐? 지금 뭐라고 했지?"). "이 놀라운 악기는 지난 오 년 동안 제가 상상하고 만들어낸 것입니다. 이것은 모든 음 산출 기술을 모아 결합한 완전한 악기지요. 그렇지만 전기로 작동하는 악기는 아니라는 것을 알려드립니다. 저는 이 악기가 가진 능력을 모두 활용할 수 있는 작품을 여러 곡 작곡했습니다. 오늘 저녁 여러분께 몇 곡을 들려드리고자 합니다. 앞으로 다른 작곡가들 역시 이 가우디오폰이 지닌 가능성을 최대한 끌어낼 수 있는 곡을 작곡해 주길 바랍니다. 감사합니다."

몇몇 사람이 의례적인 박수를 보냈다. 가우디는 괴물 쪽으로 돌아선 다음 길게 숨을 들이쉬었다. 그의 앞에는 의자가 하나 놓여 있었다. 놀랍게도 그는 거기에 앉는 대신, 마치 전등을 갈아 끼우려는 사람처럼 그 위에 올라섰다. 이어 가우디오폰의 옆구리 쪽에서 무언가 알 수 없는 작업을 시작했고, 그러자 괴물이 애절한 첼로 소리를 내며 반응했다. 음악가가 뭘 하는지 관객은 전혀 볼 수 없었다. 하지만 거기에 조종판 같은 게 있어 그걸 조작해 악기를 연주한다는 건 짐작할 수 있었다. 그는 의자에서 내려와 기계 뒤편으로 돌아 나왔다. 프로젝터 하나에서 빛이 투사되었다. 이제 관객들은 그 거대한 괴물에 내장된 건반 하나와, 가우디가 끝부분을 물고 있는 유연한 취관 하나를 볼 수 있었다. 가우디의 볼이 한껏 부풀어올랐다. 그가 취관에 바람을 불어 넣자, 어마어마한 소리가 높이 울려 퍼졌다. 아주 적절한 비유는 아니지만 일종의 백파이프 같은 소리였다. 하지만 그 소리가 얼마나 요란하고 힘찬지, 가죽부대에 바람을 불어넣은 것이 씩씩

한 스코틀랜드 사내들의 허파가 아니라 태풍인가 하는 생각이 들 정도였다. 우리는 매혹되었다. 우리 중에 예민한 이들, 특히 여자들은 한순간 죽음이 다가왔다고 믿었으리라. 고백하건대, 나 역시 음향이 잦아들며 우웅 하는 소리로 안정되기 전까지 머릿속에 묵시록을 떠올렸을 정도였다.

예술가는 취관을 고리에 걸었다. 그리고 건반을 바라보며 건반 위에서 음을 치는 시늉을 했다. 마치 골퍼가 본 시합에 앞서 연습 스윙을 몇 번 반복해보듯이. 나는 건반 밑에 파이프오르간의 페달과 비슷한 페달이 달려 있는 걸 발견했다. 가우디는 두 발을 움직여 맹렬히 페달을 밟아대기 시작했다. 하지만 아무 소리도 나지 않자 나는 약간 불안해졌다. 드디어 그가 고개를 약간 까딱한 다음 첫번째 화음을 눌렀다. 굉장했다. 물결치는 듯하고 형언할 수 없는 가우디오폰의 음향, 그것은 한마디로 기적이었다. 그것은 우리를 대번에—다른 차원이라고는 말할 수 없을지라도—다른 행성으로 데려다놓았다. 여기에 쓰는 것을 문자 그대로 해석해주기 바란다. 우리가 듣는 것은 엄청났다. 이제껏 인간의 귀가 들어보지 못한 것이었다. 마치 멀리서 들리는 오케스트라 같았지만, 그것의 가장 작은 음까지 구별할 수 있었다. 진동하는 현, 현에 스치는 활, 연주자의 숨결, 그들의 심장박동까지. 시간은 정지한 것 같았다. 우리는 반쯤 넋이 나간 상태로 음악의 대양을 항해했다. 악기 위에 탄 가우디는 느긋하게 노를 저으며 원하는 곳으로 우리를 자신 있게 인도했다. 우리 앞에서 일어난 그 마법, 그것은 정확히 무엇이었을까? 우리를 홀린 것은 악보의 찬란함이었을까, 아니면 각 음색의 기묘함이었을까? 이에 대한 답은 나도 모른다. 또 우리가 얼마나 오랫동안 이 땅의 모든 근심걱정에서 벗어나 우주 공간을 날아다녔는지도 모른다. 마치 육체에서 빠져나온 듯, 모든 고뇌에서 해방된 듯, 우리는 그렇게 유영했다.

이쯤에서 여러분은 내게 물을 것이다. 그렇다면 왕립극장에서 관객들은 기적을 목격했단 말인가? 만일 연주회가 거기서 끝났다면, 나는 그렇다고 대답했으리라. 아아! 하지만 유감스럽게도 그다음에 일어난 일은 그다지 영광스럽지 못했다. 아니, 말 그대로 대재앙이라고 할 수 있었다. 무슨 일이 일어났는지 한번 들어보라. 일이 어긋나기 시작한 건 가우디오폰의 감미로운 음악 사이에 작은 소음이 끼어들면서였다. 극히 미세하지만 어딘가 거슬리는 소리였다. 하지만 가우디는 아무 일 없다는 듯 열정적으로 연주를 계속했다. 그의 손가락은 그의 손놀림이라고 믿어지지 않을 정도로 능란하게(그가 형편없는 피아니스트라는 건 만인이 다 아는 사실이다) 건반 위에서 춤을 추었다. 그의 두 발은 악기 아래쪽에 달린 페달을 밟았고, 한 손은 때때로 끈 하나를 잡아당겼다. 끼어든 소음은 전혀 개의치 않는 모습이었다. 혹시 그는 그 소리를 전혀 듣지 못한 게 아닐까?

그 소리는 점차 커져 다른 소리만큼 뚜렷하게 들리기 시작했고, 심지어 다른 소리를 덮어버리기도 했다. 바로 이때, 중앙 굴뚝 옆에 있는 밸브들이 열리면서 가축 울음 같은 소리가 일제히 솟아올랐다. 마치 색소폰 연주자가 각 소절 시작 부분에서 괴상한 소리를 뿌우웅 불어대며 음악을 망치는 것 같았다. 멜로디는 계속되었지만, 그것을 듣기 위해서는 방해하는 소음을 의식에서 지워버려야 했다. 하지만 멜로디에 집중하기는 이내 불가능해져 버렸는데, 가우디오폰의 각 면에서 솟아나오는 고함 소리, 삐걱거리는 소리, 사이렌 소리, 뭔가 우지끈 부러지는 소리 등으로 귀가 산만해질 대로 산만해졌기 때문이다. 연주가 시작된 뒤로 입을 연 관객은 한 사람도 없었다. 하지만 이제 홀 안은 술렁이기 시작했다. 갑자기 가우디가 켈켈켈 웃음을 터뜨렸다. 불안하면서도 조롱기 어린 웃음, 강물에서 목욕하는 소녀의 알몸을 훔쳐보며 고약한 짓을 준비하는 광인, 혹은 사악한 자의 웃음이었다. 나는 전율했다. 연주회가 시작될 때 가우디의 차분했던 얼굴과 지금 저 일그러진 얼굴 사이에는 아무런 공통점도 없었다. 이 상황을 어떻게 생각해야 할까? 정상적인 연주 과정인가? 아니면 어떤 사고가—저 괴물 속에서, 혹은 그의 뇌 속에서—나서 그것이 그의 작품을 망가뜨리고, 마침내 저렇듯 깊은 구렁텅이로 맹렬히 몰고 가는 것일까? 우리는 재난의 진행 양상을 지켜보았다. 가우디는 마치 독감 걸린 병자처럼 꿈틀대고 땀을 흘리고 코를 훌쩍이면서 미친 듯이 건반을 두드려댔고, 가우디오폰은 끊임없이 진동했다. 이제 소리들은 한층 섬뜩해졌고, 밸브에서는 먼지 구름이며 조그만 파편들이 뿜어져나와 공기 중에 소용돌이치기 시작했다. 관객 가운데 어떤 이들은 날카롭게 삑삑대는 소리를 견디다 못해 귀를 틀어막았다. 갑자기 거대한 나무판 하나가 악기에서 떨어져 바닥에서 박살이 났다. 나는 홀을 빠져나가고 싶었다. 하지만 어떤 저항할 수 없는 힘에 의해 좌석에 못 박힌 듯 옴짝달싹할 수 없었다.

지옥과도 같은 십 분이 흘렀고, 가우디오폰이 이 공연에서 살아남지 못하리라는 사실이 명백해졌다. 마치 낡아 바스러지는 성처럼 덩어리들이 떨어져내렸고, 악기 전체가 무너져내리는 암석 더미 같은 느낌을 주었다. 앞좌석에 앉은 관객들은 안전을 위해 통로 쪽으로 피신했다. 가끔 멜로디가 띄엄띄엄 들리기도 했지만, 우리의 귀를 때리는 소음에서 더이상 음악적인 요소는 찾아볼 수 없었다. 강철 케이블이 끊어지는지 격렬한 파열음이 솟았고, 침몰하는 배 깊은 곳에서 나는 듯한 불길한 소리도 들렸다. 공포에 질린 우리의 눈앞에서 가우디오폰은 서서히 해체되었다. 중앙 굴뚝은 꺾여 뒤로 무너져내렸고, 옆부분들은 벌레 먹은 목재 골조마냥 폭삭 주저앉았다. 무대와 객석 사이에는 자욱한 잿빛 연기가 스크린처럼 드리워졌다. 이 분 동안 사람들의 눈에는 아무것도 보이지 않았고, 이윽고 홀 안에 다시금 정적이 찾아들었다.

연기가 걷혔다. 안토니오 가우디는 그의 파괴된 발명품 무더기 위에 걸터앉아 있었다. 방금 무찌른 용의 시체 위에 걸터앉은 기사처럼, 그의 시선은 먼 지평선을 향하고 있었다. 그 아름다운 그림을 바라보는 우리의 가슴속에선 거북함과 놀라움이 뒤섞였다. 박수를 쳐야 할지 말아야 할지 판단할 수 없었던 것이다. 침묵은 약 삼 분간 계속되었다. 앙코르 곡 몇 곡이 연주된 뒤에도 예술가가 완전히 끝낸 건지 아닌지 알 수 없는 데서 오는 어색한 침묵이었다. 물론 더이상 악기가 없기 때문에 연주회가 끝났다는 사실에는 의심의 여지가 없었지만. 이윽고 여기저기에서 짧고 주저하는 듯한 박수 소리가 솟았다. 예술가는 두 번 답례한 뒤, 잔해 무더기에서 내려와 침착한 걸음으로 무대를 떠났다. 홀은 생기를 되찾았고, 관객들은 고개를 저으며 문으로 향했다. 조심스러운 논평을 속닥이면서.

그날 밤 나는 좀처럼 잠을 이룰 수 없었다. 극장을 나올 때는—그리 늦은 시간도 아니었건만—녹초가 되어 있었는데도 말이다. 이 모든 것에 대해 어떤 기사를 써야 할까? 이 연주회에 대해 뭐라고 말할 것인가? 기적인가, 재앙인가? 우리가 본 것은 무엇인가? 천재적인 작품인가, 아니면 우스꽝스러운 속임수인가? 가우디오폰은 완전히 망가졌을까? 아니면 발명가가 설계도를 남겨둬서 같은 악기를 다시 만들 수 있을까? 아니, 더 나아가 성능을 개량해 이전처럼 폭발해 무너져버리는 일이 없게 될까? 또 만일 다른 가우디오폰이 만들어진다면, 그것을 위한 작품을 작곡할 작곡가를 찾을 수 있을까? 가우디 자신에게는 어떤 일이 일어날까? 기자들은 그를 인터뷰하기 위해 자택을 찾아가 초인종을 눌렀지만 허사였고, 결국 그가 이 도시를 떠났다는 사실을 어제야 알게 되었다고 했다. 이 모든 질문에 음악 비평가인 나는 아무 대답도 할 수 없음을 고백한다. 이 기사를 읽은 독자가 다음의 사실을 이해할 수 있다면 그나마 다행이리라. 즉 지난 화요일 왕립극장에서, 그것이 예술인지 엉터리 장난인지는 오직 시간만이 밝혀줄 수 있는 무언가가 연주되었다는 사실을 말이다. 그렇다면 백 년 후에 이 글을 읽은 사람은 뭐라고 말할까? 가우디 씨가 광대요 사기꾼에 불과하다고 감히 말하지 못한 순진한 나를 보면서 재미있어할까? 아니면 그가 불멸의 천재라고 말하기를 주저한 나의 지나친 신중함에 놀라 "정녕 위대한 예술가는 당대엔 이해받지 못하는 법이구나"라고 생각하게 될까?

에펠탑 울게 하기(프랑스, 1962년)

유명한 일본 작곡가 요시 무라카미가 파리 시청에 제출한 요청서는 흥미로운 내용을 담고 있다. 자신의 팀이 에펠탑 아래에서 공연하도록 허락해달라는 것이다. 이 공연의 목적은 어제 기자들 앞에서 팔 미터 높이의 에펠탑 축소 모델로 시범을 보인 것처럼 혁신적인 방법을 통해 이 기념물의 강철 골조에서 '금속 울음소리'를 끌어내는 것이다. 물리학 박사이기도 한 무라카미는 여러 해 전부터 금속의 음향적 속성을 이용해 작업을 해왔다(그는 금속을 직접 두드려 소리를 얻기도 하고, 금속이 순간적으로 빠르게 진동하도록 만드는 풍동(風動) 장치*나 금속 막대 장치 등의 도움을 받기도 한다). 이런 작업의 결과가 사 년 전 도쿄에서 발표한 〈윙윙대는 소리들〉이었다. 오르간, 강철 케이블, 폐차 등의 음향을 기묘하게 결합한 이 작품은 음악사에 한 획을 그었다고 말할 수는 없을지라도, 전 세계 수많은 음악 팬의 이목을 집중시켰음은 부인할 수 없다. 그로부터 일 년 후, 스코틀랜드의 한 제철소에서는 〈유동적 산업〉이 연주되었다. 보다 야심차고 설득력 있는 이 작품으로 사람들은 이 일본 예술가가

* 공기의 흐름이나 그 흐름 속에서 물체(예를 들어 항공기)가 받는 영향, 그것의 운동 양상 등을 알아보기 위해 인위적으로 빠르고 센 기류를 일으키는 장치.

발명한 음향 창조 기술이 앞으로 더욱 흥미롭게 발전해 나가리라는 것을 예감했다.

"오늘 제가 여러분에게 소개해드릴 작품은 제 음악 탐구의 귀결점이자 전환점입니다." 어제 그는 그의 앞에 세워진 미니어처 에펠탑을 신기한 눈으로 바라보는 기자들에게 이렇게 설명했다. "〈만국박람회〉*는 이 분야에서도 매우 독특한 작품이라 할 수 있습니다. 공연은 무료이며, 이 세상에서 단 한 장소, 파리의 샹드마르스 광장**에서만 행해질 것입니다. 이 곡을 연주하는 악기 또한 유일무이합니다. 벌써 눈치채셨겠지만, 바로 에펠탑입니다." 이어 무라카미는 자신의 방식을 설명했다. 그의 설명에는 수많은 전문 용어와 매력적으로 들리긴 하지만 뜻이 모호한 표현이 뒤섞여 있어, 나는 그 미묘한 뜻을 충분히 이해할 수 없었다. 하지만 최소한 한 가지는 분명하게 말할 수 있었다. 작곡가의 목적이 "에펠탑을 울게 함"으로써 "해저 동물의 울음소리에 가까운" 음악을—기념물이나 관객에게 아무런 위험 없이—끌어내는 것이라는 사실이었다. 무라카미는 자신 있게 말했다.

* '만국박람회(exposition universelle)'는 에펠탑이 1889년 파리 만국박람회 때 세워진 기념물이라는 사실과, '만인에게 공개된 전시회'라는 뜻으로 이 공연이 파리 시민 전체, 나아가 만인에게 열린 예술이라는 사실을 암시한다.

** 에펠탑 바로 앞에 있는 공원.

"그 소리는 엄청나서, 말라코프, 르발루아, 생망데, 그리고 프레생제르베*에서도 에펠탑 연주를 들을 수 있습니다. 제가 이번에 에펠탑을 위해 쓴 곡은 저의 가장 아름다운 작품 중 하나라고 감히 말씀드릴 수 있습니다. 나사 하나, 리벳 하나, 그리고 쇠기둥의 한 치 한 치에 이르기까지, 이 작품에서 자기 역할을 수행하지 않는 부분은 전혀 존재하지 않을 것입니다. 모든 케이블과 모든 계단은 탑 전체를 울리게 하는 데 기여할 것입니다. 그리하여 이 모든 것은 세계에서 가장 아름다운 도시 위로, 하늘을 향해 뻗어가는 거대한 강철 오케스트라를 이루게 될 것입니다." 이어 예술가는 에펠탑의 역사를 요약해주었다. 탑의 전기 시스템 설치(1900년), 카사블랑카와의 무선교신장치 설치(1907년), 탑 철거 계획(1913년, 1920년), 탑에서 일어난 기상천외한 도전과 자살 소동, 그리고 한 자동차 회사 광고를 위해 전구 이십오만 개를 매단 일(1925년), 독일군(1944년까지)과 미군(1945년)에 의해 점거된 일, TV전파 송출안테나 설치(1957년)······ 무라카미는 이렇게 수수께끼 같은 표현으로 결론을 지었다. "마지막으로 에펠탑의 거대한 악기로의 변신은 그것의 원래 목적이 아닌 또다른 목적의 실현이며, 이를 통해 탑은 마땅히 되어야 할 것이

* 모두 파리 외곽에 있는 지역 이름이다.

될 수 있을 것입니다."

설명이 끝나고 시범이 이어졌다. 무라카미는 조종판 앞에 앉았고, 그의 조수들은 모든 이의 시선이 집중된 미니어처 탑 둘레에 섰다. 풍동 장치가 작동하기 시작했다. 그것이 내는 소리가 너무도 거세 예술가는 설명을 위해 확성기에 대고 고함을 쳐야만 했다. "제 계산에 따르면, 탑에 적절한 강도의 바람을 불어넣으면 공명 상태에 들어갈 수 있습니다. 그렇다고 탑의 설계에 하자가 있었다는 말은 결코 아닙니다. 에펠, 누기에르, 쾨슐랭 같은 엔지니어들은 전혀 실수를 범하지 않았습니다. 하지만 저는 탑이 노래하는 데 필요한 조건을 인위적으로 만들 수 있지요. 자연 상태에서는 결코 한데 모일 수 없는 조건들을 마련해줌으로써요."

미니어처 탑 발치에 놓인 기계에 다닥다닥 붙은 다이오드에 불이 들어왔다. 톱니바퀴가 움직이기 시작하고, 강철 팔이 부르르 떨렸으며, 이가 난 아가리들이 벌어졌다. 그야말로 아주 재미있는 기계들이 총집합했다고 할 만했으나, 그 기능이나 필요성에 대해서는 아무것도 알 수 없었다. "자, 갑니다!" 무라카미가 전압계를 돌리며 포효하듯 외쳤다. 그러자 놀라운 일이 일어났다. 미니어처 에펠탑의 쇠기둥들이 진동하기 시작하더니, 용을 쓰며 내뱉는 듯한 울음소리가 길게 솟아올랐다. 심해에서 올라

온 고래의 울음소리를 방불케 했다. 엄청난 소리였고, 우리는 마치 공장 안에 들어와 있는 듯한 느낌을 받았다. 우리는 매혹되어 꼼짝하지 못했다. 울음소리는 점점 높아지더니 이윽고 끊겼고, 좀더 날카로운 소리가 뒤를 이었다. 그러고는 좀더 낮고 엄숙한 세번째 소리가 들렸다. 지금 무라카미는 〈만국박람회〉 제1악장을 시작한 것이다. 그는 우리에게 십 분 동안 곡을 들려준 다음, 시범 공연을 끝내고 "탑을 식게 놔뒀다". 이마는 땀에 젖고 볼이 붉게 달아오른 그는 남은 설명을 조수에게 맡겼다. 조수는 미니어처 탑 아래 흩어져 있는 장비를 가리키며 그 기능을 설명하려 애썼다.

"생각해보십시오! 우리는 실물을 사십분의 일로 축소한 모형으로 실험한 것일 뿐입니다." 열기를 식힌 무라카미가 다시 입을 열었다. "그렇다면 만일 진짜 탑으로 연주하면 어떻게 되겠습니까? 그거야말로 강철의 폭풍우, 파리와 그 일대에 울려 퍼질 어마어마한 교향악이 아니겠습니까?" 실제로 예술가가 이백만 개의 리벳, 천만 톤에 달하는 철골과 볼트와 강철판과 황갈색 크롬 페인트로 이루어진 높이 삼백 미터의 진짜 기념물에 접근할 수 있다면 과연 어떤 소리를 만들어낼 것인가? 우리는 감히 상상조차 할 수 없었다. 무라카미는 자신의 프로젝트 실현에 필요한 비용이 얼마인지 밝히려 들지 않았다. 하지만 이를 통해 얻을 수 있는 결과에 비하면 매우 합리적인 액수가 될 것이라고 장담했다. 왜냐하면 자신의 시스템이 발생시킨 진동은 원자적 측면에서 탑의 구조를 강화하는 유익한 효과를 낳을 것이고, 그 결과 앞으로 수세대 동안 탑 수리에 필요한 막대한 비용을 절감할 수 있기 때문이라고 했다. 이러한 논리가 파리 시청을 설득할 수 있을 것인가? 시청은 예술가의 기획 신청서는 접수했지만 지금은 에펠탑을 울게 하려는 그 누구에게도 에펠탑을 내줄 수 없다고 공식 입장을 밝혔다. 이에 대해 무라카미는 만일 이러한 행정적 봉쇄 조치가 계속된다면 자신은 '기필코 자신의 재능이 나아가야 할 길로 그것을 이끌어 가겠노라'고 단언하면서, 이 표현이 정확히 무엇을 의미하는지는 설명하지 않았다.

어려움은 아무것도 아니다(아르헨티나, 1945년)

"불가능해요. 난 도저히 연주할 수 없어요." 에두아르도 모란드가 연주자를 위해 작곡한 악보를 내밀면, 연주자들이 예외 없이 하는 대답이다. 이 아르헨티나 작곡가가 삼십 년 전부터 작곡해온 곡들은 연주하기가 너무 어려워서, 이 세상 어떤 연주자도, 심지어 최고의 명인들조차 제대로 해석하지 못했다. 아라우, 볼레트, 루빈슈타인은 그의 〈피아노를 위한 연습곡〉 앞에서, 엘만과 세케이는 〈바이올린 협주곡 제1번〉 앞에서 두 손을 들어버렸다. 트럼펫 연주자 아돌프 셰르바움의 경우는 더욱 어이가 없다. 〈교향곡 D장조〉 악보에서 자신이 연주할 부분을 들여다보던 그는 폭소를 터뜨렸다. 그런데 얼마나 심하게 웃어댔는지 질식 직전까지 이르렀고, 결국 연주회를 취소해야 했다. 이는 작곡상의 실수나 미숙함의 문제가 아니었다. 모란드에게 어려움은 그 자체로 하나의 예술적 가치이다. 또 자신은 강력하게 부인하지만, 어려움은 그것 자체를 위해 추구된다. 마치 지나칠 정도로 까다로운 작품만이 미에 대한 권리를 주장할 수 있다는 듯. 실제로 그는 인간의 해부학적 조건으로는 도저히 연주할 수 없는 악절로 악보를 채우려고 무진 애를 쓴다. 이에 대해 칠레의 피아니스트 아르투로 몬테로소는 이렇게 단언한다. "피아노 한 대에 세계적인 거장 두 명이 달라붙어도, 이 유명한 〈피아노를 위한 가벼운 산책〉의 두세 소절도 제대로 연주할 수 없을 것이다. 모란드가 한 사람의 연주자를 위해 작곡한 곡인데도 말이다! 이 곡을 제대로 연주하려면 손 세 개에 손가락이 스무 개씩 달린 괴물이 필요하다. 하지만 그런 괴물이라 해도, 모란드가 악보에 채워놓은 그 숱한 나타냄표를 준수하기는 불가능할 것이다." 그 나타냄표들을 보면 에릭 사티의 악보와 마찬가지로 이 작곡가의 정신 상태를 의심하지 않을 수 없다. "빠르고 강하게" "맹렬하게" "급경사를 내려가듯" "거칠게" "고트족처럼" 등등. 모란드는 사분음표 백오십* 이하로는 절대 작곡하지 않는 것을 원칙으로 삼고 있다. 그래서 그의 작품에 도전하는 음악가는 연주에 앞서 템포를 반으로 줄이고 시작하는데, 그럼에도 두세 악절만 지나면 도저히 상상할 수 없는 음 간격, 혹은 현기증이 일 정도로 쏟아져내리는 삼십이분음표의 눈사태와 마주치게 된다.

사실 모란드의 작품 대부분은 끝까지 연주된 적이 한 번도 없고, 그중 일부는 전혀 연주되지 않았다(그는 "이 곡들은 가장 나중에 작곡된 동시에 가장 중요한 곡들인데!"라고 한탄했다). 곡을 왜 그리 어렵게 쓰느냐는 질문을 받으면 모란드는 대답했다. 단지 예술가의 양심이 명하는 대로 쓸 뿐이라고. 또 연주자의 실력 부족에 대해 자신은 아무런 책임이 없노라고(이런 태도 때문에 연주자 사이에서 그는 평판이 좋지 못하다). 그는 이렇게도 말했다. "내 작품을 연주하지 않는 것은 잘못이야. 단언하는데, 내 작품은 금세기 가장 아름다운 작품 가운데 하나라고! 좀 어렵지만, 그건 아무것도 아니야. 중요한 건 그것이 숭고함의 경지에 이르렀다는 사실이지." 하지만 다른 사람들과 마찬가지로 그 역시 자신의 곡을 들어볼 수 없었다. 연주가 불가능했기 때문이다. 그는 이렇게 반박했다. "내가 그것을 어떻게 듣느냐고? 내

* 사분음표를 일 분에 백오십 회 연주하는 것.

정신이 나를 위해 연주해줘. 머릿속으로 다 듣고 있다고!"

모란드의 작품이 음악 이론가들에게 전혀 흥미를 불러일으키지 않는 것은 아니다. 그 믿을 수 없는 교묘함 덕분에 그의 작품은 대위법의 열광적 애호가들에게 각종 문제점이나 예증, 혹은 한계를 찾아내는 일종의 이론적 유희의 장 역할을 했기 때문이다. 하지만 대부분의 비평가는 모란드를 사기꾼으로 여기며, 그가 "관념을 공중에 펼쳐지게 하는 대신, 알 안에 가둬놓음으로써 음악 예술의 목적에서 멀어졌다"는 아돌포 캄포라의 의견에 동의한다. 하지만 이 '관념의 펼쳐짐'은 곧 가능해질지도 모른다. 지금 엔지니어들이 모란드의 〈피아노를 위한 가벼운 산책〉과 다른 모든 피아노곡을 그가 생각했던 템포로 연주할 수 있는 기계 팔을 설계하고 있기 때문이다. 그 팔엔 움직이는 갈퀴처럼 수많은 손가락이 달려 있고, 그 아래 놓일 건반 역시 기계 팔의 형태에 맞추어 특별히 설계될 거란다. 하지만 음악 팬들은 비아냥거린다. "그 기계가 나오면 알 수 있겠군. 과연 그의 작품이 그가 장담한 만큼 아름다운지." 한편 모란드는 엔지니어들의 계획에 대해 부정적인 입장이다. 그는 그 곡들을 인간을 위해 작곡했지, 기계를 위해 작곡한 게 아니라고 강조하면서, 그 계획은 실패할 거라고 예측했다. "내 음악의 연주자가 내 음악에 감동하지 못하고, 전혀 이해하지도 못한다면, 사람들이 그 음악을 듣고 싶어하겠습니까?"

공기 중에 떠도는 음악(브리티시컬럼비아, 1965년)

현지 주민들은 그것을 "공기 중에 떠도는 음악"이라고 부르고, 그것을 확인하러 온 과학자들은 설명할 수 없는 음향 현상이라고 말한다. 프린스루퍼트*에서 멀지 않은 수백 제곱미터 남짓한 자갈밭을 걷노라면 어디선가 우수 어린 곡조가 들려온다. 주위 오십 킬로미터 반경 안에는 오케스트라는커녕 스피커 하나 없는데도 말이다. 대체 이 음악의 정체는 무엇일까? 이 음악을 처음 들은 사람은 희귀한 풀이나 이끼를 채집하러 그곳에 온 미국 식물학자들이었다. 그들 중 한 명은 이렇게 증언했다. "완벽한 정적 속에서 채집에 열중한 지 한 시간 정도 되었을 때, 바이올린 소리를 들었어요. 주위를 둘러보았지만, 허리를 굽힌 동료들밖에 안 보이더군요. 그들은 아무것도 듣지 못한 듯했어요. 난 불안해져서 그들에게 이쪽으로 와보라고 손짓했죠. 내 옆으로 온 그들도 바이올린 소리를 들었답니다. 그뿐만이 아니었어요. 피아노, 비올라, 첼로 등 관현악단 전체의 음악 소리가 들려오더군요. 우린 누가 장난을 치는 거라고 생각했죠. 그래서 근처 풀

* 캐나다 브리티시컬럼비아 주에 있는 항구 도시.

숲을 뒤지며 누가 녹음기 같은 걸 숨겨놓았나 찾아보았어요. 하지만 삼십 분 후에 결국 인정할 수밖에 없었어요. 고원에는 우리뿐이고, 음악은 알 수 없는 곳에서 흘러나온다는 사실을요. 우리는 그 음악이 한정된 장소에서만 들린다는 것도 확인하게 되었죠. 그걸 들으려면 그 좁은 땅 안에 서 있어야만 했어요. 거기서 한 발자국만 벗어나면, 음악은 사라지고 대신 바람 소리와 멀리서 파도가 철썩이는 소리만 들려왔죠."

소문은 삽시간에 퍼져 나갔고, 모든 지역 주민들은 이 현상을 자기 귀로 직접 확인하기 위해 몰려들었다. 주민들의 건강을 염려한 경찰은 그 장소에 접근하는 것을 금지하고 전문가의 의견을 구했다(하지만 몸의 불편함이나 귀의 이상을 호소한 사람은 한 명도 없었다). 수많은 학자가 들이닥쳤다. 음향학자들은 사흘 동안 소리의 특성을 분석해보았지만, 그 근원은 결국 밝혀내지 못했다. 그들 중 한 명이 떠나면서 말했다. "이 소리는 존재하지 않는다. 왜냐하면 존재할 수 없기 때문이다." 지질학자들은 조사를 위해 땅속에서 당근을 채취해 가져갔다. 심리학자들은 오케스트라 음악 소리가 집단 환각 현상이 아님을 확인했다. 마지막으로 음악 이론가들은 그 음악이 브람스의 〈피아노 사중주 1번 G단조〉를 "현란한 솜씨로" 즉흥 연주한 것임을 밝혀냈다.

밴쿠버의 한 음반 회사는 그 음악을 상업적으로 이용하는 계획에 현혹되었다. 그들은 음악을 녹음하기 위해 현장에 기술팀을 파견했지만 애석하게도 음악은 자연 공간 이외의 곳에서는 연주되기를 거부하는 듯, 녹음테이프에 녹음되지 않았다. 기술자들은 짐을 싸야 했고, 음반 회사는 프로젝트를 취소해버렸다. 뒤이어 온 다른 녹음기사들은 그 음악을 잡아서 라디오 방송으로 내보내려고 갖은 애를 썼으나 허사였다. 그 음악을 들을 수 있는 방법은 단 하나였다. 직접 프린스루퍼트로 와서, 호기심에 차 몰려든 수많은 관광객을 위해 시 당국이 마련해놓은 오솔길을 따라 올라와, 네 개의 말뚝으로 표시해놓은 그 마법의 사각형 땅 가운데 서는 것이었다. 몇 초 동안 그렇게 서 있으면, 음악이 들리기 시작할 것이고, 곧 그 음악이 숭엄하다는 사람들의 말이 결코 거짓이 아님을 확인하게 될 것이다.

그곳을 지나다보면 아마 짐이라는 청년을 만나게 될 것이다. 이 호감이 가는 얼굴의 청년은 이번 사건이 처음 알려졌을 때부터 그 일대를 오가며 시간을 보내고 있다. 목적은 단 하나다. 만일 오케스트라가 음악 활동을 현재의 범위 밖으로 확장하기로 결정했을 때 그 감격의 순간을 처음 맛보기 위해서다. 그는 이렇게 설명한다. "프린스루퍼트에 있는 우리만이 그것을 향유해야 한다는 법은 없습니다. 이 음악은 현재 수십 제곱미터의 땅에서만 들리죠. 하지만 장담컨대, 곧 브리티시컬럼비아 전역에서 이 음악을 듣게 될 겁니다. 아니 캐나다 전체, 나아가 북미 대륙 전체에서요. 그리고 언젠가는 전 세계에 메아리칠 것이며, 화성과 명왕성까지 이를 것입니다. 어디에 있든, 무엇을 하든 우리는 결코—심지어 밤에도—멈추지 않는 이 끈질긴 음악 속에 잠겨 있게 될 거예요." 짐은 잠시 입을 다물고 흘러가는 구름을 바라보며 무언가를 생각하더니, 이렇게 덧붙였다. "물론 우린 그것에 익숙해질 겁니다. 너무 익숙해져서 더이상 주의조차 기울이지 않게 되겠죠. 결국 아무것도 듣지 못하게 될 겁니다. 그리하여 모든 것이 이전 상태로 돌아오겠죠……"

공감각(독일, 1987년)

드뷔시의 〈현악 사중주 G단조〉? "섬세하고 우아해요. 전나무 이끼와 고사리. 어느 가을날, 비가 내린 뒤 걷는 숲과 같죠." 리스트의 〈교향시〉? "아주 신선하면서도 약간 뿌연 것. 아주 상쾌한 냄새와 맛." 에런 코플랜드? "숲, 자작나무, 담배, 그리고 가죽. 또 어쩌면—개인적으로 이 작곡가를 너무도 존경하지만—타이어 타는 냄새일 수도." 베를리오즈? "시스터스,* 베르가모트,** 밀감, 레몬 껍질. 혹시 등화유(橙花油) 냄새를 맡은 적 있

* 지중해 연안에 자라는 관목의 일종.

** 향료로 많이 쓰이는 식물.

으세요? 그거와 똑같습니다." 퍼셀? "내 말을 안 믿으실 거예요. 하지만 그는 후추입니다. 그의 음악만 들으면 재채기가 나요. 그걸 보고 우리 애들은 웃죠." 시벨리우스? "꿀, 개암, 구운 빵, 아주 자극적이죠." 베토벤? "오만 가지 꽃을 묶은 꽃다발, 복합성 그 자체라고 할 수 있죠. 삼십 분만 들으면 두통이 일어요."

이상은 좋아하는 작곡가에 대해 말해달라고 요청하면 토머스 가트너가 하는 대답이다. 이 남자는 희귀병이라고 여겨야 할지, 아니면 자연의 기적으로 여겨야 할지 판단하기 힘든 기이한 능력을 지니고 있다. 즉 음악의 냄새를 맡을 수 있는 것이다. 그는 이에 대해 자세히 설명해준다. "단지 음악만이 아니에요. 각종 소리, 목소리, 그리고 잎사귀 사이를 지나가는 바람에도 내 코는 반응해요. 저는 가급적이면 그것들에 주의를 기울이려 하지 않아요. 안 그러면 세상은 견딜 수 없는 냄새의 바다로 변해버릴 테니까요. 우리는 주위에서 끊임없이 들려오는 소리는 쉽게 참아낼 수 있어요. 심지어 그 소리가 들리지 않으면 불안해지기까지 하죠. 하지만 냄새는 전혀 달라요. 사람을 완전히 미치게 만든다니까요."

많은 의사들이 그의 케이스에 관심을 갖고 진찰해보았지만, 아무도 그의 능력이 어디서 나온 건지 밝혀내지 못했다. 어떤 이들은 후각과민증이라고 말했다. 어떤 이들은 후신경이 지나가는 사판(篩板)이 기형이라고 진단했다. 어떤 이들은 그의 케이스는 이비인후과보다는 정신과에 속하는 것이어서, 정신 치료를 잘 받으면 회복할 수 있다고 생각했다. 하지만 가트너는 항변했다. "어떤 사람들은 내가 상상의 냄새를 맡는다고 하는데, 그건 잘못된 생각이에요. 이건 절대 환각이 아닙니다. 난 분명히 바흐의 냄새를 맡고, 가브리엘 포레의 냄새를 맡아요. 여러분이 비누와 라벤더와 바닐라 냄새를 맡듯이. 나에게 음악은 고막뿐 아니라 콧구멍으로도 들어옵니다. 그러니 누구도 내가 미쳤다고 말할 수는 없습니다."

가트너는 자신의 재능으로 예술의 이해에 기여하고 싶었고, 이를 위해 위대한 음악가들에게서 느낀 후각적 인상을 담은 목록집을 집필하기로 했다. 그는 이렇게 설명한다. "이것은 최초의 후각적 음악 비평이라 할 수 있는 책입니다." 이 책에서 작곡가들은 19세기 생리학자 헨드릭 즈바르데마커르가 구분한 아홉 개의 냄새 그룹에—에테르 향, 방향, 꽃향, 사향, 마늘 냄새, 타는 냄새, 산양 냄새, 악취, 구토 냄새—따라 분류되었다. 이 책의 집필은 끊임없이 오르간과 전축 턴테이블 사이를 오가야 하는, 깊은 인내를 요하는 작업이었다. 그의 주장에 따르면, 어떤 곡은 향수 제조술의 일반적인 어휘로는 도저히 표현할 수 없기 때문에 전혀 새로운 은유를 사용해야만 한다. "고전음악에 대한 목록집을 마치고 나면, 재즈음악을 다룬 제2권을 시작할 생각이에요. 어려운 작업이 될 겁니다. 아마 어떤 향기들은 확인해보기 위해 미국까지 가야 할 겁니다. 스윙 음악에서 나는 그 독특한 냄새가 정확히 무엇인지 아직 알아내지 못했거든요."

에셰르의 슬픈 소식(프랑스, 2006년)

재즈 피아니스트 시몽 에셰르가 파리에서 오십 킬로미터 떨어진 황량한 들판에서 중상을 입고 의식을 잃은 상태로 발견된 지도 벌써 십팔 개월이 지났다. 재즈 트리오(베이스의 닉 딕슨과 드럼의 다케시 미야자와)를 이끌고 파리의 여러 지하 음악카페에서 멋진 저녁 시간을 선사하며 두번째 앨범을 준비하던 이 음악가에 대해서는 이 비평란에서 종종 소개한 적이 있기 때문에, 독자도 잘 기억할 것이다. 현재 수사는 중단된 상태이고, 범인의 행방은 오리무중이다. 시몽은 프랑스 남부의 한 병원에 입원 중인데, 이번에 그의 담당의가 면회를 허락해주었다. 그곳은 참나무가 있는 조그만 정원이 딸린 조용한 건물이다. 정원 안쪽에 시내가 흐르는데, 창을 열면 졸졸거리는 소리가 귀에 들려온다.

시몽은 거의 회복되었다. 몸 곳곳에 입은 골절상은 다 나았고, 실명할 뻔했던 왼쪽 눈도 무사하다. 하지만 심리적으로 아직 불안정한 상태다. 담당의 쇼샤르 박사의 설명에 따르면, 그의 기억이 손상되었다고 한다. 입원 후 처음 몇 주 동안은 가까운 사람들, 심지어 자기 이름조차 기억하지 못했다. 무엇보다 심각한 것은, 음악을 들어도 아무런 즐거움을 느끼지 못한다는 것이다. 그는 자신이 피아니스트였다는 사실마저 잊어버린 듯하다. 심지어 그가 수천 번 연주했던 재즈곡을 들려주어도 반응하지 않는다. "우리는 몇 번이나 시몽을 음악실에 데려가 피아노 앞에 앉혀보았어요. 그는 당황해 어찌할 바를 몰라하다가 이윽고 진정되었고, 건반을 흥미롭게 살펴보았어요. 몇 분이 지나자 건반 몇 개를 눌러보더군요. 하지만 솜씨가 너무 서툴러 그가 과거에 명연주자였다는 사실을 아무도 믿지 못할 정도였죠." 시몽이 누른 그 몇 개의 음이 혹시 어떤 특정한 곡을 연상시켰느냐고 묻자, 의사는 아니라고 대답했다. "하지만 그는 뭔가를 찾는 것 같았어요. 그의 정신에 닿을 듯 말 듯 스치는 어떤 멜로디를 찾아내려고 하는 것 같았죠."

다른 환자 한 사람과 같이 쓰는 병실에서 시몽은 주로 책을 읽었다. 그의 머리맡 탁자에 쌓여 있는 책의 제목을 보면 놀라지 않을 수 없다. 『순수이성비판』『인류사 기원론』『도덕 형이상학』…… "그는 칸트에 푹 빠졌어요." 쇼샤르 박사가 말한다. "참 희한한 일이죠. 내가 보기엔 별로 이해도 못하는 것 같은데, 여하튼 열심히 공부하고 있어요." 옆 침대에서 다른 환자는 꼼짝 않고 앉아 신문을 읽고 있다. 그는 우리의 존재조차 의식하지 못하는 듯하다.

시몽은 우리를 보게 되어 행복한 모양이다. 우리를 알아보는 것일까? 우리는 여러 가지 질문을 한다. 병원 생활에 대해, 재활 훈련에 대해, 퇴원 후 계획에 대해. 음악을 다시 할 겁니까? 그는 당황한 표정을 짓는다. "의사들 말로는 내가 피아니스트였고, 재즈를 연주했다고 하더군요. 하지만 난 아무것도 생각나지 않습니다. 음반을 몇 장 들어보았지만, 아무런 감흥도 느낄 수 없었어요. 피아노 앞에 앉아도 마찬가지예요. 나 자신이 바보처럼 느껴지고, 손가락 하나 움직일 수 없어요."

시몽은 잠시 넋이 나간 상태가 된다. 시선을 방 어딘가에 고정하고, 질문을 해도 대답이 없다. 잠시 후, 이런 경직 상태에서 벗어난 그는 슬픈 얼굴로 우리를 쳐다본다. 더이상 스스로를 통제하지 못하는 자신이 한스러운 듯한 표정이다. 우리는 그런 감정을 짐짓 눈치채지 못한 척하지만, 사실은 가슴이 몹시 아프다. 우리는 여러 차례 화제를 음악 쪽으로 돌려보려 하고, 사고 전에 그가 연주했던 곡들을 떠올리게 해보려고도 한다. 그래, 정말로 〈Nefertiti〉 〈Big Nick〉 〈My Foolish Heart〉 같은 곡이 전혀 생각나지 않아요? 어떻게 〈Everything Happens to Me〉를 잊어버릴 수 있죠? 당신이 너무 좋아해서 가사를 흥얼거리며 그 음들을 하나하나 건반으로 두드려보던 노래 아닙니까? 우리는 또 〈The Peacocks〉도 휘파람으로 불어본다. 예전에 그가 이 세상에서 가장 아름다운 노래라고 단언하고, 연주회 때마다 빼놓지 않고 연주하던 곡이다. 그러나 헛수고이다. 시몽은 당황한 표정을 지을 뿐, 그 노래를 기억해내지 못한다. 그저 서글프게 고개를 젓고 창밖을 내다볼 뿐이다.

쇼샤르 박사가 우리를 부르러 온다. 방문 시간은 끝났고, 시몽은 쉬어야 한다고 말한다. 전에 피아니스트였던 사내에게 작별 인사를 하는 우리의 마음은 아프다. 그의 손을 잡는 순간, 사고를 당하기 전까지 그의 손가락 아래를 흘러간 수백만 개의 음, 그리고 모든 잃어버린 즉흥연주가 생각난다. 이러한 슬픈 심정을 쇼사르에게 털어놓으니, 그가 위로해준다. "시몽의 트라우마는 전혀 회복 불가능한 건 아닙니다. 어쩌면 언젠가 다시 연주할 수 있을 거예요. 이전만큼은 아니겠지만. 손 자체가 망가졌으니까요. 하지만 청중을 감동시키기에는 충분할 겁니다." 쇼샤르에게 인사를 하고 막 떠나려는데, 그의 병실에서 〈The Peacocks〉의 테마 음을 부르는 목소리가 들려온다. 우리는 그쪽으로 달려간다. 침대에서 미소 띤 얼굴로 노래하는 사람은 다른 환자였고, 전 피아니스트는 창문에 몸을 기대고 하늘만 물끄러미 바라볼 뿐, 노래에는 전혀 반응하지 않는다.

살인청부업자의 추억

1. 권태

파리에 있는 은행과 시골 별장을 오가며 팔자 좋은 인생을 사는 마흔여덟 살의 한 은행가가 해온 제의, 그것은 내 경력 전체를 통틀어 가장 기이한 계약 중 하나였다. 나는 전에 나와 거래한 적이 있는 스위스 보험사 직원의 소개로 그를 알게 되었고, 우리는 파리 1구의 한 카페에서 만나기로 했다. 카페에서 그는 가죽 서류가방에서 밀랍 봉인된 봉투를 꺼냈다. 암살 대상자 정보(이름, 거주지, 직업, 습관, 약점 등)와 사진 몇 장이 들어 있는 봉투였다. 그는 곧바로 개봉하지 말아달라고 부탁했다. 나는 내 조건을 설명했고, 그는 곧바로 받아들였다. 처음 이런 일을 의뢰하는 고객이 다 그렇듯, 그는 약간 불안해했다. 다른 한편으로는 어떤 치기 어린 흥분에 들떠 있기도 했고. 마치 암살이 그에게는 하나의 게임에 불과한 듯이. 나는 일단 일을 시작하면 다시는 되돌릴 수 없다는 점을 강조했다. 그러자 그는 충분히 숙고한 뒤 결정했고, 자신이 무슨 일을 하는지 명확히 의식하고 있다고 대답했다. 나는 대화를 끝맺고 일어서면서, 임무를 마치는 대로 연락하겠다고 말했다.

집에 돌아온 나는 봉투를 열어보았다. 그 안에는 정보가 담긴 자료와 처치해야 할 사내의 사진 열두 장이 들어 있었다. 처음에 나는 그가 실수한 게 아닌가 생각했다. 그 사진이 다름 아닌 은행가의 사진이었기 때문이다. 자료에 스테이플러로 찍어 동봉한 편지는 내 생각이 틀렸음을 말해주었다.

선생,

희생자가 누구인지 쉽게 알아봤으리라 믿소. 당신의 임무를 완수하고, 아무 거리낌 없이 그를 죽이시오. 이 말 외에 더 이상 할 말은 없지만, 그래도 내가 무슨 동기로 이런 짓을 하는지 몰라 당신이 몹시 당황해할 것 같기도 하오. 그래서 몇 마디 들려주는 것도 전혀 쓸데없진 않을 듯싶소.

당신도 확인했겠지만, 나는 성공한 사람이오. 물론 이 세상에서 가장 막강한 사람은 아니지만, 그래도 지금까지 사업을 잘 이끌어왔고, 재산도 꽤 모았다오. 내 연배의 사내 중에 자기 위치와 내 위치를 바꾸자고 했을 때 주저할 사람은 그리 많지 않을 거요.

하지만 나는 만족스럽지 못하다오. 지금 내가 행복해 보이시오? 아니요. 나는 평생 인생의 단맛만 보고 살아왔소. 매콤씁쓸한 향료는 맛보지 못했단 뜻이오. 다시 말해 온갖 즐거움을 누렸지만 고통은 겪어보지 못했소. 게임하는 기분이 내게는 없소. 인생이 우리에게 제공하는 그 짜릿한 맛, 난 여태껏 그걸 모르고 살아왔소. 자, 이만하면 내 심정을 이해했을 거요. 무엇이 나를 괴롭히는지 파악했겠지요. 물론 그 깊이는 가늠하기 어렵겠지만. 그것은 바로 권태라오.

그래서 당신을 찾게 되었소. 잠자리에 들 때 내가 걱정하는 게 뭔지 아오? 내일 골프 치는데 날씨가 나쁘면 어쩌나, 이따위 것뿐이오. 나는 이것 말고 다른 걱정을 갖고 싶소. 내 꿈이 뭔지 아오? 자고 있을 때 누가 나를 죽이지 않을까 걱정해 보는 거요. 항상 위험 속에서 사는 것. 당신의 총알 앞에 나를 드러내는 것. 간단히 말해 내 삶에 매운 향료를 뿌리는 거요.

그래서 당신에게 나를 암살해달라고 부탁한 것이오. 아니, 더 정확히 말해 암살을 시도해달라고 부탁하고 싶소. 이것이 계약에 규정된 당신의 일이고, 내가 할 일은 당신보다 오래 사는 거요. 물론 나는 이 게임에서 당신이 이기리라는 걸 의심치 않소. 당신은 충분히 능력 있고 주도면밀한 사람이니까. 하지만 당신에게 특별히 부탁하고 싶소. 당신의 임무에 전적으로 헌신해주시오! 나의 즐거움은 당신의 참여 정도에 달려 있으니까. 내가 불안을 느낄 수 있는 분위기를 만들어주시오. 일초도 나를 가만히 내버려두지 마시오. 내가 공포에 질리게 해주시오!

당신이 이 일에 전심전력을 다하도록 만들 필요가 있지 않겠소? 따라서 당신의 수익은 당신이 얻는 기록에 따라 달라질 거요. 오늘밤 자정부터 카운트다운이 시작될 것이오. 만일 당신이 열흘 안에 나를 죽인다면, 당신은 원래 계약한 금액의 열 배를 받게 되오. 그리고 다시 열흘 후에는 여덟 배, 다시 열흘 후에는 여섯 배, 네 배…… 이런 식이 될 거요. 이렇게 시간이 지나면서 당신의 돈주머니는 점점 줄어드는 거지. 따라서 두 달 후에는 나를 죽이더라도 당신은 애초에 계약한 금액밖에 받지 못할 거요. 그리 된다면—우리 서로 솔직해집시다!—당신이나 나나 몹시 실망스럽겠지. (자세한 지불 방식은 내 공증인에게 연락하면 설명해줄 거요. 임무 수행에 들어가는 모든 비용 역시 청구하면 돌려줄 것이고.)

자, 할 말은 다 한 것 같소. 이제 우리의 운명은 서로 묶인 셈이오. 나는 최선을 다해 당신을 피할 작정이오. 하지만 당신은 경험이 풍부한 사람이니 피하려 애쓰는 내 꼴이 우습게 보이겠지. 여하튼 여기에 나에 관한 정보를 동봉하오. 내 말을 믿어도 좋소. 모두 사실이니까. 내게 유리한 점? 내가 쫓기고 있다는 사실을 안다는 것. 그리고 누가, 왜 노리는지도 알지. 하지만 당신은 이와 똑같은 조건하에서 사람들을 제거해본 경험이 있겠지.

당신이 이 편지를 읽을 즈음 난 이미 도망쳤을 거요. 당신이 그림자처럼 내 뒤를 바짝 쫓을 거라는 생각만으로도 벌써 전율이 느껴지오. 우리는 날아가는 총알의 앞뒤에서야 다시 보게 되겠지. 그럼 안녕히.

처음 겪어보는 경우여서 대체 어떻게 생각해야 할지 알 수 없었다. 결국 살인청부업자를 통한 자살인 셈이었다. 어찌 생각하면 멋진 행위라고도 할 수 있었다. 힘의 관계에서 자신이 크게 불리하다는 사실을 알면서도 게임을 하기로 결정한 거니까. 살인을 스포츠 경기처럼 행한다는 사실이 약간은 껄끄럽게도 느껴졌지만, 게임의 독창성은 이런 죄의식을 잊게 해주었다. 나는 평소처럼 성심성의껏 이 일을 처리하기로, 의뢰인을 위해 전문가로서 내 모든 실력을 발휘하기로 결심했다.

그는 참으로 서툰 도망자였다. 나를 피하려 유럽 대륙의 반을 건너갔지만, 조약돌을 뿌려 자기가 간 길을 알리듯 너무도 뻔한 흔적을 흘리고 다녔다. 사흘째 되는 날 아침, 나는 오스트리아에서 그를 찾아냈다. 그는 한 호텔 방에 있었는데, 창문조차 제대로 막아놓지 않았다. 나는 느긋하게 한 건물 옥상에 자리를 잡고, 그에게 장총을 겨누었다. 우리 사이의 거리는 채 삼십 미터도 되지 않았다. 형편없는 총을 가진 여덟 살짜리 꼬마라도 그의 심장을 쉽게 적중시킬 수 있었으리라. 그런데 갑자기 방아쇠를 당기기가 망설여졌다. 이렇게 몇 수 두지도 않고 게임을 끝내버리는 것은 너무 잔인하지 않은가? 도망 다니면서 그가 느꼈을 기쁨을 생각하니 측은해졌고, 나를 따돌리기 위해 꾸며냈을, 보이스카우트 애들이나 사용할 서툰 잔꾀를 생각하니 절로 미소가 지어졌다. 이렇게 빨리 게임 종료 호각을 부는 것은 부당하게 느껴졌다.

하지만 우리 사이에는 엄연히 계약이 있었다. 나는 더 기다렸다 그를 죽이는 것은 그가 실력 없는 적수임을 인정하는 것, 다시 말해 그를 모욕하는 것이나 마찬가지라고 판단했다. 그래서 이마 한가운데에 총알을 적중시켜 그를 쓰러뜨렸고, 암흑가의 거물을 처치하고 나서 늘 그러듯 내 모든 흔적을 세심하게 지웠다. 그의 장례식 날, 조화 사이에 물시계 하나를 끼워 보냈다. 물시계는 비어 있었는데, 그에게 시간은 더이상 존재하지 않았기 때문이다. 그가 바랐던 대로, 카운트다운이 끝난 뒤에 죽음의 영원한 현재가 온 것이다.

2. 야보로프 사건

암살을 준비할 때 우리는 세심한 정성을 기울인다. 계획을 짜고, 상황을 선택하며, 극도의 치밀함과 꼼꼼함으로 모든 것을 살핀다. 하지만 이 모든 노력에도 불구하고 우리는 결코 불의의 상황으로부터 자유로울 수 없다. 그리고 그 결과는 우리 같은 보잘것없는 개인을 무한히 초월하는 놀라운 규모로 확장될 수 있다. 이는 내가 직접 경험한 사실로, 내 경력 초기에 있었던 도브리 야보로프 암살 사건이 그러했다.

야보로프는 불가리아 출신의 마흔 살 된 사내로, 냉전 시대 동안 공산권 국가들을 전전하며 용병으로 활동했지만 지금은 은퇴하여 스테르피니아*에서 보안 회사를 운영하고 있다고 했다. 스테르피니아…… 도나우 강이 관통하는 이 조그만 평원 국가는 비록 규모는 작지만 정치학자들의 설명으로는 중앙유럽에서 가장 불안정한 지역이다.

* 작가가 꾸며낸 가공의 국가이다.

야보로프를 암살하려는 이유는 알 수 없었다. 복수를 위해? 아니면 뭔가 켕기는 게 있어서? 이유야 어떻든 나는 상관없었다. 하지만 중요한 임무이기는 했다. 달러로 여섯 자리 숫자에 달하는 보수를 받게 된 첫번째 일이었으니까. 그때 나는 한 번도 중죄 재판에서 변론을 해보지 못한 젊은 변호사가 이른바 '거물들이 노는 물'로 들어가는 기분이었다. 나는 사뭇 흥분되었다.

하지만 목표물의 위치를 알아내는 데에만 사흘이 걸렸다. 내가 받은 정보가 잘못되어, 다시 알아내야 했기 때문이다. 야보로프는 보안 회사를 정리하고 지금은 고스포디노프 아래서 일하고 있었다. 이 거물 정치인의 심복이자 경호원이자 운전수이자 부관이자 잡부인 셈이었다.

내 예술 분야*가 요구하는 규칙을 모두 만족시킬 수 있게끔 깔끔하게 일을 처리하고 싶었던 나는 서두르지 않고 며칠 동안 희생자의 생활 방식을 철저히 연구했다. 그가 그의 보스와 함께 살고 있는 호화로운 저택은 작업하기 쉽지 않은 장소였다. 창들은 나무로 가려져 있었고, 주변은 사람들이 많이 다니는 동네였으며, 저택 입구는 철저히 감시 중이었다. 고스포디노프는 이곳저곳 바쁘게 돌아다니는 사람이었다. 나는 한 공항 직원을 매수

* 여기서 예술 분야는 살인을 말한다. 살인을 하나의 예술로 보는 관점은 「기름바다」에서 이미 언급된 바 있다.

해 그의 전용기 이륙 시간표를 구할 수 있었고, 그가 비행기를 탈 때 행동하기로 결정했다.

새벽에 범행 장소에 도착한 나는 우선 그곳을 면밀히 둘러본 다음, 활주로가 내려다보이는 나지막한 언덕에 자리를 잡았다. 그리고 총을 꺼냈다. 부패한 공산군 장교에게서 구입한 '스나이퍼스카야 빈토프카 드라구노프(드라구노프 저격용 소총)'였다. 탄창에 탄환 열 발을 넣고 망원렌즈를 끼운 다음, 자동차 타이어, 기술자의 목덜미, 창고의 입구 손잡이 등을 겨냥하며 연습을 해보았다. 드라구노프 소총의 사정거리는 육백 미터로, 나와 야보로프 사이의 거리는 그 절반 정도였다. 따라서 작업 조건은 양호했다.

이륙 몇 분 전, 드디어 리무진이 활주로에 들어왔다. 차에서 네 명의 사내가 내렸는데, 그중에 야보노프와 그의 보스도 있었다. 나는 호흡을 가다듬었다. 자, 어서 앞으로 나오라고! 나는 희생자의 이마를 겨냥했다. 두 눈 사이를 적중시키리라. 난 그가 잠시 움직임을 멈출 때를 기다려 마침내 방아쇠를 당겼다.

그런데 문제가 발생했다.

총을 쏜 순간, 고스포디노프가 한 걸음 앞으로 나와 총알과 목표물 사이에 선 것이다. 그는 관자놀이에 총알을 맞고 그대로 쓰러졌다. 두 수행원은 땅에 엎드려 차 밑으로 굴러들어가 몸을 피했다. 야보로프는 잠시 멍하니 서 있더니, 이윽고 정신을 차리고 무기를 꺼내려고 양복저고리에 손을 집어넣었다. 하지만 나는 침착하게 그의 심장을 다시 겨냥했다. 이번에는 제대로 맞출 수 있었다.

갑자기 사이렌 소리가 울렸고, 당황한 나는 총을 분해한 뒤 언덕 아래로 내달려 차에 올라타 시동을 걸었다. 내 평생 그날처럼 위험하게 운전한 날도 없을 것이다. 그날 저녁, 스테르피니아와 유고슬라비아 국경을 지나고 나서야 겨우 두려움에서 벗어날 수 있었다. 나는 숲 속에 차를 버리고, 자예차르*에서 멀지 않은 버스터미널까지 걸어갔다. 거기서 버스를 타고 베오그라드로 갔다. 버스 안에서 나는 머릿속으로 지금까지 일어난 일을 영화처럼 다시 한번 돌려보며 내가 범한 실수를 자책했다. 나는 신중해야 한다는 기본 규칙을 어겼다. 게다가 한 사람분의 보수를 받고 두 사람을 죽였다. 특히 이 점이 나의 양심과 자존심을 괴롭혔다.

하지만 내가 범한 과오는 그것만이 아니었다. 나중에 안 사실이지만, 고스포디노프는 몇 해 전부터 스테르피니아의 정치적 안정에 기여한 중요한 인물이었다. 그 결과는 곧바로 나타났다. 정부는 비상사태를 선포했고, 군부는 정권을 탈취했다. 결국 내

* 세르비아의 도시.

전이 발발해 내가 이 글을 쓰고 있는 지금 이 순간까지 계속되고 있다. 한편 나는 불쌍한 야보로프의 암살을 주문한 의뢰인들에게 받은 돈으로 리우데자네이루에서 며칠 휴가를 즐기기로 결정했다. 문득 이런 생각이 떠올랐다. 어쩌면 1차 대전을 일으킨 총알의 원래 목표는 프란츠 페르디난트 황태자가 아니었을지도 모른다는. 그리고 다른 역사적 비극 중에도 내가 한 것 같은 그런 실수가 야기한 것들이 있었을 것이라는……

3. 딜란

1972년, 플랑드르의 보석상이자 1950년대에 나와 몇 번 거래한 적 있는 D××× 씨의 미망인이 내게 연락해왔다. 이 지체 높은 부인에게 내가 평소 드나드는 서민적인 카페에서 만나자고 할 수는 없는 노릇이어서, 우리는 생트카트린 광장의 레스토랑에서 저녁식사를 하기로 했다. 매우 우아하고 범접할 수 없는 기품이 느껴지는 여자였다. 말씨는 차분했고, 부드러운 목소리는 속삭이는 듯 나지막했다. 하지만 약간 불안해하는 기운이 느껴졌다. 하기야 나를 찾아왔다는 사실 자체가 특단의 조치로만 해결할 수 있는 문제가 있다는 뜻이니까. 처음에 우리는 평범한 일상 애기만 나누었다. 이윽고 후식이 나왔을 때, 나는 나를 찾은 이유를 물었다. 그러자 그녀는 근심 어린, 아니 거의 슬픈 표정을 지었다. 나는 그때 우리가 나눈 대화를 단어 하나 빠짐없이 모두 기억한다.

"물론." 그녀는 냅킨을 구기면서 말했다. "맛난 저녁이나 함께 먹자고 당신을 부른 것은 물론 아닙니다."

"네, 그럼 말씀해보세요."

"아직 그 일을 하고 계시죠?"

"그렇습니다, 부인."

"한 가지 부탁드리고 싶은 게 있어요. 보수는 원하는 만큼 드리겠어요. 돈은 문제가 아니니까."

"돈 얘기는 나중에 하셔도 됩니다."

그러고 나서 나는 입에 발린 소리를 덧붙였다.

"부인의 걱정을 덜어드릴 수만 있다면, 그게 저에겐 최고의 보상이죠."

"친절하시군요." 그녀는 미소를 지었다. "하지만 내가 당신에게 제의하려는 일은 결코 평범하지 않다는 걸 아셔야 합니다."

"좀더 자세히 얘기해보세요."

그녀는 시선을 내리깔고, 식탁 위로 사진 한 장을 내 쪽으로 밀었다. 사진은 뒤집혀 있었다.

"그를 죽이세요." 그녀가 말했다.

나는 사진을 뒤집었고, 대여섯 살 먹은 사내아이의 얼굴을 보았다. 고불거리는 갈색 머리에 눈빛은 기이할 정도로 강렬했다. 무릎까지 내려오는 타이트한 반바지와 이탈리아 축구팀 마크가 수놓인 스웨터 차림이었다.

"누구죠?"

"딜란. 내 아들의 외아들이죠."

"왜 그 아이가 죽기를 원하시죠?"

나는 그녀가 아들이나 며느리와 갈등 관계에 있으리라 짐작했다. 하지만 실상은 전혀 달랐다. 그녀는 나를 응시했고, 차분하지만 냉정한 목소리로 대답했다.

"왜냐하면 그는 악마니까요."

D××× 부인은 설명을 시작했다. 부인은 이 다섯 살짜리 아이가 악마에 씌웠음을 확신하게 되었다. 어쩌면 아이는 악마 자신인지도 모른다. 어느 경우이든 분명한 것은, 아이가 악과 고통을 퍼뜨리기 위해 이 세상에 왔다는 것이다. 그렇게 증오로 가득 찬 영혼을 본 적이 없으며, 아이를 처음 품에 안은 순간 이제껏 경험해보지 못한 섬뜩한 두려움을 느꼈다. 아이가 이 세상에 온 날, 아들 부부는 불행해졌다. 전에는 그렇게 사이가 좋았건만 이후에는 끊임없이 다퉜고, 결국 며느리는 중병에 걸려버렸다. "모든 게 이놈 때문이죠." D××× 부인은 사진을 보여주면서 내뱉듯이 말했다.

그녀의 요청에 나는 당황했다. 오직 성인만 상대하는 것이 나의 원칙이었기 때문이다. 물론 아내와 여자애들을 처치해달라는 의뢰를 받은 적도 있었다. 하지만 아내는 죽여도 여자애들은 건드리지 않았다(아마 그 아이들은 다른 사람에게 납치되어 살해되었으리라). 나의 스승은 항상 말씀하시곤 했다. 살인이란 서로 동의한 성인 간의 일이라고. 우리는 그들의 행동이나 말에 의해, 그들 스스로의 선택에 의해 위험하고 특단의 조치가 필요한 세계로 빠져든 사람만을 죽여야 한다. 지금 D××× 부인은 정신이 온전해 보이지 않았고, 나는 그녀의 광기가 원하는 게임을 받아들일 생각이 없었다. 그래서 그녀의 제의를 조금 생각해봐야겠다고 대답했다.

"내 말을 믿지 않는군요." 그녀가 실망한 기색으로 말했다.

"글쎄요. 아직 잘 모르겠습니다."

"이 조그만 괴물의 천사 같은 겉모습에 마음이 약해진 거겠죠. 그애는 지옥에서 왔고, 악이 그애의 혈관 속을 흐르고 있어요. 제발 내게서 이놈 좀 없애주세요."

이 대화는 그후 여러 날 동안 내 머릿속을 맴돌았다. D××× 부인의 간청을 거절하는 것도 썩 내키지 않아서였다. 사실 그녀의 남편은 내가 아주 각별하게 생각하는 사람이었다. 그는 자주 내게 도움을 청했고, 사고가 있고 나서 더이상 계약이 들어오지 않던 어려운 시절에 나를 다시 재기할 수 있게 해주기도 했다. 게다가 지금 그의 부인은 아주 매력적인 보수를 제의하고 있었다. 결국 나는 딜란 D×××, 그녀가 그토록 무서워하는 그 손자를 조금 조사해보기로 했다.

어린아이를 숨어서 관찰하는 것은 처음이라, 나 자신이 우스꽝스럽게 느껴졌다. 딜란은 아주 평범해 보이는 아이였다. 행동은 그 또래 애들과 별반 다르지 않은 것 같았고, 정원에서 혼자 놀거나, 개에게 재주를 가르치거나 하면서 시간을 보냈다. 하루 종일 관찰하고도 별다른 것을 발견하지 못한 나는 그만 집에 돌아가려고 했다. 그러다 자리를 뜨기 전에 별다른 생각 없이 쌍안경으로 그애를 보았는데, 갑자기 아이가 내 쪽으로 고개를 돌리더니 나를 빤히 바라보는 게 아닌가? 그 강렬한 눈빛에 간담이 서늘해질 정도였다. 나를 발견한 것일까? 그건 불가능했다. 나는 백 미터도 넘게 떨어진 곳의 무성한 덤불 속에 몸을 숨기고 있었으니까. 딜란은 수수께끼 같은 미소를 짓더니 다시 놀이로 돌아갔다. 나는 동요한 마음으로 내 차 쪽으로 걸어갔다.

만일 그 기이한 시선이 아니었다면, 나는 애초 생각대로 그녀가 제의한 계약을 거절했으리라. 하지만 어떤 마법이 나를 이끈 것인지, 나는 다음 날 같은 장소로 돌아왔다. 나는 이런 나의 행동이 비합리적이라는 사실을 의식하고 있었다. 어느 모로 보나 여느 아이처럼 누구에게도 해를 끼치지 않는 이 아이를 지켜본다는 것은 시간 낭비 아닐까? 내가 지금 초자연적인 것의 유혹에 너무 쉽게 끌려가는 건 아닐까? 그날 아침, 딜란은 정원에서 놀지 않았다. 오후 세시가 돼서야 개와 함께 바깥으로 와 개에게 공을 던져주며 놀기 시작했다. 그 모습을 지루하게 바라보고 있을 때, 다시 기이한 사건이 일어났다. 모든 일이 하도 빨리 벌어져서 정확히 말하기조차 힘들 정도이다. 아이는 자기 주위에 몰려든 곤충을 쫓아버리려는 듯 두 팔을 크게 휘저었다. 그러자 개가 움직임을 멈췄다. 딜란은 우물 쪽으로 향했다. 그러고는 그 나이의 아이라고는 믿어지지 않는 동작으로 최소한 이십 킬로그램은 돼 보이는 쇠뚜껑을 옆으로 밀었다. 개가 그쪽으로 다가왔다. 딜란은 눈 깜짝할 사이에 개를 붙잡아 우물 속에 던져버렸다. 나는 경악했다. 쌍안경으로 아이가 쇠뚜껑을 다시 제자리에 놓는 것을 볼 수 있었다. 아이는 두 손을 호주머니에 찔러 넣고 테라스로 돌아와 유리문을 열고 집 안으로 들어갔다. 나는 아이가 전날과 같은 눈빛으로 나를 쏘아볼까봐 겁났지만, 그런 일은 일어나지 않았다.

그 장면을 본 후 그애를 죽이겠다고 결심하지는 않았지만, 최소한 일을 심각하게 받아들이게 되었다. 나는 조사를 계속한 끝에, 딜란의 보모가 이 집에서 일한 지 사 개월밖에 안 되었다는 사실을 알았다. 그 전 보모는 이상한 사고로 죽었다. 딜란의 어머니는 그를 낳고 우울증에 걸렸다. 처음엔 집에서 치료를 받았지만 증상이 광기에 가깝게 악화되는 바람에 일 년 뒤 바닷가의 한 병원에 입원했다. 이후 그녀는 발작과 진정 상태를 오가며 지내고 있고, 아들 이야기만 꺼내도 곧바로 병이 악화된다고 했다.

다른 흥미로운 요소도 있었다. D×××의 집은 열세 채의 멋진 가옥이 모여 있는 조그만 마을에 있었다. 그런데 열세 집 가운데 열한 집의 주인이 최근 몇 년 사이에 이혼을 했으며, 두 집은 일 년 사이에 파산했다. 또 인근에 사는 세 아이가 사망했다. 첫번째 아이는 나무 꼭대기에서 떨어졌고, 두번째 아이는 차에 치였으며, 세번째 아이는 집 앞에서 죽은 채 발견되었지만, 원인을 찾아내지 못했다. 이 년 전에는 인근 목장에서 기르던 말이 모두 울타리를 뛰쳐나와 수 킬로미터를 질주한 뒤, 협곡에 몸을 던져 죽었다. 경찰은 이 모든 사건 사이에 아무런 연관성도 찾아내지 못했다. 혹시 딜란과 관련된 것일까? 그렇다고 확신할 수는 없었지만, 더이상 내 정신은 편안하지 못했다. 이글거리는 강렬한 눈빛의 그 포동포동한 얼굴이 계속 내 머릿속에 맴돌았고, 밤마다 악몽 속에 나타났다. 나는 D××× 부인에게 전화를 걸어 다시 한번 만나자고 청했다. 이번에 우리는 파리의 개선문 근처 카페에서 만났다.

"그애를 죽여줄 거예요?" 그녀는 단도직입적으로 물었다.

"모르겠습니다."

"그놈을 봤어요? 그놈이 품고 있는 그 악을 느꼈냐고요."

그녀는 흥분하여 떨었다.

"너무 멀리 있어서 뭘 느끼기는 힘들었습니다. 하지만 확실히 그 또래 아이들과는 다르게 보이더군요."

"딜란은 어린애가 아니에요!" 그녀가 내 표현을 정정해주었다. "아이의 옷을 걸친 악마예요. 나도 이 사실을 받아들이는 데 여러 달이 걸렸어요. 사실 그놈이 태어나고 처음 안아본 순간 그것을 직감했지만요. 그놈이 나와 아들 부부에게 얼마나 많은 고통을 안겨주었는지 모를 거예요. 만일 당신이 지금 죽이지 않으면, 놈은 계속 자랄 거예요. 그리고 놈 안에 있는 악도 함께 자라겠죠. 그렇게 되면 놈은 누가 어떻게 하기도 힘들 정도로 강력해질 거예요. 아직 기회가 있을 때 놈을 죽여야 해요."

그녀의 눈이 눈물에 젖었다. 나는 혼란스러운 심정으로 그녀와 헤어졌다. 도무지 판단이 서지 않았다. 하지만 추는 그녀 쪽으로 기울었다. 딜란을 죽인다는 생각이 내 머릿속에 어느 정도 자리 잡아갔던 것이다. 며칠 전만 해도 당연히 계약을 거부할 마음이었지만, 지금은 거의 받아들일 준비가 되었다. 나는 D××× 의 집이 내려다보이는 언덕에 잠복해 다시 관찰을 시작했다. 집

안에서는 개가 사라져 난리가 났다. 하인들은 수풀을 뒤지며 개의 이름을 불러댔다. 멀리 있어서 명확히 들리지 않았지만 '메피스토' 라고 부르는 것 같았다. 재미있는 이름이긴 했지만 그런 이름을 듣고 웃을 수만은 없었다.

나는 몇 차례 집에 다가가보려 시도했지만, 여건이 좋지 않았다. 집 주위는 관목이 울타리처럼 둘러싸고 있었고, 관목 울타리에서 집까지 삼십 미터 정도 되는 정원에는 짧게 깎인 잔디밭이 펼쳐져, 몸을 노출하지 않고는 거기를 통과할 수 없었다. 밤이 되면 하인들은 창의 덧문을 걸어 잠갔다. 아무도 없는 방까지 꼭꼭. 집 안에 몰래 들어가는 것은 포기해야 했다. 너무 위험했다.

사흘째 되는 날 아침, 딜란이 정원에 나타나더니 헛간으로 들어갔다. 그리고 오전 내내 나오지 않았다. 그 안에서 뭘 하는 걸까? 아이들의 천진한 놀이에 빠져 있는 걸까, 아니면 어떤 어두운 음모를 꾸미는 걸까? 나의 상상력은 끝간 데 없이 나아갔다. 하지만 제대로 판단할 수가 없었다. 마음 한편에 자라나는 이 섬뜩한 환상을 나무라야 할 것인가? 아니면 딜란이 이 세상에 가져올 위험을 과소평가하는 것일까? 정오 무렵, 보모가 밖으로 나와 그를 불렀다. 그는 대답하지 않았다. 그녀는 헛간 쪽으로 가서 문을 열고 들어갔다. 이어 엄청난 비명 소리가 들렸고 나는 전율했다. 무슨 일이 일어난 거지? 그가 그녀를 죽였을까? 새들도 숨을 죽였다. 초자연적인 정적이 내려앉았다.

좀더 잘 보기 위해 나는 왼쪽으로 십오 미터 떨어진 관목 뒤에 몸을 숨기기로 결정했다. 몸을 일으키려는데 무언가 따닥 하고 부러지는 소리가 들렸다. 나는 홱 돌아섰다. 딜란이 거기에 서 있었다. 내 정면에서, 차분한 얼굴로 나를 응시하고 있었다. 나는 너무 무서워서 거의 실신할 뻔했다. 내 발목에 뱀이 칭칭 감겨 있는 것을 발견했어도 그렇게 소름 끼치지는 않았으리라. 딜란에게 뭐라고 말을 걸어야 할까, 아니면 도망쳐야 하나? 어처구니없게도 나는 이 다섯 살짜리 아이가 먼저 말해주기를 기다렸다. 마치 힘을 지닌 쪽은 내가 아니라 그 꼬마인 듯이. 아이의 시선에는 최면을 걸듯 사람을 마비시키는 힘이 있었다. 며칠 전, 아이가 우물에서 내 쪽을 쳐다보았을 때의 그 느낌이 되살아났다. 그는 아무 말 없이 갑자기 내 쪽으로 한 발 내딛었다. 나는 공포에 질려 뒷걸음쳤다. 그는 계속 다가왔다. 겁에 질린 나는 몸을 돌려 달리기 시작했지만 곧 발이 덩굴에 걸려 둔중하게 쓰러졌다. 아이가 식물까지 지배하는 것일까? 아이는 이제 나와 삼 미터 거리에 있었고, 천천히 다가왔다. 그는 입을 비죽거리며 웃었다. 눈에선 눈동자가 사라지고 대신 심연이 열리는 것 같았다. 나는 더이상 아무 생각도 할 수 없었다. 양복저고리에서 권총을 꺼내 그대로 발사했다.

한 줄기 피가 허공에 튀어올랐다. 딜란은 고꾸라졌다. 공포에 굳어버린 얼굴로 땅에 누워 있던 나는 몸을 일으킬 수 없었다. 열병에 걸린 듯 몸이 덜덜 떨렸다. 나는 공포심이 어느 정도 가라앉자 일어나 수풀을 헤치고 뛰었다. 어디로 가는지도 몰랐고, 내가 죽인 작은 악마를 쳐다보지도 않았다.

그날 저녁, 나는 범행 장소에 다시 가봤다. 시체는 사라지고 없었다. 대신 어두운 색깔에 구멍이 뻥뻥 뚫린, 기이할 정도로 가벼운 돌멩이 하나가 굴러다녔다. 화산이 분출하면서 생긴 화산력 같은 돌이었다.

"아마 당신은 딜란이 악마라는 사실을 아직도 반밖에 믿지 않을 거예요." 내가 전화를 걸어 일어난 일을 들려주자 D××× 부인이 말했다. 나는 고백했다. 사실 내가 죽인 것이 뭔지 모르겠다고. 그애가 악마였는지 아니면 단지 평범한 아이였는지 모르겠다고. 하지만 내가 발견한 돌멩이에 대해선 말하지 않았다. 또 다른 기이한 요소가 추가되면 그녀의 불안감이 더 심해질까 걱정되었기 때문이다.

우리는 보수에 대해 논의했다. 그녀는 상당한 액수를 보내주겠다고 했다. 한 아이를 살해한 대가로는 지나치지만, 악마를 죽였다는 점을 고려하면 합당한 금액이었다. 그녀는 내게 한 가지 당부를 했다. 앞으로 다시는 자기를 찾지 말아달라고. 혹시 우연히 마주치더라도 모른 척해달라고. "내 인생에서 그 아이와 함께한 페이지를 넘기고, 이 이야기를 영원히 잊고 싶어요." 나는 그녀를 안심시키며 이 사건과 관련해서는 나도 같은 심정이라고 말했다. 나는 이 사건을 영원히 잊지 못하겠지만, 그 누구에게도 말하고 싶지는 않았다.

우리는 작별 인사를 나누었다. 수화기를 내려놓으려 할 때, 그녀가 다시 나를 불렀다. "아참, 이 말을 잊었네요." 그녀가 속삭이듯 말했다. "그 까만 돌멩이. 그걸 당신만 아는 장소에 묻어줘요. 가능한 한 아주 깊숙이. 비석 같은 걸 세워 장소를 표시하려 들지 말고, 다시는 그곳에 와보려 하지도 말아요."

4. 자화상

영국 작가 토머스 드퀸시(1785-1859)의 가장 유명한 저서의 제목은 『예술의 한 분야로 간주된 살인에 대하여』이다. 내가 무슨 일을 하는지 알고 있을 정도로 가까운 친구가 내 쉰 살 생일 선물로 준 책이기도 하지만, 아직 읽어보지는 못했다. 제목은 사뭇 도발적이지만, 실제 있었던 이야기는 아니리라 생각한다. 따라서 지금까지 이 세상에 실제로 살인과 예술을 하나의 분야로 통합한 사람은 오직 나뿐이라 생각한다.

그 일은 1977년에 일어났다. 어느 날, 이반이라는 사람이 나에게 연락해왔다(그의 성은 모른다). 그는 미국에서 왔으며 피터 윌마크라는 화가를 위해 일한다고 자신을 소개했다. 그렇게 유명한 예술가 밑에서 일한다는 사실에 큰 자부심을 느끼는 것 같았다. 그래서인지 내가 그에게 예술 방면엔 아는 게 없어서 윌마크가 누군지도 잘 모르겠다고 말하자 적이 실망하는 기색이었다. 이반은 윌마크가 나를 어떻게 알게 되었는지 설명해주었다. 그의 동료 화가들의 작품을 수집하는 한 콜렉터에게 내 얘기를 들었다는 거였다. 그러고는 내게 뉴욕행 왕복 비행기 표를 내밀었다. 윌마크가 보름 후에 그의 집에서 나를 보고 싶어한다고 덧붙이면서. 내가 거절한다거나, 그날 다른 일이 있을 가능성은 아예 생각조차 않은 듯한 지극히 일방적인 초청이었다.

그렇게 해서 나는 뉴욕으로 가게 됐다. 물론 가기 전에 윌마크라는 사람에 대해 사전 조사도 했다. 그는 이 시대 가장 악마 같은 예술가 가운데 한 명으로 알려져 있었다. 어떤 종류의 신성모독 행위도 마다하지 않는 도발적인 작가로, 현대인의 상황과 서구 문명의 쇠락을 다양한 방식으로 보여주는 작품을 창조한다는 것이다. 그의 회화와 조각은 최고가로 팔렸다. 〈시간, 공간, 색채〉라는 제목의 연작 여섯 점은 1970년에 런던 경매에서 세계에서 가장 비싼 작품으로 등극했다. 이 년 후 역시 미국 화가인 조프리 W. 조프리의 거대한 그림에 그 자리를 내주기는 했지만.

월마크가 아파트 겸 아틀리에로 사용하는 곳은 삼십 층 건물의 펜트하우스로, 층 전체가 그의 소유였다. 화가로 데뷔한 이후 예술에 대한 견해를 절대 밝히지 않겠다고 결심한 탓일까(반면 축구, 곰 사냥, 금융 등 그가 전혀 모르는 다른 분야에 관한 인터뷰는 기꺼이 수락했다), 그는 집 안에 손님을 들이는 법이 없었다. 그를 만나기 전에 나는 그의 작품의 복제화 여러 점을 살펴보았다. 앞에서 말했듯 나는 미술에 대한 지식이 극히 협소했고—이후 조금 나아지긴 했지만 지금도 마찬가지이다—취향은 케케묵은 구식이었다. 그래서 그의 작품 대부분이 아리송하게만 느껴졌다. 충만하게 넘쳐나는 강렬한 색채는 절도를 지키려는 나의 감각에 거슬렸고, 기준이나 모티프가 없어 보고 있으면 불안해졌다. 그래도 기분 좋은 느낌을 주는 온건한 작품도 있었다. 좀처럼 떠나고 싶지 않은 차분한 풍경 앞에 서 있는 듯한 느낌을 주는 그림을 보며 나는 월마크가 분명 재능 있는 화가일 거라고 결론지었다.

약속한 날에 이반은 나를 데리러 내가 묵는 호텔로 스포츠카를 몰고 왔고, 화가는 맨해튼에 있는 그의 아파트에서 나를 맞아주었다. 그는 마치 오랜 친구와 재회한 것처럼 몹시 반가워하며 나에게 가죽 소파에 앉으라고 권했다. 응접실 한쪽 벽의 대형 유리창 밖으로 뉴욕 시의 전경이 넓게 펼쳐져 있었다.

술을 따라주며 온갖 이야기를 혼잣말하듯 지껄여대는 그의 말을 듣고 있으려니 문득 궁금해졌다. 이 사람은 대체 왜 나를 부른 것일까? 누군가의 암살을 의뢰하려고? 정직하지 못한 콜렉터? 그림 가격이 그보다 높은 화가? 그에 대해 혹평을 늘어놓는 비평가? 내가 그의 삶에서—정확히 말해 삶이 아니라 죽음, 아니 예술에서라고 말해야 하리라—어떤 역할을 해주길 바라는 것일까? 전혀 감을 잡을 수 없었다. 그는 식탁으로 자리를 옮기자고 했다. "레스토랑보다 우리 집에서 식사하는 게 더 편하겠다고 생각했소. 특히 진지하게 의논할 사안이 있으니까. 은밀함…… 그건 참으로 지켜내기 힘든 거요. 안 그렇소? 하지만 집에서 식사한다 해서 크게 실망할 건 없습니다. 안심해도 돼요. 지금 이 아래층에서 뉴욕 시 최고의 요리사들이 부지런히 움직이고 있으니까요."

과연 음식은 훌륭했다. 그런데 이상했다. 월마크는 요리가 들어오는 순간부터 빈 접시가 나가는 순간까지 아무 말도 없었다. 먹으면서 말하는 것, 음식에 전적으로 집중하지 않는 것이 신성모독죄이기라도 한 듯이. "이건 정말 예술이오." 두번째로 나온 요리 접시가 치워질 때 그가 속삭였다. "이 걸작에 비하면 내 그림이며 프레스코화는 아무것도 아니오. 정말 아무것도 아니지."

월마크가 본론을 꺼낸 것은 후식을 먹고 나서 커피를 마실 때였다. 그가 내게 뭘 원하는지 듣기 위해서는 조금 더 기다려야 했다. 그는 먼저 예술과, 자신이 이 세상에 남기고자 하는 자취에 대해 긴 서론을 늘어놓았다. 나는 최대한 집중해 그의 말을 들었다. 그가 원하는 것을 제대로 수행하려면 계획의 깊은 의미를 잘 이해해야 한다고 말했기 때문이다. 여기서 그가 한 말을 요약해 전하지는 않겠다. 자칫 미묘한 의미를 해칠 위험이 있기 때문이다. 난해하고 복잡한 언어로 설명한 그의 작업을 나의 투박한 언어로 옮기는 게 힘들기 때문이기도 하다. 어쨌든 나는 그의 제의를 받아들였다. 일은 내가 평소 하는 작업과 다르지 않았다. 방아쇠를 당겨 한 사람을 죽이는 일이었다. 그러나 이 암살이 하나의 요소로서 참여하게 될 그의 계획은 유래 없는 것이었다.

월마크는 그의 새 작품—그가 〈자화상〉이라고 이름 붙인 폭사 미터의 대형 그림—의 베르니사주*를 열어 수많은 사람을 초대했다. 이날 저녁 행사는 위대한 순간이 될 것이었다. 행사에 앞서 예술가가 중대한 사실을 예고했던 것이다. 〈자화상〉은 자신의 마지막 작품이 될 것이며, 이 작품을 완성한 뒤 영원히 붓을 꺾겠노라고. 또 이 그림은 아직 완성된 게 아니며, 이후 오랫동안 인구에 회자될 모종의 연출을 통해 자신이 공개적으로 화

* 전시회 전날 손님을 초대해 작품을 보여주는 행사.

룡정점을 할 것이라고. 그가 행사의 무대로 선택한 곳은 교외 지역에 버려진 거대한 온실이었고, 초대객은 거기까지 버스로 이동할 예정이었다. 지는 해가 발하는 장엄한 빛에 잠기게 될—행사는 석양 무렵에 개최될 예정이었다—이 기이하고도 황폐한 장소는 예술적 사건에 보충 요소가 될 터였다.

마침내 그날이 되어 천 명이 넘는 사람들이 온실 앞에 모였다. 나도 그들 사이에 끼어 있었고, 곁눈으로 나를 살펴보는 이반 역시 있었다. 저녁 여섯시, 온실 문이 열리고 사람들이 안으로 몰려 들어갔다. 온실은 텅 비어 있었다. 앞에는 커다란 휘장이 드리워져 있었는데, 그 뒤에 그림이 감춰져 있다는 건 누구나 짐작할 수 있었다. 십 분 동안 아무 일도 일어나지 않았다. 그리고 갑자기 프로젝터 불빛이 휘장을 밝혔다. 동시에 피터 월마크가 박수갈채를 받으며 나타났다. 나는 계획에 따라 온실 밖으로 슬그머니 빠져나갔다. 그 뒤에 이어질 과정은 월마크에게 너무도 자세히 들었기 때문에, 내가 없는 동안 온실 안에서 어떤 일이 일어났는지 상세히 이야기해줄 수 있다.

월마크는 조수가 가져다놓은 나무 상자 위에 걸터앉았고, 이후 삼십 분 동안 이어질 연설을 시작했다. 나와 함께 저녁식사할 때 말한 내용 그대로였다. 나는 그 연설문 사본을 가지고 있다. 우리의 주제와는 거리가 있기 때문에 그 내용을 모두 옮기지는 않겠으나, 다음의 의미심장한 구절은 한번 들어보기 바란다.

이제 저는 제 예술 안에 녹아 들어가려 합니다. 작품과 인간이 하나가 되는 것이지요. 그림의 근원이 그림 자체가 되어야 하고, 시작이 곧 끝이 되어야 합니다. 저는 그 순환 고리를 완성할 것인데, 이로 말미암아 이 〈자화상〉은 시간의 끝까지 자율적으로 작동할 것이며, 여러분은 창조의 전 과정을 한눈에 보게 될 것입니다.

청중 대부분은 무슨 말인지 이해하지 못했지만, 어쨌든 연설을 마친 윌마크에게 열렬한 갈채를 보냈다. 조수가 백오십 센티미터 높이의 사다리를 가져와 휘장 앞에 놓았다. 예술가는 사다리를 기어올라 가장 높은 발판 위에 섰다. 그러고는 청중 쪽으로 돌아서서 두 팔을 십자가처럼 활짝 벌리고, 시선을 지평선에 고정했다. 휘장이 떨어지면서 오늘 저녁의 주인공인 그림이 모습을 드러냈다. 동시에 온실 맞은편 창고의 지붕 위에 엎드려 있던 내가 방아쇠를 당겼다. 총알은 온실의 유리를 박살낸 다음 예술가의 두개골을 관통했고, 그 뒤에 있는 화폭에 붉은 피를 뿌렸다. 생명을 잃은 그의 몸이 땅에 떨어졌다. 공포에 질린 비명이 솟아올랐고, 군중은 서로를 마구 밀치며 안전한 곳을 찾아 문 쪽으로 내달렸다.

피터 윌마크의 〈자화상〉은 현재 고인의 유언에 따라 그가 태어난 도시인 오슬로의 현대미술관에 전시되어 있다. 숨이 멎을 정도로 아름다운 이 추상화는 극지방 부빙(浮氷)의 순수함과 구름의 가벼움을 환기하는 아주 맑은 색조로 구성되어 있다. 그런데 그 위에 흩뿌려진 눈에 띄는 거무스레한 점과 불그레한 작은 덩어리 들이 불안한 느낌을 준다. 아마 관람객은 그 점들이 나의 총알에 맞아 화폭 위에 흩뿌려진 예술가의 피와 뇌수의 흔적이라는 사실을 모르고 지나칠 것이다. 나는 이 걸작을 관조하기 위해 미술관을 수차례 방문했다. 그리고 그때마다 한없이 애석했다. 그림 앞에서 황홀해하는 모든 사람에게 내가 이 작품을 함께 완성한 예술가라는 사실을 밝힐 수 없었기 때문에.

5. 두 번의 작은 규칙 위반

보통 나는 정밀한 저격용 소총으로 작업을 한다. 시그 사우어, 애큐러시, 레밍턴 브라보, 그리고 나의 충직한 드라구노프 등등. 그런데 내 경력을 통틀어 이런 소총이 아닌 다른 무기를 사용한 적이 딱 두 번 있었다.

첫번째는 그다지 성공적이지 못했다. 그때 나를 고용한 사람은 이탈리아의 사업가 폴리치로, 그의 사업에 피해를 준 그리스

실업가를 죽여주기를 원했다. 그 실업가의 이름은 아포스톨리디스였다. 폴리치는 후환을 없애기 위해 아포스톨리디스의 세 동업자까지 처치해달라고 했다. 그리고 최대한 은밀하게 작업해달라고도. 이 살인 사건이 신문에 대문짝 만하게 실려서, 수사관이 이 범죄로 이득 볼 사람이 누구인지 궁금해하게 되는 상황을 결코 원치 않았기 때문이다.

최선의 해결책은 네 사내를 동시에 살해하는 것이었다. 첫번째 산토끼를 잡고 나서 사방으로 튄 나머지 세 토끼를 잡는 일은 결코 만만치 않을 테니까. 마침 좋은 기회가 왔다. 어느 날 그들이 렌트한 차를 몰고 로마에서 토리노까지 가기로 한 것이다. 지폐 몇 장을 유효적절하게 뿌린 결과, 나는 그들이 찾아간 렌터카 대리점은 물론, 그들이 예약한 자동차까지 알아낼 수 있었다. 그 차에 장착할 폭탄을 제작하는 데는 시간이 꽤 걸렸다. 폭발물을 다루는 건 처음이라 이 방면의 전문가인 친구가 건네준 자료에 의지해야 했다. 드디어 디데이가 되었고, 나는 주차장 앞으로 가서 네 사내가 도착하기를 기다렸다. 그들이 차에 타면 손에 쥐고 있는 리모컨 버튼을 눌러 폭탄을 터뜨릴 생각이었다.

모든 것이 예상대로 진행되었다. 아포스톨리디스와 세 동업자는 차를 인도받아 주차장을 빠져나왔고, 곧 토리노로 가는 도로를 탔다. 이제 적당한 때만 기다리면 되었다. 나는 그들을 따라 십오 킬로미터를 달린 끝에 차량 통행이 없는 길목에 접어들었고, 거기서 리모컨의 버튼을 눌렀다.

엄청난 폭발이었다. 기겁한 나는 반사적으로 있는 힘껏 브레이크를 밟았다. 급정거하는 바람에 뒤따르던 차가 내 차를 박아버렸다. 백 미터 전방에서 연기 기둥이 치솟았고, 내 차의 유리창도 전부 박살났다. 귀에서 윙윙 소리가 났다. 폭약 성분을 잘못 배합해 그들이 탄 자동차는 그야말로 산산조각이 났고, 아무것도 남지 않았다. 폭발 때문에 아포스톨리디스와 그의 친구들 외에 근처에 있던 두 사람이 더 사망했다(그중 한 명은 심장병을 앓던 노인으로, 거센 폭발음에 그만 심장이 멎고 말았다). 경찰은 가스관이 폭발한 거라 생각했고, 소방차며 구급차까지 현장에 달려왔다. 덕분에 나는 그들에게 유리 파편으로 생긴 상처를 치료받기까지 했다.

"은밀하게 작업해달라고 부탁한 걸로 기억하오만?" 다음 날 폴리치는 내게 돈을 건네며 못마땅한 낯으로 말했다. 그러고는 씩 미소를 짓더니 말을 이었다. "하지만 당신이 벌인 그 대학살극은 나를 한참 동안 웃게 했소. 그래서 당신에게 보너스 오십만 리라를 더 주기로 결정했다오." 그 일 이후 난 더이상 폭약에 손을 대지 않았다.

두번째는 독약이었다. 파리의 한 의사가 열여덟 살인 자기 딸을 암살해달라고 의뢰했다. 그는 자기 딸은 창녀이고 집안의 수치이기 때문에 더이상 그녀가 자기 이름을 더럽히는 걸 참을 수 없다고 말했다. 그가 내민 그녀의 사진을 보고는 나는 입을 딱 벌리고 말았다. 흑옥 같은 머릿결의 그 소녀는 내가 여태껏 본 적이 없는 절세 미녀였다. 나는 며칠 동안 그녀를 미행했다. 이 세상 사람 같지 않은 그녀의 미모에 반한 나는 밤에도 잠을 이루지 못할 정도였다. 그녀에게 너무도 매혹된 나머지 감히 손을 댈 수 없는 심정이었다. 어떻게 이 완벽한 몸과 얼굴을 훼손할 수 있겠는가? 콩알만 한 권총 탄환 한 발을 그녀의 목덜미에 쏜다면 머리카락에 덮여 상처가 보이지 않겠지만, 그마저도 나는 받아들일 수 없었다.

미의 여신처럼 완벽한 그녀의 미모를 망가뜨리지 않기 위해 나는 카페 테라스에 앉아 있는 그녀의 잔에 몰래 독약을 부었다. 몇 분 후, 그녀는 목과 배에 타는 듯한 통증을 느끼며 고통으로 몸을 뒤틀다 결국 의식을 잃었다. 사람들이 구조대원을 불렀다. 하지만 그녀는 구급차에 실려 병원으로 이송되던 중에 숨을 거뒀다. 독은 그녀의 내부를 참혹하게 갉아먹었지만, 그녀의 피부는 도자기 인형과도 같은 창백함과 순수함을 간직할 수 있었다.

수첩

내가 바스티안 피커를 만난 것은 열여섯 살 때였다. 그는 항상 말쑥한 차림이었고, 잘생긴 얼굴은 자연스럽게 헝클어진 풍성한 머리카락과 잘 어울렸다. 한마디로 눈부신, 하지만 약간 허풍기가 있는 청년이었다. 나보다 나이가 많았으나 차이가 크지는 않았다. 하지만 난 우리가 절대 같은 세대일 리 없다고 생각했다. 겨우 한 살 위의 상급반 아이들을 자신과 아주 다르다고 생각하는 초등학생처럼.

총명한 소년이었던 바스티안은 일찌감치 학교를 때려치웠다. 문학에 대한 열정 때문이었다. 그는 만나는 사람마다 자신이 "미래의 작가"라고 말했고, 내게도 그런 식으로 자신을 소개했다. 그는 아직 발표한 작품이 없었다. 하지만 우리에게 자신이

판타지와 자전적 요소를 섞은 장편소설을 소년 시절부터 썼는데, 일단 출판만 되면 큰 센세이션을 일으킬 거라고 주장했다. 하지만 그것은 훗날의 일이고, 우선은 다른 일에 열중했다. 다른 작가의 책에 대해 글을 쓰며 명성을 얻으려 시도했고, 저명한 문화계 인사와 교류하려 애썼다. 이를 위해 예술가들이 자주 모이는 카페에서 밤을 지새우기 일쑤였고, 가장 명성 높은 당대 문인들 주위를 얼쩡거렸다.

그는 이런 일들을 썩 잘해나갔다. 그가 초대받지 않은 '문학의 밤'은 없었고, 그의 모습이 보이지 않는 전시회 베르니사주가 없을 정도였으니까. 또 기자들은 그의 이름을 허물없이 불렀고, 그와 함께 젊은 작가들에 대해 악평을 늘어놓으며 낄낄대곤 했다(그는 아직 스스로의 가치를 증명해 보이지 못했지만, 다른 작가들 혹평은 아주 잘했다). 나는 종종 그에게 묻곤 했다. 그렇게 정신없이 사람들을 만나고 다니면서 작품을 쓸 시간은 있느냐고. 그러면 그는 거의 자지 않으며 자신의 엄청난 재능 덕분에 조금만 일하고도 많은 것을 얻을 수 있다고 허풍을 떨어댔다. "다른 사람은 책상에 한 시간 앉아 있으면 한 열대여섯 줄 쓸 거야. 그나마 다음 날은 수정하느라 정신이 없겠지. 하지만 난 달라. 그 시간이면 거의 퇴고할 필요 없이 완벽한 열 페이지를 쓰거든. 어쩌면 새로운 사행시 한 편을 지을 수도 있겠고."

하지만 진실은 전혀 달랐다. 어느 날 저녁, 그는 술에 잔뜩 취해 내게 고백했다. 자신이 쓴 것은 잠시 끼적거리다 구겨서 휴지통에 던져버린 종이 몇 장이 전부라고. 또 이미 머릿속에 다 있어서 종이에 옮겨 쓰기만 하면 된다고 주장했던 열 편의 이야기는 사실 존재하지도 않는다고. 그토록 자신만만하게 거들먹거리던 바스티안 피커는 상상력이라곤 눈곱만치도 없는 데다 머릿속엔 간단한 이야기 한 편 지어낼 아이디어조차 없었던 것이다. 이렇게 실토하는 그의 표정이 너무도 참담해서 나는 당장 내 상상력을 동원해서라도 그를 도와주고 싶었다. 하지만 나 역시 상상력이라면 젬병이었다. 설사 그런 제의를 꺼냈다 해도 그는 벌컥 성만 냈으리라.

*

바스티안은 자신의 문제를 해결할 방법을 찾아냈다고 생각했다. 레오폴드 악셀레스, 당시 오스트리아에서 가장 유명한 소설가 가운데 한 명이었던 이 대작가의 모임에 출입하면서부터였다. 야심에 찬 젊은 문인 중에는 자존심 때문에 그의 문체에 약점이 있다고 비웃는 척하는 자들도 있었다. 하지만 그들은 모두 귀족 가문 출신인 이 전직 외교관에게 경외심을 품고 있었다. 나 역시 그의 저서를 모두 소장하고 있었고, 그를 지난 세기 거장들의 진정한 후계자라고 여겼다. 그는 스스로 오랫동안 문학과 성직 사이에서 망설였다고 밝힌 적이 있을 정도로 열렬한 가톨릭 신자였는데, 신앙과 신학에 대한 글을 여러 편 썼고(이 주제로 곧 또 한 편이 나온다고 했다) 독일과 오스트리아의 모든 주교와 개인 친분을 맺고 있기도 했다.

악셀레스는 빈에 살면서 동시대 문학과 함께 호흡했다. 여러 신문에 평론을 썼고, 각종 문학상의 심사위원이었으며, 젊은 소설가들에게 둘러싸여 아낌없이 충고하고 격려하는 일을 즐겼다. 바스티안은 그의 모임에 들어가기 위해 갖은 애를 썼다. 악셀레스는 그에게 호감을 느꼈고, 대법원 건물 근처 파리제르가세 거리에 있는 그의 아파트에서 만찬이 있을 때마다 그를 초대하곤 했다. 그 만찬이 사람들에게 큰 인기가 있었다는 사실은 두말할 나위가 없으리라.

바스티안과 달리 악셀레스는 무한한 상상력의 소유자였다. 그의 저작 목록에는 스무 편의 장편소설과 백 편이 넘는 중단편이 포함되어 있었고, 모두가 평범한 작품이 아니었다. 나는 그 숫자만으로도 경악할 수밖에 없었고, 대체 어디에서 그 많은 아이디어를 얻는지 궁금했다. 그는 가죽 수첩 하나를 항상 몸에 지니고 다녔다. 언제나 손이 닿을 수 있게 양복저고리 주머니에 넣고 다니며 무언가 생각이 떠오르면 꺼내 적곤 했다. 나는 체호프 역시 이런 수첩이 있었다는 글을 읽은 적이 있었다. 그는 가끔 서랍에서 그걸 꺼내 흔들면서 말했다고 한다. "작품 주제라면 수도 없이 많지! 그렇고말고! 자, 젊은 친구들! 그대들은 내 발뒤꿈치도 못 따라와! 원하면 한두 개 팔아줄 수도 있어." 악셀레스도 그와 비슷하게 행동했다. 예를 들어 그와 함께 식사하거나 카페에 앉아 있을 때면 그는 종종 대화를 중단하고 콧등에 안경을 걸친 다음 수첩을 꺼내 상대방이 못 보게끔 세심히 신경을 쓰며 몇 자를 휘갈긴다. 그러면서 이렇게 말한다. "아, 계속 말하세요! 계속 말해요!" 그러면 상대방은 궁금해한다. 대체 내 말에서 뭐가 그렇게 흥미로웠을까? 그게 이 양반의 다음 책에 어떤 식으로 인용될까? 때로는 식사가 끝날 무렵에야 수첩을 꺼내드는 경우도 있다. 이런 때는 종업원이 바구니에 계산서와 함께 넣어놓은 볼펜을 집어 들고 뭔가를 메모하면서, 식사 중에 생각난 단편의 주제를 적는 중이라고 설명한다. 그렇게 수첩은 악셀레스라는 인물의 분리할 수 없는 한 부분이었다. 그가 수첩 없이 외출하는 일은 그가 알몸으로 연주회에 참석하는 것만큼이나 상상할 수 없는 일이었다.

바스티안이 아이디어와 일화로 가득한 이 작은 수첩을 탐냈으리라는 것은 쉽게 짐작할 수 있었다. 그 안에는 평생을 쓰고도 남을 작품 소재가 가득할 테니까. 처음에 바스티안은 그 수첩을 손에 넣는 것을 당치 않은 꿈으로 여겼다. 실현되지 않을 줄 알면서도 마음껏 상상해보는 여행 계획처럼 말이다. 하지만 너무 자주 생각한 나머지, 그는 그것만이 자신의 문제에 대한 유일한 해결책이라고 확신하게 되었다. 그는 그 수첩에 대한 강박관념에 사로잡혀 무슨 일이 있어도 그걸 빼돌리기로 결심했다! 어느 날 저녁, 자일러가세 거리의 맥줏집에서 함께 저녁식사를 하면서 그는 내게 자신의 계획을 털어놓았다. 나는 그 생각이 정직하지 못하다 여겨져 그의 마음을 돌리려 해보았다.

"아니, 어떻게 남의 아이디어를 훔쳐낼 수 있어? 그럴 수는 없지!"

"아이디어라면 그는 주체 못할 정도로 많아." 그는 반박했다. "내가 훔쳐내면 그는 다음 날로 다른 수첩을 마련할 거고, 그건 보름 후면 꽉 찰 거야. 사실 그도 대화 중에 우리 아이디어를 슬쩍하잖아? 그러면서 우리를 비웃지. 그 결과가 무언지를 보여줘야겠어."

나는 어안이 벙벙해졌다.

"그래, 가능한 일은 아니겠지만 어쨌든 그 수첩을 빼돌렸다 쳐봐. 그럼 난리가 날 거고 빈의 모든 사람이 알게 될 거야. 그런데 네가 훔쳐낸 아이디어에서 영감을 얻은 이야기를 발표하면,

그가 널 고발하지 않겠어?"

"그러니까 빈틈없이 일을 처리할 거야." 바스티안은 자신에 찬 표정으로 대답했다. "우선 그의 스토리를 알아볼 수 없게 조금씩 수정할 거야. 등장인물의 이름도 모두 바꾸고. 사실 내게 필요한 건 단지 출발점이야. 그 자극만 있으면 분명히 내 상상력은 깨어나 움직이기 시작할 거고, 악셀레스가 상상한 초반부를 그가 상상조차 못할 방식으로 전개할 거야. 그의 아이디어를 뒤섞고, 그가 생각했던 배경을 변경하는 거지. 그러면 그는 아무것도 눈치채지 못할걸?"

그는 잠시 입을 다물고 있다가 다시 덧붙였다.

"설사 그가 의심한다 해도, 내가 자기 아이디어를 훔쳐냈다는 사실을 어떻게 증명하겠어? 둘이서 어쩌다 같은 생각을 할 수도 있는 거잖아? 같은 생각을 한 게 왜 내 잘못이지? 그건 나 역시 그만큼 훌륭한 작가라는 증거 아니야? 더이상 무슨 말이 필요해?"

이렇게 말하며 그는 후식을 다 해치웠다. 그리고 남은 맥주까지 깨끗이 비운 후 모자를 집어들고 먼저 나가버렸다. 나는 심경이 복잡해졌다. 악셀레스의 수첩을 훔친다는 것은 분명 옳지 않은 일이었다. 하지만 이미 이성을 상실한 바스티안의 결심을 돌릴 수는 없는 노릇이었다. 나는 그저 그가 어떻게 목적을 달성하는지 빨리 보고 싶을 따름이었다.

*

충분히 예상했던 일이지만, 바스티안의 계획은 실현하기 어려웠다. 이미 말했듯 악셀레스는 수첩을 항상 양복 주머니에 넣고 다녔다. 쓰고 나면 곧바로 다시 집어넣었고, 테이블이나 카페 카운터에 굴러다니게 놓아두는 일은 결코 없었다. 그랬다면 그가 한눈파는 사이에 슬그머니 집어들 수도 있었으련만. 바스티안은 작은 기회도 놓치지 않기 위해 가능한 한 자주 그의 옆에 있으려 노력했다. "적어도 한 번쯤은 수첩을 호주머니에 넣는 걸 잊지 않겠어? 그럼 나는 움직이는 거지." 그는 악셀레스를 졸졸 따라다녔다. 식당, 카페, 그가 매주 다섯 번 미사에 참석하러 가는 성당, 오후면 작업하러 들르는 도서관까지. 그렇게 바스티안은 도서관 연구실의 정적과 희미한 조명 속에 앉아 있었다. 서가에서 제목도 보지 않고 책을 빼내 얼굴을 가리고서. 곁눈으로 작가를 훔쳐보며, 그토록 갈망하는 대상을 덮칠 기회만 노리면서. 악셀레스가 수첩을 방치하는 그 중대한 순간을 기다리며 그가 얼마나 오랫동안 인고의 시간을 보내야만 했는지 나는 알 수 없다.

"아주 꼼꼼하고 철저한 사람이야." 바스티안이 말했다. "언제나 같은 자리에 앉고, 필요한 책을 가져오게 한 다음 연구에 빠져들지. 대부분의 경우 종이에다 메모를 한 다음 두꺼운 색지로 된 파일에 모아 넣어. 파일에 아무 제목도 적혀 있지 않아서 무엇을 조사하는지는 모르겠어. 단지 그가 열람하는 책들이 종교사와 철학사와 관련 있다는 사실만 알아. 아마 몇 달 전부터 얘기해온 그 책을 마무리하는 모양이야."

"그럼 수첩은?"

"아주 가끔 사용해. 이따금 호주머니를 뒤져 종잇조각들을 꺼내 탁자 위에 조심스레 늘어놓곤 하지. 그런 다음 양복저고리 주머니에 손을 집어넣어. 그러면 내 심장은 당장이라도 터져버릴 듯 뛰기 시작해. 그 안에 수첩이 있는 걸 아니까. 그는 수첩을 꺼내 펼치고, 볼펜을 들어 그 위에 무언가를 쓰기 시작해. 앞에 늘어놓은 종잇조각에 적힌 내용을 옮겨 적는 것 같아."

"언뜻 떠오른 생각들을 기차표나 식당 계산서 같은 데 메모해 둔 게 아닐까? 그걸 수첩에다 차분하게 옮겨 적는 거지."

"그럴 수도 있지. 어쨌든 그는 그 빌어먹을 수첩을 덮어 다시 양복 주머니에 넣어버려. 주머니에 넣어두지 않을 때는 항상 자기 곁에 바짝 놓아두지. 그가 알아채지 못하게 슬그머니 빼돌리는 건 불가능해."

"정말 답답하겠군."

"맞아, 답답해 미칠 지경이야. 그런데 어제 드디어 기회가 왔어. 다섯시경, 오후 내내 책을 읽던 악셀레스가 드디어 수첩을 꺼내 몇 자 끼적거리더군. 그런 다음 다시 만년필 뚜껑을 덮고 파이프와 담배쌈지를 꺼내들더니 끼익하며 의자를 밀고 일어나 연구실을 나갔어. 나는 그의 탁자로 달려갔지. 수첩은 거기 있었어!"

"그래서? 그걸 집어왔어?"

갑자기 난 몹시 흥분했다.

"아! 아냐. 그 위에 손을 뻗치려는데 악셀레스가 다시 나타났어. 외투에 든 성냥을 잊었던 거야. 난 놀란 척했지. '아, 악셀레스 선생님! 여기서 이렇게 만나뵙다니, 반갑습니다!' 난 내 책을 위한 자료 조사를 하고 있다고 설명했어. 그가 말하더군. 아주 좋은 생각이라고. 성실한 자료 조사는 젊은 작가에게 훌륭한 버팀목이 되어준다나. 그러면서 여러 가지 친절한 충고를 해주었지."

"그래서? 그러고 나서 다시 담배 피우러 나갔어? 그 빌어먹을 파이프를 들고서?"

"응. 하지만 나도 그를 따라 나가야 했어. 연구실에 남았다 해도 수첩을 훔칠 수는 없었지. 없어지면 당연히 나를 의심할 테니까."

바스티안은 위스키 잔을 비웠다(조금 전부터 그는 엄청나게 마셔댔다).

"어쨌거나 그는 나가기 전에 수첩을 양복 주머니에 다시 집어 넣었어."

*

이 코미디는 거의 육 개월간 계속되었다. 수첩과 그 안에 들어 있을 작품 주제들에 대한 강박증에 사로잡힌 바스티안은 생활 리듬을 악셀레스에게 맞추었다. 기회가 생겼는데 마침 자리를 비워 기회를 놓치는 상황은 상상하고 싶지도 않았던 것이다. 나는 종종 이런 생각을 했다. 만일 바스티안이 다른 사람이 상상해낸 이야기를 훔쳐내려고 쏟는 그 노력과 열정으로 자신의 이야기를 만든다면 과연 어떤 결과가 나올까? 아마도 두툼한 전집 한 권을 가득 채울 분량이 되리라. 이런 생각을 그에게 말해보았지만 그는 들은 척도 하지 않았다. 그렇다. 그는 자신의 상상력이 보잘것없음을 명백한 사실로 받아들이고, 악셀레스의 상상력을 흡혈귀처럼 빨아먹을 생각만 하고 있었던 것이다. 나는 문학을 대하는 그의 태도가 점점 의심스러워졌고, 이 모든 건 그다지 영예롭지 못한 짓이라고 생각했다.

어쨌든 그는 마침내 그 수첩을 손에 넣었다. 내가 카페에 앉아 있는데 그가 몹시 흥분한 표정으로 불쑥 나타났다. 그때 나는 마침 어떤 아가씨와 이야기를 나누고 있었고, 그는 예의상 대화를 중단시키지 못했다. 대신 바에 팔꿈치를 대고 서서 멍청해 보일 만큼 행복한 미소를 지으며 나를 응시했고, 관능마저 느껴지는 손길로 자기 레인코트 주머니를 쓰다듬었다. 바로 그 안에 수첩이 있다는 표시였다. 대화가 끝날 기미가 없자 그는 곧 술값을 치르고 카페를 떠났다. 물론 저녁 때 자기 집에 들르라는 손짓을 잊지 않고 보낸 뒤였다.

나는 저녁 여덟시에 그의 집에 도착했다. 어서 빨리 수첩에 쓰인 내용을 알고 싶었던 나는 한 걸음에 두 칸씩 계단을 뛰어올랐다. 숨을 헐떡이며 꼭대기인 오 층에 있는 바스티안의 집 문 앞에 이르러 초인종을 누르고 그가 나오기를 기다렸다. 이제 곧 기쁨으로 환해진 청년의 얼굴이 나타나리라. 마침내 문학과 화해하고, 그의 첫 소설 제1장을 당장 시작할 준비가 된 행복한 청년의 얼굴이 보이리라. 그가 문을 열었다. 그런데 이상했다. 그의 낯빛은 거무튀튀했고, 표정은 잔뜩 찡그렸다. 집 안은 부부 싸움이라도 한 것처럼 난장판이었다. 나는 그의 기분이 왜 침울한지, 집 안은 또 왜 이런지 감히 물을 수 없었다.

"그래, 수첩은?" 나는 간신히 말을 꺼냈다.

"수첩? 아, 그 수첩! 위대한 악셀레스의 아이디어 상자!" 그는 폭발하듯 외쳤다. "자, 네가 직접 한번 봐!"

그는 수첩을 집어 들더니 마치 더러운 지하철 노선도라도 되는 듯 내게 휙 집어던졌다. 나는 아무 데나 펼치고 낮은 소리로 읽어보았다. 믿기지 않는 심정이었다. 화가 나 얼굴이 시뻘게진 바스티안은 욕설을 퍼부으며 제자리에서 맴을 돌았다.

"뭐? 소설의 무수한 아이디어? 세상에나! 그냥 금전출납부라고! 그 혐오스러운 늙은 수전노는 지출 내역을 하나도 빠짐없이 꼼꼼하게 적었던 거야. 일 페니히*, 이 페니히까지 말이야! 아, 더러운 영감 같으니! 아, 구역질 나는 아르파공**! 신문, 책, 저녁식사, 양복점, 전기 요금, 모든 게 거기 있어. 날짜도 적혀 있지. 때로는 시간까지 적어놓았더라고!"

나는 입을 딱 벌렸다. 손가락으로 페이지를 차르륵 넘기며 찾아보았다. 어딘가에 소설의 소재가 적어도 한두 개는 있으리라 믿으며. 하지만 보이는 것이라곤 완벽하게 줄 맞춰진 숫자뿐이었다.

"이럴 수가!" 내가 말했다. "그럼 처음부터 사람들을 속인 거

---

* 독일과 오스트리아의 화폐 단위. 백분의 일 마르크.
** 몰리에르의 희곡 〈수전노〉에 등장하는 유명한 구두쇠.

였어?"

"그래, 처음부터! 그리고 내가 제일 먼저 속았지!" 바스티안은 소리쳤다.

더이상 분을 참지 못한 그는 서가로 달려가 악셀레스의 책들을 빼내 하나하나 차근차근 찢기 시작했다. 그는 그의 책을 전부 수천 수만 조각으로 찢어발겨버린 뒤에야 겨우 진정했다. 이 한심한 실패를 겪고 난 후 바스티안은 문학적 야심을 완전히 포기했다. 대신 다음 날 그는 정치에 투신하기로 결심하고 신당을 창당했고, 나를 첫 당원으로 끌어들였다. 하지만 바쁜 와중에도 악셀레스에 대한 복수는 잊지 않았다. 그는 수첩 덕분에 이 위대한 가톨릭 작가의 이면을 폭로할 수 있었다. 악셀레스는 매주 두 번 페라인스가세 거리의 사창가에 드나들었고, 거기에 매달 정확히 이백 마르크를 지출했다. 이 스캔들로 도덕과 신앙에 관한 그의 저서는 출간되지도 못한 채 완전히 잊혀버렸다. 몇 개월 전, 그 불쌍한 양반이 도서관에서 당시엔 그의 숭배자였던 청년의 선망어린 시선을 받으며 써내려갔던 그 책 말이다.

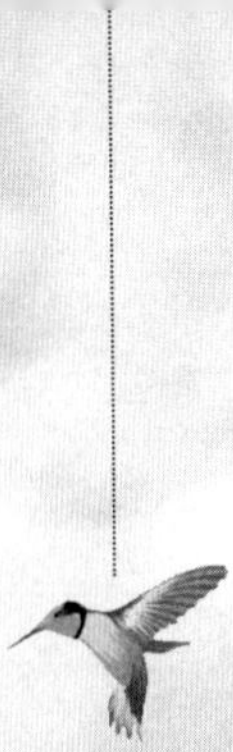

기상천외한 피에르 굴드

사 년 동안 피에르 굴드는 한 편의 '연속극 꿈'을 꾸었다. 밤마다 지난밤에 끝난 부분과 이어지는 내용의 꿈을 계속 꾸었던 것이다. 밤 열한시쯤 되면 그는 우리에게 인사를 하고 떠나면서 이렇게 말했다. "자러 가야 해요. 빨리 그 뒷이야기를 알고 싶거든요."

*

피에르 굴드는 체중계를 하나 가지고 있었다. 그런데 내가 그 위에 올라서면 말도 안 되는 숫자가 표시되었다. 나는 그에게 체중계가 제대로 작동하지 않는다고 알려주었다. 그는 대꾸했다.

"완벽하게 작동하는데요. 이건 내가 직접 만든 거예요." 나는 계기판이 가리키는 숫자를 말해주며 이게 정확할 리 없다고 했다. "이건 총량 저울이랍니다." 그는 미소를 지으며 대답했다. "당신의 체중이 늘었는지 줄었는지 말해줄 뿐 아니라, 당신의 마음이 무거운지 가벼운지도 알려주죠. 따라서 당신은 이 위에 올라설 때마다 자신에 대한 완전한 관점을 갖게 됩니다."

*

"족보 만들기가 다 끝났어요." 어느 날 피에르 굴드가 우리에게 알렸다.

"그래요? 어디까지 올라가던가요?" 우리 중 누군가가 물었다.

"아담과 이브까지. 방금 말했잖아요. 다 끝났다고."

*

피에르 굴드가 쓴 소설 『잠자는 사내 이야기』는 그에 따르면 세계에서 가장 까다로운 규칙을 가진 리포그램*이다. 그 규칙이

* 알파벳 가운데 특정 글자를 사용하지 않는다는 제약하에 쓰는 글.

란 z를 제외한 모든 알파벳의 사용을 금지하는 것이었다. 그 결과 탄생한 작품은 "Zzzz, zzzz, zzzz……", 이런 식으로 삼백 페이지가 이어지는 소설이었다.

*

피에르 굴드는 어떤 도서관에도 들어갈 수 없다고 말했다. 내가 이유를 묻자, 이렇게 얘기했다. "난 대부분의 사람들보다 많은 시간을 도서관에서 보냈어요. 십 년이 넘는 세월 동안 항상 똑같은 열람실에 가서 똑같은 탁자 앞에 자리를 잡고 똑같은 의자에 앉았죠. 내 옆자리에는 항상 똑같은 사람, 즉 반들반들한 대머리에 근시안인 미친 영감이 앉아 있었죠. 그는 하도 시력이 약해서 코끝이 책에 닿을 정도로 몸을 잔뜩 구부린 채 책을 읽었고, 삼십 분마다 가방에서 바싹 마른 빵을 꺼내 조용히 삼키곤 했죠. 그 빵은 아마 그의 유일한 양식이었을 겁니다. 그런데 어느 날 그가 사라져버렸어요. 그의 책들은 책상 위에 있는데 그는 보이지 않았죠. 난 걱정이 돼서 다른 도서관 터줏대감에게 그의 소식을 물었죠. 그이는 미소를 짓더니 미친 영감의 책 중 하나를 들어 올리더군요. 그런데 그 밑에 뭐가 있었는지 알아요? 커다란 회색 쥐 한 마리가 조용히 빵 조각을 갉아먹고 있었습니다!

나 역시 책에 파묻혀 이미 많은 시간을 보냈기에, 앞으로 몇 권만 더 보면 그 영감 같은 꼴이 될까 두려운 거예요."

*

여러 직업을 전전한 피에르 굴드는 남학생 기숙사에서 사감을 한 적이 있다. 다음은 학기 초 어느 날, 그와 학부모 사이에 오간 대화이다.

한 어머니 : 선생님! 우리 아들 침대가 없네요.

다른 어머니 : 우리 아들도 마찬가지예요.

굴드 : 네, 다 괜찮아질 겁니다.

한 아버지 : 어떻게 이런 일이 있을 수 있죠?

굴드 : 아버님, 이건 지극히 정상적인 일입니다.

한 어머니 : 뭐라고요? 정말 그렇게 생각하나요?

굴드 : 우리는 항상 침대 수보다 많은 학생을 등록시키거든요.

같은 어머니 : 말도 안 돼요!

굴드 : 내일이면 모든 게 정상으로 돌아갑니다.

아버지 : 그럼 침대를 더 가져올 건가요?

굴드 : 아뇨. 학생이 줄어들 거거든요.

어머니 : 도대체 무슨 말이죠?

굴드 : (돌아서서 나가며) 신입생 신고식이 있으니까요, 부인. 신입생 신고식이요!

*

어느 날, 피에르 굴드는 손목시계를 사와서 우리에게 자랑스럽게 보여주었다. 그런데 숫자판의 숫자는 12가 아니라 24까지 있었고, 시곗바늘은 모두 24에 맞춰진 채 움직이지 않았다.

"작동하지 않는데요?"

"천만에. 작동하고 있어요." 피에르가 반박했다.

"당신도 보다시피 작동하지 않잖아요."

"바늘이 움직이지 않는다고 고장 난 건 아니죠!" 그는 조금 짜증 난 듯 말했다. "이건 거꾸로 가는 시계라고요. 이게 가리키는 시간은 지나가는 시간이 아니라, 앞으로 남은 시간이란 말입니다."

호기심을 느낀 우리는 부연 설명을 요청했다.

"이 시계는 이걸 찬 사람의 사망 날짜와 시간을 알고 있어요. 따라서 시계가 작동하지 않는 한 난 안심할 수 있죠. 최소한 내일은 죽지 않는다는 뜻이니까요. 하지만 이게 돌기 시작하면, 난 살날이 24시간밖에 남지 않았음을 알게 되죠. 그러면 남은 시간을 잘 활용해야겠죠. 이 시계가 움직임을 다시 멈추는 그 순간, 즉 내 심장이 멈추는 순간까지 말입니다."

이후 몇 개월 동안 피에르는 거의 오 분에 한 번씩 불안한 눈으로 손목시계를 들여다보았다. 행여 작동을 시작하지나 않았는지 확인하기 위해서였다. 하지만 죽음의 공포에 자기 존재가 잠식당하고 있음을 깨달은 그는 결국 시계를 치워버렸다.

*

오랫동안 여행을 떠났다 돌아온 피에르 굴드는 갈색 피부의 여인과 함께 있었다. 그녀는 알록달록한 모포 한 장만 달랑 두르고 있었다. 신발도 신지 않았고, 모포 아래로는 발목과 종아리가 드러나 있었다. 그녀는 아무 말도 없이 피에르 뒤에 꼼짝 않고 서서 멍하니 허공만 응시했다.

"누구죠?" 우리 중 한 사람이 물었다.

"뭐라고요?"

"이 아가씨 말입니다."

피에르는 놀란 표정을 지으며 몸을 돌렸다.

"아, 그녀요! 전철 안에서 끝내려고 가져왔어요. 하지만 시간이 부족했죠."

그의 대답에 우리는 할 말을 잊었다.

"이건 책이에요." 그가 다시 설명했다. "아마 여러분은 이런 종류의 책은 처음 보시겠죠?"

우리는 그렇다고 했다.

"내가 다녀온 나라는 종잇값이 엄청나게 비싸답니다. 그래서 고전 명작이나 사전을 제작할 때 말고는 종이를 쓰지 않죠. 사정이 이러하니 작가들에겐 다른 방법이 없어요. 그래서 작품을 자신의 피부에 문신으로 새기죠. 그리고 등에 이렇게 표지*를 씌운 다음 제 발로 서점에 걸어가 자신을 팔아요."

그는 자신의 책 여인을 물끄러미 쳐다보았다.

"이 책의 예를 들어볼게요. 제1장은 목 부분에 쓰여 있어요. 그다음 두 장은 젖가슴에, 네번째 장은 복부에…… 이런 식으로 허벅지까지 가죠. 그다음에는 뒤집어야 해요. 많은 작가들이 끝부분은 엉덩이에, 그리고 대단원은 은밀한 부위에 새겨넣죠."

그는 증거를 보여주기 위해 처녀의 모포를 들추었다. 과연 그녀의 피부는 깨알 같은 글자들로 덮여 있었다. 그는 덧붙였다.

"이런 방식이 얼마나 문학에 대한 사랑을 북돋우는지 여러분은 상상도 못할 거예요. 그쪽 나라에서 젊은 사람들은 책을 읽지

* 원어인 couverture에는 '모포'와 '표지'라는 뜻이 있다.

않아요. 말 그대로 탐욕스럽게 먹어치운답니다.*"

이어 그는 묘한 미소를 지으면서 덧붙였다.

"독서…… 처벌받지 않는 악행이죠."

*

피에르는 종종 한 나라의 영혼은 한 문장, 또는 한 편의 시로 표현될 수 있다고 말했다. 예를 들어 세로로 길쭉한 국토가 특징이자 그의 친구도 많이 사는 칠레에 대해 그는 비센테 우이도브로**가 쓴 기가 막힌 시를 인용했다. "(이곳의) 사방위는 / 세 개이다. / 북 / 그리고 / 남." 한편 공산국가들은 어떠한가? 피에르는 얀 자브라나***가 체코슬로바키아에서 보았다는 도로 안내판을 즐겨 인용하곤 했다. "우회로가 공사 중이니 당분간 국도를 이용해주시기 바랍니다."

---

* 원어인 dévorer에는 배고픈 야수가 먹이를 삼키듯 '탐욕스레 먹는다'는 뜻과 함께 '책을 탐독하다, 허겁지겁 읽다'라는 뜻이 있다.

** 칠레의 시인. 1916년 창조주의라는 아방가르드 문학 운동을 주창하였다.

*** 체코의 작가.

*

피에르 굴드는 우리에게 이런 이야기를 들려주었다. "내가 자란 마을의 신부님은 한쪽 눈알이 유리였어요. 그래서 아이들이 모두 무서워했죠. 얼마나 무서워했는지 미사에 안 가려고 할 정도였어요. 나는 그러지 않은 유일한 아이였지요. 아니, 오히려 난 신부님의 유리 눈이 신기했고, 나도 모르게 그 눈을 빤히 쳐다보곤 했답니다. 그런데 어느 날, 이상한 생각이 들었어요. 분명히 유리 눈은 왼쪽이었는데, 다시 보니 오른쪽인 거예요. 궁금해진 나는 미사가 끝난 후에 그분에게 갔어요. 그리고 순진하게도 혹시 양쪽 눈을 서로 바꾸지 않았느냐고 물었죠. 그분은 대답했어요. '물론이고말고! 참 관찰력이 예리한 아이로구나. 자, 보렴!' 그리고 공포에 질린 내 눈앞에서 어떻게 했는지 아세요? 양쪽 안구를 빼내어 두 손바닥 위에 떨어뜨렸어요. 하나는 유리 안구였고, 하나는 진짜 안구였죠. 그는 그것들을 가지고 저글링을 했어요. 그런 다음 다시 눈구멍 속에 집어넣고 눈을 감았다, 미소를 지으며 다시 떴죠. 유리 눈알은 다시 왼쪽으로 돌아와 있었답니다."

*

피에르 굴드는 항상 시인이 되기를 원했다. 하지만 무언가를 써보려고 할 때마다 자신도 어쩔 수 없는 블랙유머의 포로가 되어버렸고, 그 결과 불쾌하고 시니컬한 시구만 써냈다. 그가 낄낄거리며 우리에게 낭송해준 시는 아직도 내 기억에 생생하다. 어느 겨울날 저녁 파리 시내를 산책하다가 떠올랐다는 그 '시'란 이러했다.

그는 땅바닥에 앉아 있었네.
두 눈은 멍하니 허공을 향해 있었고
시선은 슬퍼 보였으며
피부는 창백했고, 거의 납빛이었지.
그가 두 손으로 받쳐 든 종이판엔
이렇게 쓰여 있었네.
"도와주세요. 저는 춥고 배고프고
밤마다 길바닥에서 잠을 잔답니다."
나는 지갑을 꺼냈고,
지폐 한 장을 빼냈지.
그리고 그에게 윙크를 보내면서

손가락으로 지폐를 구겨버렸다네.
나는 짐짓 측은한 표정을 지으며
부드러운 목소리로 그에게 말했지.
"아무리 그래봐야 소용없어요.
땡전 한 푼 얻지 못할 테니까."

*

몇 달 동안 피에르 굴드는 불면증으로 고생했다. 아침에 우리와 만날 때면 지친 모습에 눈 밑은 거무스름하게 그늘져 있었다. 우리는 그에게 왜 잠들지 못하는 거냐고 물었다. 그는 오히려 너무 잘 자서 문제이며 사실은 가능한 한 오래 깨어 있으려고 애를 쓴다고 대답했다. 그가 설명했다. "잘 때마다 똑같은 꿈을 꾸거든요. 시간은 떡가래처럼 길게 늘어져서, 분(分)은 날이 되고, 날은 세기가 되어버려요. 나는 아주 넓고 하얀 복도에 혼자 서서 무언가를 기다립니다. 오랫동안, 끔찍할 정도로 오랫동안 말이죠. 그래서 깨어날 때는 삼십 년간의 옥살이 끝에 석방된 사람 같은 기분이라니까요. 그러니 차라리 잠들지 않기를 바라는 거죠. 그 빌어먹을 복도에서 몇 주 동안 얼마나 지루하게 지내야 하는지 뻔히 알거든요."

*

피에르 굴드에게는 아주 그다운 계획이 세 가지 있다. 첫째, 무게 잡고 남을 가르치려 드는 인간들에 대한 연감(年鑑). 팀을 이뤄 작업하며 매달 개정될 이 연감에 신문이나 방송에서 설쳐대는 현학자, 유식한 척하는 인간, 거들먹대는 인간을 모두 조사해 수록할 것이다. 둘째, 과대평가된 작가들에 대한 안내서. 작고했거나 생존해 있는 유명 작가들을 그들이 얻은 부당한 명성만큼이나 철저하고 가혹하게 비판할 것이다. 셋째, 배꼽 빠지게 우스운 판례 모음집. 지난 세기 동안 각종 사법, 행정 기관들이 다루어야 했던 가장 엉뚱한 케이스들을 모아놓을 것이다.

*

피에르 굴드의 성급함은 한이 없었다. 어느 날, 청년 피에르는 작가가 되기로 결심했다. 그리고 그날 당장 앞으로 자신이 쓰는 원고는 모두 국립도서관에 유증하겠다는 유서를 작성했다. 다음날, 그는 번역가를 찾으러 온 시내를 돌아다녔다. 셋째 날, 국립저작권청에 이백 편의 작품 제목을 등록했다. 넷째 날, 기자들에게 전화를 걸어 자신에 대한 호의적인 비평을 부탁했다. 그리고

십 년이 지난 후, 물론 그는 단 한 단어도 쓰지 못했다.

*

"아주 기묘한 꿈을 꾸었어요." 어느 저녁, 피에르 굴드가 우리에게 말했다. "콜레라가 전국을 휩쓸어 수백만 명이 목숨을 잃었어요. 나도 병이 들어 혼수상태에 빠졌죠. 간신히 깨어나보니, 어머니와 유모가 내 침대 발치에 무릎을 꿇고 앉아 미소 띤 얼굴로 잘 왔다고 인사하더군요. 그뿐이 아니었죠. 그 이후 나는 한결 젊어진 느낌이었어요. 그리고 다시 일을 시작했죠. 어느 날 아침, 시장에서 돌아온 어머니가 알려주시길, 간밤에 르누아르 영감이 죽어 내일 장례식을 한다는 거예요. 다음 날 우리는 함께 장례식에 갔죠. 그런데 놀랍게도 관 길이가 육십 센티미터도 채 안 돼 보였어요. 난 어머니에게 물었죠. 불쌍한 르누아르 영감에게 무슨 일이 있었느냐고. 하지만 어머니는 내 질문을 제대로 이해하지 못한 것 같았어요. 오히려 지금은 농담할 때가 아니라고 나무라시더군요. 하관식 후에 우리는 미망인에게 조의를 표했죠. 그런데 내 다리가 후들후들 떨리기 시작했어요. 그녀가 네 살 남짓한 어린 계집아이라는 걸 깨달았거든요. 나는 한마디도 못한 채 그녀의 작은 손을 잡고 오랫동안 꼭 쥐고 있었어요. 그러고는 집에 돌아와 어머니에게 말했죠. 이 코미디가 대체 무얼 의미하는지 설명해달라고요. 어머니는 웃으면서 대답하셨어요. "너 참 바보구나. 우리 모두는, 나와 너와 다른 모든 사람은 다 죽었단다. 그래서 지금 이 또다른 세상에서 다시 어려지면서 다른 세상으로 건너갈 때를 기다리는 거야. 그리고 지금 이 순간, 장례식을 치른 르누아르 영감은 새로운 어머니의 뱃속에서 다시 땅 위에 태어났단다. 우리 역시 몇 년 후, 시간을 거슬러 올라가 땅에 묻힐 나이가 되면, 그와 같은 길을 가게 될 거란다."

*

우리가 피에르에게 그의 고향을 묻자 그는 매우 당황해하며 답을 피했다. 우리가 계속 졸라대자 그가 고백했다. 사실 자신이 태어난 도시가 어디인지 잘 모른다고. 아버지는 브뤼셀이라고 말하고, 어머니는 도쿄라고 말한다는 것이었다. 또 자기에겐 같은 날짜가 찍힌 출생증명서가 두 장 있는데, 하나에는 벨기에 왕국기가, 다른 하나에는 일장기가 그려져 있단다. 그는 아기였을 적 사진 두 장도 보여주었다. 첫번째 사진에서는 푸른 실내복 차림의 어머니가 그를 안고 있었고, 아버지는 모자(母子)를 따스한 눈으로 바라보고 있었다. 다른 사진에서는 연보랏빛 잠옷을 입은 어머니가 그의 요람 위로 몸을 굽히고 있었고, 그녀 뒤에 선 아버지는 카메라 쪽을 쳐다보고 있었다. "이 사진은 모두 내가 태어난 날, 수천 킬로미터 떨어진 두 장소에서 찍은 거예요." 피에르는 잠시 입을 다물고 무언가를 생각하다가 이윽고 미소를 지었다. "이런 일이 내가 죽을 때도 다시 벌어진다면, 여러분은 두 장례식에 참석하느라 골치 좀 아프겠군요!"

*

피에르 굴드의 계절성. 여러 해 동안 그의 머리카락은 나뭇잎의 운명을 따랐다. 10월이면 금색에서 적갈색으로 변했고, 12월에는 떨어져내렸다. 그리고 봄이 되면 믿을 수 없는 속도로 다시 자라났다. 새가 착각하여 그의 머리 위에 내려앉은 것이 한두 번이 아니었다. "이 현상은 음경 털에도 적용된다오." 그가 어느 날 주장했다. "내 말을 믿고 안 믿고는 여러분 자유지만, 털이 다시 자라나면 4월경에 완전히 초록빛이 되지요." 그는 초원에서 뽑아온 풀 같은 것을 한 움큼 보여주며, 지난 봄에 자기 거기에서 뽑아낸 것이라고 주장했다.

*

모든 사람은 동일한 양의 운을 갖고 태어난다. 이것은 피에르가 종종 하는 주장이다. 특별히 운이 좋은 사람도 없으며 운이 나쁜 사람도 없다. 그러면 왜 우리는 때로는 운이 좋다고 하고, 때로는 운이 나쁘다고 말하는가? 그것은 단지 운이 시간의 흐름에 따라 각자에게 분배되는 방식이 일정하지 못해서일 뿐이다. 육 개월 동안 작은 불행이 쌓여온 사람은 지지리도 복이 없다고 말할 것이고, 갑자기 복권에 당첨된 사람은 엄청난 행운아라고 생각할 것이다. 사실 이런 표현들에는 아무 의미도 없다. 인생만사는 새옹지마이며, 각자는 각자에게 배당된 몫의 행운, 즉 만인에게 동일한 양으로 주어진 행운을 전부 소모한 후에 죽을 것이기 때문이다. "바로 여기에서 우리의 의지가 개입할 수 있지요." 피에르는 설명한다. "자, 나를 한번 보세요! 보통 사람들에게는 행운의 시기와 불행의 시기가 혼란스럽게 이어집니다. 하지만 나는 그것을 규칙적으로 갈마들게끔 만듭니다. 그렇게 하면 운명한테 뒤통수를 얻어맞는 일은 결코 없으니까요. 자, 한번 시범을 보여드릴까요?" 우리는 피에르에게 초인적인 능력을 요하는 암산 문제를 내본다(2334 곱하기 7776, 57600 나누기 643 등등). 그는 아무 생각 없이 그냥 머리에 떠오르는 대로 대답하는데, 신통하게 두 번에 한 번은 정답을 맞힌다. "행운, 불운, 행운, 불운…… 이렇게 계속 나가는 거죠." 그는 미소를 지으며 말한다. "나는 아주 규칙적이니까요." 우리는 암산 말고 일반교양 문제, 아니 더 나아가 그가 전혀 배운 적이 없는 발리어, 스와힐리어, 리투아니아어 같은 외국어 번역 문제를 내본다. 이번에도 그는 두 번에 한 번씩 정확한 번역을 내놓는다. 우리가 이 피에르 굴드라는 사람 덕분에 별의별 일을 다 겪어보았기에 망정이지, 그렇지 않았더라면 그를 일종의 천재적 자폐아라고 단언했으리라.

*

피에르 굴드는 수줍은 사람이다. 여자를 사랑하게 되면 아무 말도 하지 못한다. 그리고 당사자 앞에서는 전혀 무관심한 척한다. 물론 그 사랑 때문에 고통을 받지만, 자기 감정을 고백하지 못하는 것이다. 이런 상태는 수개월, 때로는 수년 동안 계속되다 결국 사랑이 가라앉거나 좀더 젊고 예쁜 다른 여자를 사랑하게 된다. 그러다 과거에 사랑했던 대상을 만나면 어떻게 하느냐고? 그는 오만하게 턱을 쳐들고 최대한 못되게 굴려고 애쓴다. 자기가 승리했음을 보여주기 위해서다. 가엾은 아가씨는 자신이 그에게 어떤 고통을 안겨주었는지 알 턱이 없다. 다만 자기가 대체 무슨 짓을 했기에 이런 대접을 받아야 하는지 몰라 답답해할 뿐이다.

*

피에르 굴드는 자신의 좌우명으로 시인 노르주*의 시 두 행을 선택했다.

이제는 오직 전설만을 믿을 것,
그리고 삶에 대해서는 다 잊어버릴 것!

* 벨기에 시인 조르주 모생의 필명.

희귀조

자크 아르망은 알에 그린 그림으로 세계적인 명성을 얻은 예술가이다. 그도 화가로 데뷔한 초기에는 캔버스에 그림을 그렸다. 하지만 서른 살 때, 앞으로는 자신의 예술을 오직 알을 통해서만 펼치겠노라 결심했다. 그는 이렇게 말하곤 했다. "알은 자연의 모든 창조물 가운데 가장 완벽하고 순수하고 아름다운 것입니다. 구나 입방체, 피라미드를 훨씬 능가하지요." 그의 알 작품은 내놓자마자 바로 성공을 거두었고, 그는 몇 년도 안 되어 가장 유명한 당대 예술가 가운데 한 명이 되었다. 사람들은 '다니엘 뷔랑의 줄무늬' '이브 클라인의 청색' 혹은 '세자르 발다치니의 압축 조각'을 말하듯 '자크 아르망의 알'을 애기했다.

그의 작품 설명표는 모두 같은 방식으로 작성되었다. 우선 제목이 오고, 이어 알의 종류, 그림의 유형, 크기(밀리미터), 내용물을 비우기 전 알의 무게(그램) 등을 차례로 적는다. 가장 유명한 몇 작품의 예를 들면 이렇다. 〈잠베지의 풍경〉, 타조 알 위에 유화, 193×143mm, 1650g. 〈화장을 한 슬픈 여인〉, 계란 위에 계란 유화*, 53×43mm, 60g. 〈까만 파리 떼〉, 종달새 알 위에 목탄, 25×17mm, 4g. 〈M. C. 에셔에게 바치는 오마주〉, 백조 알 위에 크레파스, 115×76mm, 350g. 이 작품들의 가격은 천문학적 액수였지만, 수집가들은 가장 비싼 작품을 사겠다며 돈을 싸들고 와서 싸워댈 정도였다.

내가 자크 아르망을 만난 것은 1987년 국립현대미술관이 개최한 그의 회고전 때였다. 그때 그는 여든 살이었고, 얼마 후에 세상을 떠났다. 하지만 내가 기억하는 그는 뛰어난 예술 재능만큼이나 말솜씨가 좋은, 여전히 장난기 넘치고 쾌활한 사내였다. 당시 나는 미술 관련 잡지에서 일했는데, 자크 아르망에 관한 두 페이지짜리 기사를 싣기로 결정한 편집장이 내게 취재를 맡겼다. 예술가는 인터뷰를 기꺼이 수락했다. 하지만 자기 집에서 만나는 것보다는 저녁 때 미술관이 폐관한 뒤 전시장을 같이 돌면서 얘기하는 게 좋겠다고 제안했다. 나 역시 좋은 생각이라 여겨

* 유화에 기름이 사용되기 이전인 르네상스 시대에는 계란 흰자로 물감을 개어 칠했다고 한다.

져 잡지사의 사진기자를 데리고 그를 만나러 갔다.

여덟 개 전시실에 전시된 회고전 작품들은 삼백오십여 점에 달했다. 그중에는 자크 아르망이 처음 그린 알도 있었고, 가장 유명한 연작도 있었다. 또 최초로 공개되는 여남은 점의 특별 작품도 그 가치가 특별히 돋보이게끔 세심하게 배치되어 있었다. 예를 들어 현미경으로 보며 바늘 끝으로 그림을 그려넣은 직경 1.5밀리미터의 개복치 알 열 개는 확대경을 통해 감상하도록 해 놓았다. 전시회 팸플릿의 설명에 따르면, 그는 팔십 종의 새와 열 종의 물고기 알에 서른다섯 가지 기법을 이용해 그림을 그렸는데, 그 기법 가운데 몇 가지는 그가 창안한 것이었다.

사진기자는 작업을 마치고 먼저 떠났다. 이제 미술관에는 나와 자크 아르망만 남았다(엄밀히 말하자면 아니었다. 뚱뚱한 야간 경비원이 둔중한 걸음으로 미술관 안을 배회하고 있었으니까). 두꺼운 모직 카디건 차림에 입을 덮은 허연 수염 때문에 꼭 드루이드교* 사제 같은 느낌을 주는 자크 아르망은 이 알 저 알을 옮겨 다니며 쉬지 않고 말했다. 얼마나 수다를 떨어대는지 내가 준비해간 질문을 할 틈조차 없었다. 때로는 내 질문을 이미 다 알고 있는 듯 직접 질문을 던지기도 했다. 자기 작품에 회의

* 기독교가 들어오기 이전에 켈트족이 신봉하던 종교.

를 느낀 사람처럼 말이다. 그러고는 불안한 표정으로 내 의견을 물은 다음 묵묵히 천장을 쳐다보며 내 대답을 곰곰이 생각해보곤 했다.

그는 여러 가지 흥미로운 이야기를 들려주었다. 희귀한 알을 찾아 태평양의 섬을 탐험한 일, 세계 도처에서 받은 기이한 알의 견본, 벌새 알에 그린 초상화("그걸 그리느라 눈에 진이 빠져버렸다오") 혹은 타조 알에 성경 이야기를 프레스코 기법으로 그려주길 원했던 엉뚱한 수집가…… 그는 여러 가지 철학적인 이야기도 했는데, 거기에서 인생의 의미는 항상 알의 문제로 귀착되었다. 마치 파르메니데스 이후로 인류가 제기해온 모든 문제의 해답이 바로 알 속에 담겨 있기라도 한 듯이. "신은," 그는 집게손가락을 치켜들며 엄숙하게 말했다. "알의 형태를 가진 빛나는 선(善)의 구름이라오. 우주 전체가 이 알 안에 담겨 있지."

그는 여러 가지 전설도 들려주었다. 시베리아의 시골 사람들은 주술사가 신화 속 새들이 품는 쇠로 된 커다란 알에서 나오는 특별한 존재라고 믿는다. 프랑스 사람들은 성금요일*에 낳은 알을 부활절 날 금식 중에 먹으면 남은 평생 어떤 병에도 걸리지 않는다고 믿는다. 마지막으로 나는 파베르제**의 알에 대한 긴

* 부활절의 이틀 전인 금요일.

** 극도로 정교하고 화려한 부활절 달걀 오십여 점을 제작한 러시아의 공예가.

강의도 들었다. 아르망은 물론 이 알들의 화려함에 경탄하지만 그것들은 자기 작업과는 별 관계가 없다고 했다. 그는 이 러시아 공예가에게 애써 무관심한 척했지만 그가 그토록 유명하다는 사실이 영 마땅치 않은 기색이었다.

그렇게 우리가 작품 사이를 거닐고 있을 때였다. 그가 청색 아라베스크 문양으로 장식한 커다란 알 하나를 보더니 잠시 말을 멈췄다. 죽은 친구의 유령이라도 본 듯 그의 얼굴에 동요한 빛이 떠올랐다. 그는 헛기침을 하더니 "지금 우리가 무슨 말을 하고 있었죠"라고 어물거리며 그 알을 지나쳤다.

"이 알은……" 나는 그를 뒤따르지 않고 중얼거렸다.

나는 작품에 다가갔다. 아라베스크 문양으로 보였던 것은 어떤 상형문자였다. 알 높이는 이십 센티미터가량 됐다. 작품 설명표를 읽어보았다. 〈괴물〉, 알 위에 유화, 198×151mm.

"이상하네요." 내가 말했다. "알의 종류도, 무게도 언급되어 있지 않아요."

"아는 게 없으니까요." 자크 아르망이 다시 돌아오며 대답했다.

그의 태도는 모호했다. 한편으로는 더이상 말하고 싶지 않은 듯했지만, 다른 한편으로는 내가 물어보기를 바라는 듯한 표정

유럽 장식 예술 최고의 거장으로 꼽힌다.

이었다. 마치 어떤 비밀을 털어놓고 싶어하는 사람처럼. 난 그를 졸랐다.

“얘기하자면 사연이 길어요.” 그가 말했다. “독자들이 이 이야기에 흥미를 느낄 것 같지도 않고……”

“저는 알고 싶습니다.”

“원하신다면야…… 하지만……”

그는 주위를 둘러보았다. 누가 우리를 염탐하지나 않는지 두려워하는 것처럼. 혹시 경비원이 저 티티새 알 뒤에 뚱뚱한 몸을 숨기고 있을지도 모른다는 상상에 절로 미소가 지어졌다.

“이 이야기는 기사에 쓰지 않았으면 좋겠소.” 자크 아르망이 말했다. “우리 둘만 알고 있어야 하고, 아무에게도 말해선 안 되오. 약속해주시오.”

나는 더욱 궁금함을 느끼며 약속했다.

*

이 알은 이십 년 전, 도리스라는 여인이 내게 가져온 것이오. 그녀는 몽마르트르에 있는 내 아틀리에 문을 두드렸고, 내게 모자 상자를 내밀었소. 열어보았더니 뭔가가 폴리스티렌 부스러기 속에 묻혀 있더군. 그게 바로 지금 당신 앞에 있는 이 알이었소.

상자에서 꺼냈더니 거의 무게가 느껴지지 않았소. 이미 속을 비웠던 거지. 난 조금 화가 났소. 그 작업은 직접 하길 좋아하거든. 속 비우기 작업은 창조의 첫번째 단계라오. 화가가 캔버스를 준비하는 거나 마찬가지지. 그리고 대부분 사람들은 알을 망쳐버리기 일쑤요. 위쪽 구멍은 그런대로 깨끗하지만, 아래쪽 구멍은 필요한 것보다 세 배나 큰 경우가 많지. 하지만 이것은 그렇지 않았소. 누가 했는지 몰라도 아주 섬세하게 속을 비워놨더군.

"어떤 종(種)의 알이죠?" 나는 도리스에게 물었소. "알을 낳지 않는 종의 알이에요." 그녀의 대답이었소. 나는 무슨 말인지 몰라 멍하니 그녀를 쳐다보았소. 그녀의 눈빛은 불안해 보였소. 마치 내 손에 들려 있는 그 창백한 알을 무서워하는 듯했지. "이게 뭔지 설명해보시오." 난 그녀에게 의자를 권하며 말했소.

*

"1950년 12월이었어요." 그녀는 이야기를 시작했소. "난 스물세 살이었고, 느베르*에서 멀지 않은 여학생 기숙학교에서 일하고 있었어요. 기숙사는 층마다 사인용 방이 열 개씩 있었고,

* 프랑스 중부 부르고뉴 지방의 도시.

사감 두 명이 한 층씩 맡고 있었지요. 내 동료는 쉬잔이라는 마흔 살 노처녀로 못생겼지만 아주 상냥한 여자였어요.

그런데 어느 날 아침, 쉬잔이 내 방을 찾아왔어요. 그리고 말하더군요. '지금 미셸이 아파. 배가 아프다는데, 수업에 갈 수 있는 상태가 아닌 것 같아……' 그날따라 양호실은 닫혀 있었고, 눈 때문에 기숙사 밖으로 한 발도 나갈 수 없었어요. '미셸은 그냥 침대에 누워 있어야 할 것 같아. 우리가 매시간 들여다보고 간호하는 수밖에 없어……'

미셸은 하루 종일 누워 있었어요. 점심때는 내가 수프를 좀 가져다주었죠. 그애는 아무것도 먹지 않겠다고 했어요. 저녁때가 되자 빵 한 조각과 사과 사분의 일 조각을 먹더군요. 다음 날, 그녀는 또다시 아프다고 끙끙대며 일어나지 않으려 했어요. 의사를 부르려 했더니 싫다고 하더군요. 이마에 손을 대보니 열도 없었어요. 그래서 애가 지금 꾀병을 부리고 있구나 생각했죠. 당장 침대에서 일어나라고 했더니 그녀는 울기 시작했어요. 결국 나는 사감장인 샤르망 부인(학생들은 그녀의 이름만 들어도 벌벌 떨었죠)을 부르겠다고 위협했죠. 그리고 열시 휴식 시간에 돌아올 때까지 반드시 몸을 씻고 옷을 입으라고 경고했어요. 그런데 다시 돌아와보니 여전히 누워 있더군요. 나는 화가 치밀어 언성을 높였어요. '좋아. 네가 그렇게 원한다면 샤르망 부인을 불러

오지.'

하지만 샤르망 부인이 도착했는데도 미셸은 여전히 꿈쩍도 안 했어요. 격분한 샤르망 부인은 이불을 거세게 잡아당기고 미셸의 팔을 붙잡았어요. 미셸은 울면서 몸부림을 치다 결국 요란한 소리와 함께 따귀를 한 대 얻어맞았지요. 쉬잔도 방에 뛰어들어왔고, 우리 셋이서 소녀를 꼼짝 못하게 제압한 다음, 침대에서 이불을 걷어내고 그녀를 방바닥에 내팽개쳤어요. 그때 우리가 본 것…… 우리는 하도 놀라 그대로 얼어붙어버렸어요. 흰 침대 시트는 끔찍할 정도로 더러웠어요. 소녀의 긴 잠옷도요. 사방에 피가 묻어 있었죠. 그런데 그 더러운 침대 한가운데에서 우리가 뭘 발견한 줄 아세요? 알이었어요. 바로 이 알 말이에요. 끈적끈적한 연갈색 점액질이 여기저기 묻어 있는 알…… 미셸은 바닥에 무릎을 꿇고 그 둥그런 괴물을 보면서 울었어요. 제 딴엔 그걸 품어서 부화시키려고 했던 모양이죠. '내 애기 내놔요.' 흑흑거리면서 그렇게 웅얼대더군요.

샤르망 부인이 제일 먼저 정신을 차리고 침착하게 말했어요. 미셸은 집으로 돌려보내고 이것은 없애버려야 하며 아무도 이 사실을 알지 못하도록 조치해야 한다고요. 그러고는 당장 일을 처리해달라고 우리에게 부탁한 뒤 약간 비틀거리며 방을 나가 자기 사무실로 돌아갔죠.

쉬잔과 나는 더러운 침대 시트를 가방에 쑤셔 넣어 쓰레기통에 버렸답니다. 그런 다음 미셸에게 샤워를 하라고 하고, 부모에게 전화해 애를 데려가라고 했죠. 무슨 일이냐는 그들의 질문에 그냥 애가 독감이 걸렸다고만 대답했어요. 이렇게 모든 것이 정리되자 샤르망 부인은 같은 방 아이들을 자기 사무실로 불렀어요. 그리고 물었죠. 그애가 학교에서 나간 적이 있니? 근처 숲에 가거나, 뭔가 이상한 얘기를 한 적은 없어? 세 소녀는 각기 다른 대답을 했어요. 첫번째 소녀 마리는 미셸이 일주일 동안 한 번도 학교를 나가지 않았고, 그저께 밤부터 아프기 시작했다고 주장했어요. 두번째 소녀 르네의 말로는, 미셸이 이틀 전 수업이 끝난 후 저녁식사 때까지 나가 있었는데, 돌아올 때 외투를 공처럼 둥글게 말아 배에다 꼭 붙이고 들고 오는 품이 마치 무엇을 숨겨 들여오는 것 같았대요. 세번째 소녀 클로틸드는 지난 주에 미셸과 다투는 바람에 그 이후 서로 모른 척하고 지냈다고 주장했죠.

어안이 벙벙해진 샤르망 부인은 셋 다 돌려보냈어요. 대체 그 알의 정체가 무엇인지 몹시 궁금했지만, 무엇보다도 추문이 발생할까 두려웠던 거지요. 이 사건 때문에 기숙학교의 명성에 흠집이 나는 일은 절대 없어야 했으니까요. 그녀는 우리보고 그것을 어떻게 했느냐고 물었어요. 차마 알이라는 말을 입에 담을 수가 없었던 거죠. 나는 내 방 옆 작은 창고에 숨겨두었다고 했어요. 그러자 그녀가 무슨 수를 써도 좋으니 가능한 빨리 그것 좀 없애달라고 부탁하더군요. 그리고 다시는 그것에 대해 얘기하지 말아달라고요."

*

나는 여기서 도리스의 이야기를 끊었소. "그런데 당신은 사감장의 지시를 어겼군요. 알은 여기 온전한 상태로 있고, 사연을 내게 다 얘기해버렸으니까."

그녀가 "아직 이야기가 끝나지 않았어요" 하고 대꾸하더군요.

*

"쉬잔은 최대한 빨리 알을 없애버리고 싶어했어요. 그녀에게 이 알은 전혀 정상적이지 않은, 누구도 보아서는 안 될 그 무엇이었거든요. 하지만 그녀도 나도 실행을 망설였어요. 왜인지는 모르겠지만, 그걸 차마 치울 수가 없었던 거죠. 며칠이 지나자 그것은 우리 사이에 일종의 터부가 되었어요. 하긴 해야 하는데, 둘 다 그 말을 꺼내려 하지 않았죠. 쉬잔도 나만큼이나 두려워하는 것 같았어요. 난 혼자 처리해버릴까 생각도 해보았어요. 하지만 도저히 못하겠더군요.

지금은 그러지 못한 것을 후회합니다. 그후에 일어난 일만 생각하면 마음이 너무 괴롭거든요. 우리가 알을 발견하고 한 달이 지난 어느 날 밤이었어요. 나는 가까운 데에서 나는 어떤 소리에 잠이 깼죠. 처음에는 건물 다락에서 쥐가 돌아다니는 소리라고 생각했어요. 하지만 다음 순간 알을 숨겨놓은 창고에서 나는 소리라는 걸 깨달았어요. 불안해진 나는 슬리퍼를 신고 침대 머리맡에 놓인 손전등을 집어들고 방을 나왔어요. 창고 문은 열려 있었어요. 손전등을 창고 안에 비춰보았죠. 거기에 쉬잔이 알몸으로 서 있었어요. 알 밑부분에 입술을 대고 말이죠. 알에 구멍 두 개를 뚫고 그 내용물을 빨아먹고 있던 거예요! 턱 아래로 뿌옇고 역겨운 액체가 줄줄 흘러내렸어요.

신성모독 행위를 하다가 딱 들켜버린 쉬잔은 내게 경멸 어린 시선을 던질 뿐이었어요. 내가 아무 말도 못하고 서 있으니 그 추악한 향연을 마저 끝내더군요. 쪽쪽 소리까지 내면서 내용물을 다 빨아먹어버렸죠. 다 먹은 뒤에는 빈 껍데기를 원래 자리에 다시 갖다놓고, 창고를 나와 나는 거들떠보지도 않은 채 자기 방으로 돌아갔어요. 문을 닫으며 꺼억 하고 트림까지 하면서 말이죠! 하얗게 질린 나는 손전등을 든 채 꼼짝도 못하고 거기에 서 있었어요. 어떻게 해야 할지 전혀 알 수 없었죠. 그냥 내 방에 돌아와 다시 잠이 들었어요. 다음 날, 나는 간밤에 꿈을 꾼 게 아니란 걸 확인할 수 있었죠. 알은 거기에, 창고 안에 있었어요. 탁구공처럼 깨끗하고 가벼운 상태였죠.

그것은 학기 말까지 그곳에 그대로 있었답니다. 여름방학이 되어 기숙학교가 문을 닫자, 나는 그것을 옷으로 싸서 트렁크에 넣어 우리 집으로 가져왔어요. 그후 다른 직장을 얻게 되어 기숙학교에 돌아가지 않았죠. 쉬잔도 다시 보지 못했답니다."

*

자크 아르망은 입을 다물었다. 우리는 미셸의 알을 보면서 깊은 상념에 빠져들었고, 경비원이 휘파람을 불며 우리 곁을 지나쳤을 때에야 겨우 정신을 차릴 수 있었다. 나는 아주 무서운 영화를 보고 난 사람처럼 아무것도 생각할 수 없었다. 나는 도리스가 미셸의 더럽혀진 침대에서 발견했을 때 알의 모습이 어땠을지 한번 상상해보았다. 문득 의문이 떠올랐다. 그녀의 이야기가 정말 사실일까?

"선생님은 이 이야기를 사실이라고 믿으십니까?"

"조금도 의심하지 않소." 자크 아르망이 대답했다. "도리스는 아무것도 지어내지 않았다고 확신하오. 한 가지 모르는 게 있다면, 정말로 미셸이 이 알을 낳았느냐는 점이오. 도리스는 그렇다고 확신하지만 증거는 없지. 소녀가 이걸 숲 속에서 찾아냈을 가능성은 별로 없소. 이 세상 그 어떤 새도 이런 알을 낳을 수 없거든. 하지만 확실한 건 아무것도 없다오. 그녀가 숲 속에서 괴물을 만났던 것일까? 어쩌면 괴물은 그녀 자신이었는지도 모르지."

"그녀는 아직 살아 있나요?"

"미셸? 전혀 모르오. 난 그녀가 미쳤으리라고 생각하오. 그 지방 요양원의 등록 장부를 뒤져보면 그녀의 흔적을 찾을 수 있을지도 모르지. 그녀의 팔에 깃털이 돋고 두 발은 맹금류의 발톱으로 변해, 그녀 방의 발코니에서 하늘로 날아오르지 않았다면 말이오. 알을 낳는 소녀에게 새로 변하는 것 정도는 일도 아니겠지."

이 농담이 나를 더욱 불안하게 만들었다.

"이 알에 그림을 그릴 생각을 곧바로 하셨나요?"

"아니요. 난 한동안 붓을 들지 못했소. 알 속에 무엇이 들어 있었는지 알 수 없었던 까닭이오. 달걀처럼 흰자와 노른자가 들어 있었을까? 여인의 뱃속에 든 것 같은 태아였을까? 아니면 둘이 혼합된 그 무엇? 이러한 불확실성 때문에 꼼짝할 수 없었지. 어쩌면 사람의 생명을 담고 있었을지도 모르는데, 어떻게 그 위에 미를 추구할 수 있겠는가 하는 생각이 들었거든."

그는 잠시 입을 다물더니 자신의 말을 정정했다.

"아니, 좀더 정확히 말해보리다. 나는 불확실성 그 자체보다는 오히려 알게 될 가능성이 있다는 사실 때문에 붓을 들 수 없었던 거요. 나는 두려웠소. 알 위에 그림을 그리려고 하는데, 쉬잔이 아틀리에로 들이닥쳐 이렇게 말할까봐. 자기는 이십 년 전부터 알의 내용물을 소화시키는 중이며 이제 그것을 다시 알 속에 게워내고 싶다고…… 물론 말도 안 되는 상상이었지. 하지만 알은 그녀의 것이니, 그 알을 '자크 아르망의 알'로 만들어 내 것으로 삼아버리면 안 된다는 느낌이 들었소. 한마디로—내 말에 명확하지 못한 점이 있다면 용서하시오—만일 알이 인간의 것이 아니라는 사실을 알게 되었다면 난 엄청나게 실망했을 것이고, 반대로 인간의 것임을 확실히 알게 되었다면 너무도 무서웠을 것이오. 그 어느 경우라 해도 나는 그릴 수가 없었지."

"그래서 어떻게 됐나요?"

"이 년 뒤에 도리스에게서 편지를 한 통 받았소. 쉬잔의 죽음을 전하는 편지였지. 도리스는 몇 달 전 그녀를 우연히 만났다고 했소. 가련한 노처녀는 은퇴한 뒤 파리에 살고 있었다는군. 두 여자는 차를 마시며 오랫동안 이런저런 얘기를 나눴는데, 결국 도리스가 참지 못하고 알 얘기를 꺼내버렸대요. 쉬잔은 신비로운 미소를 지으며 대충 이런 식으로 말했답디다. '아, 그 알? 참 희한한 일이었어. 안 그래?'"

"실망스럽군요."

"그렇지. 하지만 다른 한편으로는 안심이 됐다오. 아까도 말했지만, 그 편지에서 도리스는 그렇게 만난 지 얼마 되지 않아 쉬잔이 죽었다고 알려주었으니까. 그녀는 이렇게 적었지. '알을 낳은 건 여인일까요, 아님 새일까요? 이제 아무도 그걸 모르게 되었어요.' 맞는 말이었소. 그리고 기이하게도 그 말이 나를 해방시켜주었지. 그때까지 나는 알에 그림을 그릴 수가 없었소. 그것이 정말로 인간의 것임을 알게 될까 두려워서였지. 하지만 이제 그릴 수 있게 되었으니, 이는 그 알이 인간의 것이라는 확신은 있으되 그 증거는 영원히 찾을 수 없게 되었기 때문이라오. 정말로 기이하지 않소? 난 마침내 이 그림을 그릴 수 있었다오. 그것도 아주 빨리, 사흘 만에 다 끝냈지. 일부러 단순하게 그렸소. 사람들의 시선을 끌지 않게끔, 혜안이 있는 애호가만이 알아볼 수 있도록. 난 이 작품이 자신의 비밀을 간직하길 원하거든. 이건 내 모든 작품 중에서 가장 덜 알려진 작품일 거요. 하지만 이걸 들여다볼 때마다 느끼오. 가장 아름다운 작품 가운데 하나라고."

"알에 그려진 그림에 무슨 의미가 있나요?"

"그렇소. 신화 속 새를 가리키는 중국의 상징이지. 요람에서 아기들을 채가 잡아먹는다고 알려진 새라오."

나는 갑자기 더욱 강렬한 빛을 발하는 듯 보이는 알을 감상했다.

"언젠가 이 이야기를 쓸 것이오. 다시 한번 부탁하는데, 그때까지는 아무에게도 말하지 말아주시오."

나는 약속했고, 인터뷰는 끝났다. 자크 아르망을 떠나올 때 혹시 이 양반이 나에게 장난친 건 아닐까 하는 생각이 들었다. 그는 여섯 달 뒤에 죽었다. 그후 길에서 임신한 여자를 볼 때마다 그가 떠오르고, 혹시 저 여자 배 속에 든 것은 알이 아닐까 하는 생각을 한다. 만약 그 알에 그림이 그려져 있다면, 그건 지금 자크 아르망이 낙원에 있다는 증거이리라. 그는 창조주에게 귀띔해주었을 것이다. 여인의 몸에서 태어나고 신의 손으로 빚어지되 자크 아르망의 붓으로 장식될 또다른 괴물에 대한 아이디어를.

영원한 술판

1. 참고 문헌의 빈약함

스위스 모험가 아르망 리브지에르는 1910년에 다녀온 도보 세계일주에 대해 쓴 책에서 중앙유럽 곳곳에서 만난 기이한 취객들을 언급했다. 그들은 주정뱅이처럼 비틀비틀 걸으며 큰 소리로 떠들어댔고, 리브지에르를 잘 알지도 못하면서 친구라고 불렀다고 한다. 하지만 의학적 관점에서 보면 그들은 전혀 취하지 않았다. 리브지에르는 이렇게 설명했다. "나는 확실히 확인해보려고 그들의 숨결을 맡아보았지만, 알코올 냄새는 나지 않았다. 또 선술집에서 한잔 걸치고 나온 사람들같이 낯이 벌겋지도 않았다." 하지만 스위스 모험가를 가장 놀라게 한 것은 그들이 입만 열면 '즈벡'이라는 단어가 튀어나왔다는 점이었다. 그는 처음 들어보는 단어여서 지역 주민들에게 물어보았지만 알아낼 수 없었다. 그들은 킬킬대거나 의미심장한 미소를 살짝 지을 뿐 대답을 피했다.

"취객들은 '즈벡, 즈벡'을 반복했다. 처음에 나는 이것이 일종의 언어 습관이라고 생각했다. 우리도 말끝마다 '안 그래?' 혹은 '에, 그러니까' 같은 표현을 기계적으로 붙이지 않는가? 또 나는 그들이 신경 질환을 앓고 있을지도 모른다고 생각했다. 몇 년 전 파리의 한 신경과 의사가 발견한 것으로, 자기 입에서 나오는 말을 통제하지 못하는 그런 병 말이다. 하지만 나는 곧 깨닫게 되었다. 즈벡은 그런 의미 없는 말이 아니라 어떤 사물을 가리키는 말이라는 사실을. 그렇다. 그들은 즈벡을 **달라고** 했던 것이다. 이 세상 그 무엇으로도 꺾을 수 없는 집요함으로 그걸 끊임없이 요구했다. 하지만 그게 대체 뭐란 말인가? 확실한 것은, 즈벡에 대한 그들의 갈망은 무한하며 그들은 거의 삼십 초에 한 번씩 '즈벡, 즈벡, 즈벡!'을 외치며 그걸 달라고 애원한다는 사실이다."

아르망 리브지에르가 남긴 이 문헌 외에 즈벡을 언급한 책으로 내가 아는 것은 단 두 권뿐이다.

첫번째 책은 19세기 말에 프라하에서 발간된 것으로, 자기 나라 풍속에 큰 관심을 가졌던 코르다라는 체코 문인의 저서이다. 그는 슐레지엔*의 루빈에서 만들어진 음료로, 건강을 해친다는 이유 때문에 당국에 의해 금지된 바 있다는 '스벡'에 대해 간단히 언급했다. 그가 들은 바에 의하면, 주민들은 금지령에도 불구하고 이 음료를 은밀히 생산해왔고, 자기들만 마시기 위해 이방인에게는 절대 그 비밀을 말해주지 않았다. 코르다는 이렇게 덧붙였다. "하지만 나는 '스벡'이 정말로 존재한다고는 확신할 수 없다. 아마도 옛날 슐레지엔 지방을 떠돌던 시골 전설 가운데 하나가 아득한 메아리가 되어 지금의 우리에게 도달한 것이리라. 하지만 이 전설에 대해 더이상 알 수 있는 게 없다 하여 그것이 진실이라고 말할 수는 없지 않은가?"

두번째 책은 1930년에 출간된 독일 작가 헤르만 카트리어의 소설 『동쪽 더 멀리』이다. 여기에 이런 구절이 나온다. "더이상 희망은 없다. 아니, 희망은 한 번도 존재한 적이 없다. 희망이란 신화에 불과하다. 우리 선조들을 취하게 했다는 그 즈벡, 그리고 죽은 이들이 간다는 그 낙원처럼 말이다." 나는 시집과 서한집을 포함한 카트리어의 다른 책을 면밀히 읽어보았지만, 어느 책

* 체코와 폴란드 사이에 있는 지역.

에도 즈벡은 다시 언급되지 않았다. 그렇지만 우리는 앞에 살펴본 글에서 여러 가지 흥미로운 사실을 짚어볼 수 있을 것이다.

우선 주의할 점은 『동쪽 더 멀리』의 배경이 코르다의 책처럼 슐레지엔이 아니라 카르파티아 산악지역*, 더 정확히는 바트리스타라는 이름의 마을이라는 사실이다. 그런데 자세히 조사해보면 이 마을은 실재하지 않는다. 아마 카트리어가 트란실바니아**의 도시 비스트리타를 따서 만든 가공의 지명이리라. 그렇다면 우리는 어떤 결론을 내릴 수 있을까? 카트리어는 슐레지엔의 '즈벡'을 알고 있었고, 그것을 별 생각 없이 루마니아에 옮겨놓은 것일까? 아니면 슐레지엔과 트란실바니아, 이 두 지역에 즈벡의 변형이 하나씩 존재했던 것일까? 비록 두 지역을 다룬 문학에서 그에 대한 언급은 전혀 찾아볼 수 없지만 말이다.

카트리어는 희망에 대해 말하면서 이것을 즈벡과 낙원에 비교했는데, 이 또한 흥미롭다. 이 비교는 아무 뜻 없이 한 것이 아니다. 소설 뒷부분에서 작가는 사람을 '취하게 하는' 이것의 경이로운 능력을 언급한다(이 점은 즈벡이 어떤 음료라는 코르다의 가설을 뒷받침해준다).

그러나 이 모든 내용은 우리에게 별 도움이 되지 못한다. 나는

---

* 동부 유럽에 솟아 있는 습곡 산맥.

** 루마니아 북서부 지방의 총칭.

여전히 즈벡이 전설인지 현실인지 알 수 없다. 기껏해야 그것이 음료라는 사실만 알 수 있을 뿐이다. 그것은 보드카나 아콰비트, 즉 밀을 증류하거나 감자를 발효하여 얻은 민속주의 하나일까? 세르비아에서 마시는 슬리보비츠같이 자두로 빚은 술일까? 내가 지금 도달한 연구 단계에서는 아무것도 단언할 수 없다. 하지만 왜인지는 알 수 없지만 한 가지 생각이 내 머릿속을 떠돌아다닌다. 이 즈벡과 이 년 전 나의 아버지가 실종된 사건 사이에 어떤 밀접한 연관이 있지 않을까?

2. 아버지와 관련된 몇 가지 사실

아버지는 1930년대 말에서 1950년대 중반까지 영국 기밀정보부를 위해 일했다. 대체 아버지는 어떤 복잡한 경로를 통해 첩보의 세계에 발을 딛게 되었을까? 그것은 내가 결코 밝혀내지 못한 수수께끼이다. 그는 항상 이 시기에 대해 말을 아꼈으며 나나 형이 질문을 던지면 대답을 피하곤 했다. 지금까지도 나는 스파이 활동을 하는 그의 모습이 잘 상상되지 않는다. 이 모든 건 아버지가 꾸며낸 이야기일 거라는 생각이 든 적도 많다. 하지만 증거를 요구할라치면 아버지는 어깨를 으쓱하면서 말하곤 했다. “못 믿으면 할 수 없지!” 어쨌든 아버지가 거짓말했다고 증명할 수는 없기 때문에 아버지의 말을 믿을 수밖에 없는 노릇이고, 독자에게도 그렇게 해달라고 부탁하고 싶다.

아버지는 2차 대전 내내 영국 국왕을 위해 오대양 육대주를 누볐고, 비밀문서를 전달하기 위해 세계 곳곳을 돌아다녔다. 1942년, 아버지와 아버지의 조수 고든 클라크(아버지의 이야기에서 그는 항상 이 이름으로 불렸고, 본명은 모른다)는 벨라루스에 파견되었다. 그런데 임무를 마치고 귀환하던 중 그들이 탄 비행기가 고장 났다. 조종사는 들판 한가운데에 비상착륙을 시도할 수밖에 없었고, 설상가상으로 착륙하자마자 심장마비로 사망했다. 비행기는 적군의 주의를 교란시키기 위해 복잡한 경로로 비행해왔던 터라, 고든과 아버지는 대체 어느 나라에 떨어졌는지 알 수 없었다. 폴란드? 우크라이나? 루마니아? 아니면 헝가리? 어쨌든 그들은 거기서 그 즈벡을 발견한 듯하다.

다음에 이어질 글은 아버지가 은퇴하고 나서 집필하기 시작한 회고록의 일부이다. 아버지는 이 회고록의 몇 장을 썼지만, 끝까지 밀고나갈 용기는 없었다. 결국은 집필을 포기하고 원고를 태워버리려 했다. 형과 내가 반대하자 아버지는 자신의 결심은 확고하다고 대답했다. 그러나 사실 글을 전부 태워버린 게 아니었다. 아버지의 책상을 뒤지던 형과 나는 아버지의 글 여러 편이 담긴 공책 두 권을 발견했다. 여러 가지 점에서 볼 때 그 단편들은 사실에 기반을 두긴 했지만 상당 부분 소설에 가까웠던 것 같다. 결국 아버지가 쓰려 했던 것은 회고록 이상의 것이었다. 그것은 자신의 삶에서 영감을 받은 일종의 소설, 자신이 종종 멋진 모습으로 그려지는 소설이었다. 그렇다면 '즈벡' 일화는 어떠한가? 나는 여기에서만큼은 아버지가 사실에 충실했다고 믿는다. 아버지는 이런 종류의 이야기를 꾸며내길 즐기는 사람이 아니었고, 그만한 상상력도 없었다. 어쨌거나 이 이야기를 읽는 독자는 조금이나마 신중해지기 바란다. 소설가가 되기 원했던 전직 첩보원의 말을 액면 그대로 믿을 필요는 없으니까.

(텍스트 확정과 관련된 참고 사항: 내가 여기에 싣는 글은 비행기 사고 후에 있었던 즈벡 사건에 대해 쓴 두번째 공책의 몇 페이지일 뿐이다. 나는 구문상의 몇 가지 오류를 수정했고 고유명사의 철자를 우리 식으로 바꿨으며 아버지가 글을 쓸 때 버릇처럼 잘못 쓴 구두점을 삭제했다.)

3. 원고

이곳은 사람이 많이 사는 지역 같지는 않았다. 심각한 사고였지만 나는 무사했고, 고든은 다리에 약간의 부상을 입은 정도였다. 우리는 조종사의 시신을 땅에 묻고, 물건을 챙겨 들고 북쪽으로 짐작되는 방향으로 출발했다. 시커멓게 그을린 브리스틀기의 동체를 뒤에 남긴 채.

풍경은 황량했고 우리는 밭 사이로 구불구불 이어진 진창길을 따라 걸었다. 내가 앞장섰고, 고든은 절뚝이며 뒤를 따랐다. 아무리 가도 사람 한 명 보이지 않았다. 우리가 따라가는 이 울타리 말뚝을 박은 농부들은 다 어디에 있단 말인가?

밤이 되자 우리는 야영할 장소를 마련했다. 고든은 숲 속의 빈터를 치우고 나뭇가지를 모아왔고, 나는 거기에 불을 붙였다. 식량은 한 끼 식사로는 충분했다. 우리는 주위 소리에 귀를 기울이며 음식을 먹었다. 저녁을 먹자마자 졸음이 밀려들었다. 우리는 군용 자루로 몸을 덮고 그대로 곯아떨어졌다.

다음 날, 우리는 다시 출발했다. 지금 따라가는 이 길은 과연 어디로 이어질까? 이렇게 똑같은 길이 무한히 계속되는 건 아닐까? 차가운 바람이 뺨을 후려쳤다. 비는 계속 쏟아졌고, 더이상 먹을 것도 없었다. 마음은 침울하기만 했다. 한 가지 긍정적인 것은 고든의 상처가 아물고 있다는 사실이었다. 이제 그는 거의 절뚝거리지 않고 걸었다. 이 게으름뱅이가 어제 내 빠른 걸음을 늦추기 위해 엄살을 떤 건 아닌가 하는 의심이 들 정도였다.

이렇게 여러 시간을 걸은 끝에, 우리는 아이를 태운 당나귀를 끌고 가는 농부를 만나게 되었다. 농부의 외모는 혐오스러웠다. 얼굴은 흉터투성이였고, 머리칼은 얼마나 뻣뻣한지 지푸라기 같았다. 영양실조에 걸린 듯 바짝 마른 아이는 무관심한 얼굴로 우릴 보았고, 가끔 우리의 가죽 장화에 부러운 듯한 시선을 던질 뿐이었다. 당연한 얘기겠지만 당나귀도 상태가 썩 좋아 보이진 않았다. 비옥한 흑토를 지닌 고장이었지만 전쟁이 모든 것을 파괴해버린 모양이었다.

우리는 농부에게 인사를 건넸으나 그는 대꾸하지 않았다. 눈을 계속 깜박여서 혹시 미친 게 아닌가 하는 생각이 들 정도였다. 그는 마침내 긴장된 침묵을 깨고 썩은 이를 드러내며 뭐라고 알아들을 수 없는 말을 내뱉었다. 삼십 개 국어를 할 줄 아는 고든은 그의 말을 이해한 듯했다. 고든이 간신히 생각해내 한마디 대답을 했다. 우리 사이에 흐릿하게나마 실낱같은 이해의 끈이 이어지는 순간이었다. 우리는 여러 번 질문을 반복한 끝에 이 길이 끝나는 곳에 마을이 있다는 사실을 알게 되었다. 계속 똑바로 가기만 하면 된다고 했다. 고든은 농부에게 감사 인사를 했다. 그 선량한 사내는 미소를 지었고 우리는 각자 가던 길로 다시 걸음을 옮겼다. 그는 남쪽으로, 우리는 북쪽으로. 나는 고든에게 농부가 어떤 언어로 말했느냐고 물었다. 하지만 고든의 대답은 모호했다.

"여러 언어가 조금씩 섞인 사투리입니다. 그래서 지금 우리가 어느 나라에 와 있는지 전혀 알 수 없어요."

해가 기울어갈 즈음 우리는 언덕 위에서 농부가 말한 마을을 볼 수 있었다. 우리는 탈진 상태였고, 배가 몹시 고팠다. 여기까지 오면서 열매를 따거나 풀뿌리를 캐 먹어보려고도 했지만 맛이 너무 고약해 그냥 최후의 순간에나 먹을 요량으로 넣어두었다. 마을 굴뚝들에서 뭉게뭉게 솟아나는 회색 연기를 보니 활활 타오르는 불의 온기가 벌써부터 느껴지는 듯했다. 우리는 여인숙을 찾을 수 있으리라는 희망을 품고, 마을로 이어진 내리막길을 구르듯 달려 내려갔다. 나는 양말 속에 달러 몇 장을 몰래 감춰두었는데, 주민들이 외화를 보면 분명 좋아하리라 믿었다.

우리가 마을에서 마주친 사람은 단 한 명뿐이었다. 고든은 조금 전에 사용했던 여러 언어가 섞인 말로 숙식을 해결할 만한 장소를 물었다. 그는 거리 끝에 보이는 건물을 가리켰고 우리는 곧바로 그쪽으로 향했다. 걸음을 재우치는 중에도 우리의 시선은 황폐한 가옥과 상점의 형편없는 몰골을 놓치지 않았다. 집에는 대부분 커튼이 쳐져 있었다.

여인숙 벽에는 색이 바랜 간판이 걸려 있었고 바람이 불 때마다 경첩이 삐걱대며 흔들렸다. 간판에는 어떤 화가가 그린 건지 침대와 벽난로, 냄비가 하나씩 그려져 있었고 때가 낀 창문으로 희미한 불빛이 새어나왔다. 고든과 내가 불안한 시선을 나누고 문을 밀어 열자 문에 달린 종이 딸랑거렸다. 안으로 들어가자 탁자에 둘러앉은 다섯 사람이 말없이 우리를 쳐다보았고, 카운터 뒤로 웃통을 벗고 천 앞치마를 두른 덩치 좋은 사내 하나가 서 있는 게 보였다. 고든은 목소리를 가다듬고 여기에서 하룻밤 묵고 갈 수 있느냐고 물었다. 의사소통이 쉽지는 않았으나 어쨌든 주인장은 고개를 끄덕였다. 하녀는 우리의 두건 달린 외투를 벗겨주었고, 우리의 몸에서 물이 줄줄 흘러내리는 것을 보고는 불길이 타닥거리는 벽난로 앞으로 데려다주었다. 친절한 그녀는 우리에게 화주 두 잔을 가져다주었고 우리는 단숨에 들이켰다. 그녀는 말과 손짓을 섞어가며 이 층에 있는 방으로 따라오라고 신호했다.

방에는 더블 침대가 놓여 있었고(고든과 함께 자야 한다는 사실이 그리 탐탁지 않았는데, 그는 자면서 심하게 뒤척였고, 그의 차가운 발이 내 종아리에 와 닿기 일쑤였기 때문이다) 욕조도 갖춰져 있었는데, 벽을 가로질러 드리운 시트 한 장이 욕조를 가려주었다. 우리가 우선 몸을 씻고 식사를 하겠다고 설명하자 하녀는 고개를 끄덕이고 사라졌다. 고든과 나는 누가 먼저 씻을 것인지 정했고, 그가—항상 그렇듯—먼저 들어가기로 했다.

그가 목욕을 하고 있을 때 누군가 방문을 두드렸다. 하녀였다. 그녀는 숨을 헐떡였고(그녀는 몸집이 꽤나 풍만했다) 옆에는 모자를 벗어 든 체구가 작은 청년이 서 있었다.

"저는 미콜라이입니다." 그가 내게 손을 내밀며 말했다.

"에드워드요." 내가 대답했다.

영어를 약간 할 줄 아는 미콜라이가 우리에게 설명했다. 바로 오늘 저녁 이 여인숙에서 조그만 축제가 열리는데 우리도 참석하면 모두들 기뻐할 거라고. 이때 고든이 시트를 젖히고 실오라기 하나 걸치지 않은 몸을 드러냈다. 하녀는 귀밑까지 미소를 머금고 내 친구의 실한 남성을 지그시 쳐다보았다. 우리는 초대를 받아들이며 기쁜 얼굴로 손뼉까지 쳤다. 그들은 살며시 문을 닫고, 벽이 흔들릴 정도로 쿵쾅거리며 계단을 뛰어 내려갔다.

목욕을 마친 우리는 파이프 담배를 나눠 피웠다. 우리 둘 다 밀봉한 양철 상자에 넣어 다니는 담배를 포기하라면 차라리 식량과 탄약을 내버릴 정도로 못 말리는 골초였다. 우리는 일 층으로 내려갔다. 몹시 허기졌고, 여인숙 사람들이 우리를 위해 준비해놓았을 음식을 빨리 맛보고 싶었다.

여인숙은 사람들로 가득했다. 축제가 곧 시작된다는 걸 느낄 수 있었다. 방금 도착한 사람들은 벽난로 주위에 둘러서서 젖은 머리칼을 말렸다. 주인장은 우리 둘을 홀의 움푹 들어간 곳에 있는 식탁에 앉힌 다음 퓌레*와 구운 고기가 가득 담긴 접시 두 개를 가져다주었다. 접시에서 향긋한 냄새가 피어올랐고 우리는

---

* 야채나 고기를 갈아서 체로 걸러 걸쭉하게 만든 음식.

마치 들개처럼 먹어댔다. 나는 몇 입 뜯어먹고 나서 고든에게 물었다. "이게 돼지고기인 것 같나, 양고기인 것 같나?" 그는 전혀 모르겠다고 대답했다. 식사와 함께 먹으라며 주인장은 씁쓸한 흑맥주 두 잔도 가져다주었다.

사람들이 삼삼오오 계속 들어왔다. 우리와 멀지 않은 식탁에 쌍둥이가 앉아 있었다. 잔을 들어올리는 동작이나 소매로 코를 푸는 모습까지 똑같았다. 실내가 갑자기 더워진 듯해 나는 스웨터를 벗었다. 모인 사람들은 주로 남자였지만 몸매가 풍만한 여인도 적지 않았다. 그네들의 발그레한 뺨과 풍성한 가슴을 보고 있노라면 지금 세계가 전쟁과 기근에 시달리고 있다는 사실이 믿기지 않을 정도였다.

미콜라이는 사람들을 헤치고 우리에게 왔다. 우리는 그를 반가이 맞았다. 그가 가득 찬 맥주잔을 들고 왔기 때문이다. 그는 서투른 영어로 더듬더듬 자신의 인생사를 들려주었다. 그는 곡마단에서 곡예사 아버지와 맹수 조련사 어머니 사이에서(아버지가 조련사이고 어머니가 곡예사이면 더 자연스럽겠다는 생각이 들었지만 말을 끊지는 않았다) 태어났다. 그는 저글링 곡예사로 세 살 때부터 서커스 무대에 섰다. 어렸을 때에 곡마단 마차 행렬에 섞여 유럽 전역을 돌아다녔는데, 런던과 리버풀에도 머문 적이 있어 영어를 서툴게나마 할 수 있게 되었다. "저는 독일어, 프랑스어, 플라망어, 그리스어도 대충 이해할 수 있답니다"라고 그는 겸손하게 덧붙였다. 그리고 맥주 기운이 어느 정도 올랐는지, 어렸을 때 배운 영어 셈 노래를 부르기 시작했다. 하지만 끝까지 외우진 못해 매번 1절만 부르고 멈췄다. 그는 아직도 저글링을 할 수 있다는 사실을 증명하고 싶어했다. 그의 이런 의중은 식탁 위에 널린 빈 유리잔을 응시하는 그의 시선에서 나타났고 우리는 제발 그러지 말라고 말렸다. 이때 주인장이 불쑥 나타나서 우리에게 잘 먹었느냐고 물었다. 우리는 손으로 배를 두드리며 의자 위에 널브러지면서 포만한 왕 흉내를 냈다. 그는 만족한 표정을 지었고, 우리의 접시를 모아 들고 떠나면서 뭐라고 소리쳤다. 미콜라이가 간략하게 통역해주었다. "이제 축제가 시작된대요!"

*

이날 밤, 이 이름 없는 마을의 여인숙은 내 생애 최고 술판의 무대였다. 여인숙은 사람들로 가득 차 의자, 벤치, 민걸상 등 남은 자리가 하나도 없었다. 바닥에 퍼질러 앉은 이들도 많아서 술잔을 가득 안고 홀을 가로질러 다니는 하녀는 그들의 발에 걸려 비틀거리기 일쑤였다.

미콜라이는 우리에게 자기 친구들을 소개했다. 우리는 농부 예르지와 루츠얀, 트랙터 수리공 클레멘스, 장인 필리프와 도미니크, 그리고 직업이 명확치 않은 두 러시아인 필리몬과 이리네이 등등 여러 사람을 사귀게 되었다. 여자들도 있었다. 할리나, 에바, 레오카디아, 루드밀라는 남편이 무사히 귀가할 수 있도록 그들과 동행해 나온 것이었다. 좀 뻐겨보고 싶었던 미콜라이는 고든과 내가 비밀리에 여행 중인 미국인 사업가라고 소개했고, 이에 여기저기서 감탄의 휘파람이 터져나왔다.

술은 철철 넘쳐흘렀다. 모든 이들이 우리와 건배하고 싶어했다. 그런데 가만히 보니까 주인장에게 술값을 치르는 사람은 아무도 없었다. 그렇다면 주인장은 각자가 마신 양을 기억해두었다가 축제가 끝날 때 한꺼번에 받는 것일까? 미콜라이가 설명해주었다. 이런 축제에서 술값은 공동으로 지불된다고. 모두 아무 걱정 없이 술만 마시면 되고, 나중에 소비한 술의 양을 고객 수로 나눈다는 거였다. 나는 기발한 이 방법에 무릎을 쳤고, 내 비용으로 테이블마다 잔을 한 잔씩 돌렸다.

북적이는 사람들 속에서 고든과 나는 서로 떨어져 있게 되었다. 가끔 찾아보면 정신없이 웃어대는 농부들과 얘기하거나 예쁜 아가씨들에게 수작을 걸고 있었다. 다음 날 그는 그네들과 함께 거리에 나가 달빛 아래에서 오줌을 누고 키스를 했다고 실토

했다. (화장실이 하나밖에 없는 데다 기다리는 줄이 너무 길어 대부분의 사람들은—여자를 포함해—용변을 해결하기 위해 밖으로 나갔다. 나도 열 번이나 밖에 나가 벽에 대고 오줌을 갈겼다. 근처에서 같은 식으로 일을 보는 사람이 열다섯 내지 스무 명이나 된다는 사실을 짐짓 모르는 척하면서.)

축제에는 아주 재미있는 순서가 많았다. 백 킬로그램이나 나가는 뚱뚱한 여인이 사람들의 격려에 고무되어 물구나무서기로 걷겠다고 나섰다. 나는 불가능하다고 생각했지만, 오산이었다. 여인은 사람들을 밀어 가운데에 둥글게 빈 공간을 만든 다음 손바닥을 땅에 대고 우아하지 못한 동작으로 다리를 수직으로 추켜올렸고, 속치마와 제대로 제모도 하지 않은 종아리를 드러낸 채 서투르게 몇 걸음을 옮겼다. 그다음에는 이 고장의 가락을 연주하는 아코디언 소리에 맞춰 파랑돌 춤이 이어졌다. 처음에 나는 사양했지만 결국 춤판에 끌려 들어갔고, 정신없는 틈을 타 내 앞에서 웃고 있는 소녀의 엉덩이를 주물러보기도 했다. 얼마 후에는 미콜라이가 어디서 꺼내왔는지 볼링 핀을 가지고 묘기를 부리기 시작했다. 매우 능숙한 솜씨였지만 어쩌다 핀 하나가 잘못 날아가 한 사내의 머리를 맞춰 기절시켰다. 모두들 웃음을 터뜨리며 당황해하는 곡예사의 등을 마구 두들겨댔다.

'죽마(竹馬) 싸움' 이라는 것도 있었다. 긴 장대 두 개에 올라

선 두 아이가 호메로스의 한 장면을 연상시키는 결투를 벌였고 구경꾼들은 투계—몇 해 전 중국에서 임무 수행을 할 때 나도 구경한 적 있었다—와 같은 방식으로 내기를 걸었다. 두 아이는 장대를 무서울 정도로 능숙하게 다루며 악마처럼 격렬하게 싸워댔다. 응원의 함성이 터져나왔고, 한 아이가 떨어지자 사람들은 브라보를 외쳤다. 소년들은 맨손으로 맞붙으려 했지만 뚱뚱한 어른 한 사람이 둘을 떼어놓은 다음 넘칠 듯이 채운 맥주잔을 하나씩 손에 들려주었다.

그때 느닷없이 고든이 나타나더니 장대처럼 후리후리한 몸에 수염을 깔끔하게 다듬은 도미니크라는 사내를 내게 소개했다. 그의 설명에 따르면, 도미니크는 영어를 말할 줄 알고 배꼽 빠지게 웃기는 농담을 많이 알고 있었다. 사내는 고개를 끄덕이며 농담 하나를 들려주었다. 하지만 아쉽게도 그의 말을 전혀 이해할 수 없어 그냥 어깨를 으쓱하고는 유감스런 표정을 지었다. 그 역시 실망한 듯했으나 개의치 않았고, 오히려 조그만 유리잔에 담긴 투명한 술을 권했다. 그걸 한입에 마시니 마치 용암을 삼키는 듯한 느낌이었다. 나중에 누가 그것이 '빵 술', 즉 보드카라고 주장했지만 전혀 믿을 수 없었다.

모두들 완전히 취해버렸고 나 또한 마찬가지였다. 어떤 이들은 바닥에 주저앉아 등을 벽에 기대고 눈을 감은 채 쉬었다. 또 어떤 이들은 속을 한판 시원하게 비워내지 않으면 더이상 마실 수 없다고 말하며 종종걸음으로 밖에 나가더니 잠시 후에 손바닥으로 입을 훔치며 돌아왔다. 나도 머리가 빙빙 돌았고 고든에게 조심해서 마시라고 충고했다. 그에겐 한번 마시기 시작하면 멈추지 못하는 버릇이 있었기 때문이다. 그는 괜찮다고 고함치듯 대답하고는 곰보 얼굴인 늙은 여인의 손에 잡혀 지그 춤판에 끌려 들어갔다. 몇 분 후 다시 보니 그는 이번에는 카브리올* 동작을 반복하며 미친 듯 웃고 있는, 대머리에 배불뚝이인 남자와 손을 잡고 춤을 추고 있었다.

내가 빈 의자를 하나 찾아내 앉아 있는데 미콜라이가 이상하게 심각한 얼굴로 다가왔다.

"곧 즈벡이 시작돼요." 그가 말했다.

"뭐요?"

"즈벡이요."

"즈벡?"

그때 나는 홀이 술렁이기 시작이면서 여기저기에서 사람들이 즈벡에 대해 말하고 있다는 걸 깨달았다. 얼굴은 굳어져 마치 미소 짓거나 찡그린 얼굴 위에 가면을 쓴 듯했다. 술에 취해 홍청

* 펄쩍 뛰며 두 발을 공중에서 마주치는 동작.

대던 사람들이 돌연 미사에 갈 준비를 하는 것 같았다. 멀지 않은 곳에 앉아 있던 고든 역시 나처럼 어리둥절한 표정이었다.

종이 울렸고 모든 대화가 중단되었다. 사람들은 일제히 카운터 주위로 모여들었다. 완전한 침묵 속에서 여인숙 주인장이 하녀에게 뭐라고 분부를 내렸다. 그녀는 뒷방으로 사라졌다가 지푸라기 포도주*처럼 연황색 액체가 담긴 병을 하나 들고 다시 돌아왔다. 주인장은 병을 들어 사람들에게 보여준 다음 뚜껑을 열고 카운터 위에 나란히 놓은 유리잔 세 개에 따랐다. 하지만 잔을 반밖에 채우지 않았으므로 나는 아주 독한 알코올일 것이라고 추측했다.

그가 술을 다 따르자마자 하녀는 병을 원래 숨겨두었던 곳에 갖다 놓았다. 공기 중에 터질 듯한 긴장감이 감돌았다. 내 뒤에서 누군가 중얼거렸다. "즈벡!" 난 전율했다. 그러자 모두가 박자를 맞추어 낮고 거친 목소리로 외치기 시작했다. "즈벡! 즈벡! 즈벡!" 이들은 이제 발까지 구르며 그 단어를 외쳤다. 아프리카 부족 마을에서 거행되는 의식과도 흡사했다. 그렇다면 주인장은 주술사의 역할을 하는 것이리라.

갑자기 홀 안이 다시 조용해졌다. 한 사내가 무리에서 나와 카

---

* 백포도주의 일종. 포도를 짚 위에서 건조시켜 만들기 때문에 붙은 이름이다.

운터 앞으로 다가갔다. 옷차림은 엉망이었고 약간 떨고 있는 듯했다. 아마 너무 많이 마시고 춤을 춰서 그런 것이리라. 그런데 대체 무엇을 지원한 것일까? 주인장은 위협적인 태도로 잔을 턱으로 가리켰다. 사내는 천장이 들썩일 듯 우렁찬 웃음을 터뜨리더니 잔을 집어 들었다. 그리고 위로 높이 치켜들어 잠시 잔의 밑바닥을 응시하더니 한입에 털어놓고는 빈 잔을 바닥에 내던졌다. 나는 사람들이 박수를 보내리라 예상했지만 무리는 침묵을 지켰다. 이제 두 잔이 남았다.

그리고 그 과정은 다시 시작되었다. 첫번째로 마신 사내가 한구석으로 걸어가 푹 쓰러지자 사람들은 다시 발을 구르며 "즈벡!"을 외치기 시작했다. 나도 그들과 함께 외쳤다. 몇 초 후에 또다른 용기 있는 자가 결심을 했다. 이번에는 키가 훌쩍 크고 신발을 짝짝이로 신은 청년이었다. 그는 무리 쪽을 향해 돌아서서 몇 마디 말을 웅얼거렸다. 이어 과장된 웃음을 터뜨리다가 불길한 기침을 토해냈다. 그는 홱 돌아서서 두번째 잔을 채듯이 들어올리더니 술을 삼켰다. 한 줄기 전율이 무리를 훑듯 지나갔다. 그는 첫번째 사내처럼 잔을 바닥에 내던지고는 뭐라고 중얼대면서 빈 의자 쪽으로 비틀비틀 걸어갔다. 그가 심하게 휘청대자 사람들은 그를 식탁 위에 눕히고 마음껏 헛소리를 하도록 놔두었다.

이제 한 잔만 남았다. 무리는 또다시 아우성치기 시작했다. 소리는 아까보다 더욱 우렁차게, 만트라* 혹은 기도처럼 솟아올랐다. "즈벡! 즈벡! 즈벡!" 나는 머리가 핑 돌았다. 현기증을 느낀 나는 넘어지지 않으려고 고든의 어깨에 몸을 기댔다. 고든은 나의 어지럼 증세를 눈치채지 못한 채 맹렬히 발을 굴렀다. 알코올이 몸속에서 끓고 있었다. 갑자기 광기가 내 정신을 사로잡았다. 나는 몸을 던지듯 앞으로 걸어나가 누군가 마셔주기를 기다리는 마지막 잔이 놓인 카운터를 떡하니 마주하고 섰다. 앞의 두 잔이 깨진 조각들이 내 장화 아래에서 바스러졌다.

주인장은 놀란 표정을 지었다. 나는 하녀의 눈에서 감탄의 빛이 떠오르는 걸 보았다. 가까이에서 보니 유리잔은 콩알만 했고, 담긴 것도 거의 없는 것처럼 보였다. 의혹이 피어올랐다. 정말 이 소량의 음료가 마시는 자에게 어떤 효과를 낳을 수 있을지 의문이 들었다. 나는 크게 숨을 들이쉰 다음 잔을 들어올려 입으로 가져가려 했다. 이때 손 하나가 내 손목을 붙잡았다. 미콜라이였다.

"이건 즈벡이에요!" 그가 말했다.

"알아요. 그래서 어쨌다는 거요?"

* 불교에서 신을 향해 부르는 신성하고 마력적인 어구.

"위험해요. 매우 위험해요. 마시면 취할 거예요."

나는 그가 무슨 말을 하는지 이해하지 못해 그를 쳐다보았다. 취하다니, 그럼 지금 우리가 취하지 않았단 말인가? 주인장은 웅얼웅얼 몇 마디를 내뱉었다.

"그가 말하길, 즈벡은 한 번 마시면 끝이래요." 미콜라이가 통역해주었다. "당신은 저편에 머물게 돼요."

그는 강렬한 눈으로 나를 응시하더니 덧붙였다.

"즈벡, 그건 영원한 술판이래요."

그런 다음 내 손목을 놓아주고 나를 빤히 쳐다보았다. 결정은 당신 자유라는 표정이었다. 마시느냐, 안 마시느냐, 그것이 문제로다! 난 아직도 그가 한 말의 의미를 완전히 이해하지 못했지만, 내가 정말로 즈벡을 맛보길 원하는지 확신할 수 없었다. 불안감에 사로잡힌 나는 잔을 내려놓고 한 걸음 뒤로 물러섰다. 주인장은 내게 실망한 시선을 던지면서 고개를 끄덕였다. 나는 사람들이 나를 비웃지 않을까 걱정되었다. 다행히도 다른 미친놈 하나가 뛰어나와 나를 대신했고, 내 실패는 그 통에 묻혔다. 나는 내 교체자가 나는 감히 마시지 못한 잔을 입안에 털어넣는 광경도 제대로 보지 못한 채 허둥지둥 자리를 빠져나왔다. 나는 비틀거리면서 이 층으로 올라갔고, 벽에 부딪히며 방에 들어가 그대로 침대 위에 쓰러져 곯아떨어졌다.

*

다음 날 잠이 깼을 때 벽시계는 열시를 가리키고 있었다. 고든은 옆에서 평화롭게 코를 골았다. 나는 그를 흔들어 깨우며 빨리 떠날 준비를 하라고 일렀다. 벌써 시간이 많이 지체되었기 때문에 가능한 빨리 길을 떠나야 했다. 우리는 간단히 세수를 하고 아래층으로 내려갔다. 여인숙은 깨끗이 청소되어 있었다. 하녀는 우리에게 인사를 건넸고, 커다란 빵 조각에 버터를 듬뿍 발라 커피와 함께 가져다주었다. 아침식사를 마치고 우리는 주인장에게 간밤에 마신 우리 몫의 술값과 방값을 지불했다. 주인장은 친절하게도 여행할 때 먹으라며 자루 하나에다 빵, 사과, 베이컨 등을 가득 넣어주었다. 우리는 그에게 진심으로 감사했고, 우리가 주정뱅이로서 위업을 달성한 그 장소를 약간은 무거워진 마음으로 떠났다.

마을을 벗어난 우리는 철물 장수를 만났고, 그에게서 녹슨 이인용 자전거와 정확성이 의심되는 지도 한 장을 샀다. 장비를 보강한 우리는 다시 길을 떠났다. 안장이 두 개 달린 자전거에 걸터앉아 말없이 페달만 밟으면서. 그렇게 수 마일을 달린 후 마침내 고든이 침묵을 깨고 간밤에 내가 마실 뻔했던 그 즈벡에 대해 얘기해주었다. 내가 자러 올라간 후에 미콜라이가 자세히 설명해줬다는 것이다. 미콜라이의 말이 사실이라면 그건 실로 무시무시한 것이었다.

"내가 정확히 이해한 거라면," 고든이 말했다. "즈벡은 취한 상태를 고착시켜 술이 깨지 못하게 한답니다."

"아니, 어떻게?"

"사전에 아무것도 마시지 않았다면 아무런 효과도 못 낸대요. 하지만 뭔가를 마셨다면 효과가 확실하죠. 술에 취한 사람의 목구멍에 즈벡 반 잔만 들어가도 그는 평생 술에 취해 있게 돼요. 어제저녁 그걸 마신 마을 사람 셋은 아마 지금쯤 짚더미 뒤에서 코를 골고 있을 겁니다. 잠에서 깨어나도 계속 술에 취한 상태가 되죠. 체내의 알코올이 다 없어진 다음에도 말이에요."

"아, 그래?"

"네. 축제가 있을 때마다 여인숙 주인은 병을 꺼내 잔 세 개를 채우죠. 때만 잘 잡으면 지원자가 세 명 정도는 항상 나온답니다. 알코올로 정신이 흐려져 영원히 취해 있기를 바라는 사람들이죠. 그들은 즈벡을 마시고 '저편'으로 넘어가게 되는 거예요. 어떤 의미에서는 일종의 자살이라고 할 수 있지요. 정말로 죽는 건 아니지만요."

나는 깊은 상념에 잠겼다.

"그럼 그들은 어떻게 되지?"

"누구요?"

"즈벡을 마신 사람들."

"음, 죽을 때까지 취한 상태로 사는 거죠. 가족들은 마치 바보아이 보살피듯 그들을 돌보고요. 가출하는 이들도 많답니다. 그런 상태로 들판을 떠돌아다니며 만나는 사람마다 즈벡을 달라고 한대요. 아주 튼튼한 사람은 살아남지만 대부분은 몇 달 내로 죽는답니다."

고든은 잠시 입을 다물었다가 다시 덧붙였다.

"어쨌든, 이건 미콜라이에게서 들은 말입니다."

다시 비가 내리기 시작했다. 바람도 일었다. 이인용 자전거를 탄 우리는 더욱 끙끙대며 힘을 써야만 했다. 고든은 앞에서, 나는 뒤에서, 머릿속은 고민으로 꽉 찬 채 말이다.

4. 영원한 술판

원고는 여기에서 끝난다. 이것이 아버지가 이 일화에 대해 쓴 전부인지, 아니면 계속되는 부분이 있었는데 태워버린 것인지 나는 알지 못한다. 어찌 됐든 내게는—왜 자꾸 이런 느낌이 드는지 설명할 수 없지만—이 이야기와 어린 시절의 추억, 그리고 아버지의 실종 사건 사이에 모종의 연관성이 있는 것처럼 느껴진다.

형과 내가 아이였을 때 아버지의 서재에는 중요한 서류며 돈이며 권총 같은 것을 숨겨놓는 금고가 있었다. 서재는 금지된 방이어서 존과 나는 들어갈 수 없었다. 하지만 어느 날, 우리는 장난을 치다가 그곳에 들어가게 됐다. 금고는 열려 있었고 그 안에 조그만 병이 있었다. 나는 자전거에서 떨어져 다치기를 밥 먹듯 했기 때문에, 그걸 소독약이라고 생각했다. (바로 그날 저녁, 나는 아버지에게 그 병은 약장에 넣어놓아야 하는 게 아니냐고 말함으로써 그의 말에 순종하지 않았음을 드러내고 말았다.)

그 병에는 무엇이 들어 있었을까? 우리가 읽은 원고 내용을 고려해볼 때, 그것이 즈벡이 아니라고 생각하기는 어렵다. 분명 이야기는 완결되지 않았다. 또 아버지는 자존심이 강한 사람이었다. 비록 아버지는 아무 말도 하지 않았지만 그날 사람들 앞에서 멋진 모습을 보이려다 중도에 포기한 일에 수치심을 느꼈으리라. 나는 아버지가 더럽혀진 명예를 되찾기 위해 새벽에 그 병을 훔쳐내 자루에 숨길 수도 있는 사람이라 생각한다. 아니면 하녀를 통해 그것을 샀을 수도 있다. 두툼한 달러 뭉치 앞에서 혹하지 않을 사람은 없을 테니까. 하지만 나중에 고든의 설명을 듣고 아버지가 지니고 있는 독이 무엇인지 이해하게 되었으리라.

이때 아버지의 갈등이 어땠을지는 충분히 짐작할 수 있다. 아버지는 '고민으로 꽉 차 있었다'고 했다. 뚜껑을 열고픈 유혹을 영원히 느끼지 않기 위해 병을 없애버려야 할 것인가, 아니면 영원한 행복으로 떠날 수 있는 여권처럼 소중히 간직해야 할 것인가? 내 가정은, 아버지가 두번째를 선택해 즈벡을 집으로 가져와 금고 안에 넣어놓았다는 것이다. 그리고 오랜 세월 동안 아버지는 혼잣말을 했으리라. 놀라운 음료가 내 수중에 있어. 인생이 꼬이기 시작하면 모든 문제를 끝내줄 수 있는 음료이지. 그저 코가 삐뚤어지게 마신 다음에 즈벡 한 모금만 마시면 모든 고민을 영원히 잊고 더없는 행복 속에서 인생을 마감할 수 있어.

아버지는 몇 번이나 이런 생각을 했을까? 어떤 저녁 모임 중에 얼근하게 술이 올라, 그 즐거운 저녁을 아름답게 완성시켜줄 즈벡을 마음속 깊이 떠올리며 귀가했던 적이 과연 없었을까? 몇 번이나 금고를 열고서 병을 들여다보았을까? 그리고 그걸 자신의 가슴에 대어보고, 당장이라도 뚜껑을 열 기세로 이마에 대고 굴려보았을까?

앞에서 말했듯 아버지는 이 년 전, 편지도 유서도 없이 사라져버렸다. 삼촌들과 형은 아버지가 죽었다고 믿는다. 하지만 내 생각은 다르다. 아버지는 예쁜 아가씨들과 화창한 날씨를 만끽하기 위해 열대지방 어느 곳으로 도망갔으리라. 그렇게 한동안 신나게 즐기다가 그의 술 인생 최고의 만취 상태에 도달해 그가 지닌 즈벡을 모두 마셔버리고 그 상태를 고착시켰으리라. 그리하여 그 궁극적이고 돌이킬 수 없는 만취 상태는 내가 이 글을 쓰고 있는 이 순간까지도 계속되고 있으리라. 어쩌면 오늘도 아버지는 영원한 주정뱅이의 몰골로 남미의 술집과 사창가를 헤매고 다니면서 마주치는 사람들에게 낄낄대며 즈벡을 달라고 소리치고 있을지도 모른다. 왕과 같이 행복한 얼굴을 한 이 영원한 술판의 축복받은 죄수는 결코 비워지지 않는 술통의 꼭지에 입을 대고 황홀한 취기를 빨아대고 있으리라.

육식 이야기

내 회고록을 한번 써본다? 친구와 옛 동료 들은 그러라고 부추긴다. 사실 나도 오래전부터 그걸 꿈꿔왔다. 은퇴하기 전부터 이미 그런 생각이 있었으니까(그래, 건방진 생각이었다). 하지만 본격적으로 그 일에 뛰어드는 것을 계속 미루고 있다. 시작하기가 왜 이렇게 어려울까? 한 수사관의 생의 추억들을 종이 위에 내려놓는 행위가 어쩌면 내 삶의 절정기는 이미 지나가버렸다는 걸 잔인하게 말해주기 때문인지도 모른다. 또 어쩌면 일흔이 다 된 나이에, 어렸을 적부터 꿈이었던 작가라는 직업에 대해 뒤늦게 회의를 느꼈는지도 모른다. 열여섯 살 때 시와 미문(美文)보다 범죄 사건에 매력을 느낀 이후, 나는 문학과 담을 쌓고 지내왔다. 난 사람들이 이렇게 말하는 걸 종종 들어왔다. 문학

하는 사람들은 새 책을 시작할 때, 심지어 한 장(章)을 시작할 때도 고문에 가까운 어려움을 느낀다고. 물에 뛰어들려는 순간 항상 더 긴급하게 처리해야 할 다른 일을 찾아내는 나의 습성은 바로 이런 어려움을 회피하고자 함이었을까? 이제 장비는 모두 갖추어졌다. 내 탁자 위에는 종이와 잘 깎아놓은 연필 여남은 자루, 지난 사십 년간 써놓은 메모들, 사건 파일들까지 준비되어 있다. 종결된 것도 있고 그렇지 못한 것도 있으며 유명한 것도 있고 알려지지 않은 것도 있지만, 모두가 스코틀랜드야드*에서 수사관으로 일하는 동안 내가 맡았던 사건들이다.

나는 여러 민감한 사건을 많이 다뤄봤다. 런던 시내를 십 미터도 걷지 못할 만큼 기자들이 벌 떼처럼 달려들 그런 사건 말이다. 하지만 다른 종류의 사건도 겪어보았다. 별로 알려지지 않았지만 흥미롭기는 매한가지인 사건, 때로는 기묘하고 때로는 비극적인 사건…… 라투렐 사건은 기묘하면서도 동시에 비극적인 경우였다. 이단 식물학자로 알려진 존 라투렐은 1955년 그의 온실에서 신체 여기저기가 훼손된 시체로 발견되었다. 사망 당시 그는 예순 살이었고, 그의 미니어처 처녀림에 심어놓은 식물을 돌보는 데 대부분의 시간을 보내며 살고 있었다. 나는 내 부하

* 영국 런던경찰국의 별칭.

중 가장 유능한 세 사람에게 이 가련한 사내를 살해한 범인을—그가 범인인 게 확실했으므로—심문하게 했다. 그러던 어느 날, 나는 브라질에서 온 기이한 편지 한 통을 받았다. 편지의 수신인은 분명히 나였고, 발송된 곳은 바이아 주의 주도인 사우바도르였다. 그런데 내용이 너무나도 희한해서 나는 한 부를 복사해 개인적으로 보관하고 있다.

포사다 다스 플로레스 호텔
디레이타 도 산투안토니우 가 442번지
사우바도르 시, 바이아 주, 브라질

1955년 3월 22일, 사우바도르

수사관님,

아마존 밀림 여행에서 돌아온 저는 한 프랑스 신문을 통해 존 라투렐의 사망 소식을 알게 되었습니다. 기사는 간략했지만 (스무 줄 남짓한 단신으로 다른 사회면 기사 사이에 꼭꼭 숨어 있어 그걸 발견했다는 사실이 놀라울 정도였죠) 중요한 점은 모두 알려주고 있더군요. 기사에 따르면, 참혹하게 훼손

된 라투렐의 시체가 온실 안에서 발견되었더군요. 어떤 야생 동물이 달려들어 사지를 갈가리 찢어발긴 것처럼 말입니다. 저는 즉시 그분의 따님 에밀리에게 전화를 걸어보았죠. 그녀는 그 끔찍한 소식이 사실이라며 그가 런던의 번힐 필즈 공동묘지에 매장되었다고 하더군요. 공교롭게도 그가 「천국과 지옥의 결혼」을 암송할 정도로 좋아했던 시인 윌리엄 블레이크의 무덤과 멀지 않은 곳이라지요.

이 소식은 제 마음을 몹시 아프게 했답니다. 저는 칠 년 동안 존 라투렐의 조수로 일했습니다. 우리는 함께 지구상의 가장 원시적인 지역을 돌아다니며 가장 기상천외한 부족을 방문했습니다. 그들이 전통적으로 사용하는 알려지지 않은 약초 중에서 유럽에 가져올 만한 것을 찾기 위해서였죠. 저는 당시 권위 있는 학자들이 라투렐을 약간 괴상망측한 독학자로 여겼다는 사실을 알고 있습니다(그의 죽음을 전하는 기사는 그를 '이단 과학자'라고 칭하며, 그가 전문가 사이에서 별 신빙성 없는 인물로 통했다는 사실을 강조하더군요). 하지만 저는 그가 당대 최고 학자 가운데 한 명이었다는 점을 말씀드리고 싶습니다. 그에게 약간 괴상한 면이 있는 건 사실입니다만 (천재란 어느 정도 다 그런 면이 있지 않습니까?) 그가 독학자라는 말은 얼토당토않습니다. 라투렐은 유럽 최고의 대학들에서 수학했으며 그가 식물학과 다른 수많은 과학 분야에서 취득한 학위들을(그에게는 제가 누구에게서도 보지 못한 지식욕이 있었습니다. 그가 예순이 다 된 나이에 학위 논문을 위해 광학과 천문학을 공부했다는 사실이 믿어지십니까?) 열거하기 위해선 밤의 반을 새운다 해도 부족할 정도입니다.

자, 이젠 제가 오늘 수사관님께 이 글을 쓰는 이유를 설명하겠습니다. 이 세상에서 존 라투렐의 사람됨이나 그가 했던 일을 가장 잘 아는 사람을 들라면 바로 저일 것입니다. 그와 저는 칠 년간 함께 작업해왔고, 그 기간 동안 그가 만난 사람은 제가 거의 유일하다고 할 수 있으니까요. 그렇다면 수사관님은 당연히 저의 증언이 듣고 싶을 테니, 저는 수사관님이 저를 찾는 수고를 덜어드리고 싶은 것입니다(저는 대부분의 시간을 외국, 그것도 찾아내기 쉽지 않은 곳에서 보내거든요). 지금은 리우데자네이루에서 최소한 보름을 지낼 예정이며, 제게 연락하고 싶으면 앞에 적힌 호텔에 전화하시면 됩니다. 물론 지금 쓰고 있는 이 글만으로 충분히 라투렐의 살인범을 잡을 수 있다면, 그래서 보충 설명이 필요하지 않다면 굳이 저를 찾을 필요는 없겠지만요. 지금부터 제가 밝힐 내용은 다소 초자연적 성격을 띠고 있지만, 그래도 읽고 나면 수사관님은 저와 더 깊은 대화를 나누고 싶어질 겁니다.

제가 존 라투렐을 만난 것은 2차 대전이 끝난 지 얼마 되지 않은 1946년이었습니다. 그는 학문 작업과 일상생활 모두를 도와줄 사람을 찾고 있었죠. 저는 학생이었습니다만 1943년 영국군에 입대하는 바람에 학업을 중단할 수밖에 없었습니다. 그리고 삼 년 후에는 대학 강의실에 돌아가기보다 곧바로 일자리를 얻고 싶었습니다. 특히 부모님이 일 년 이상 한가하게 살 수 있는 유산을 남기지 않고 돌아가셨기에 그 필요성은 더욱 컸죠. 그래서 라투렐은 저를 채용하게 된 것입니다. 처음에 제가 맡은 일은 그의 연구 활동과 직접적인 관계가 없는 모든 분야에서 그의 일손을 덜어주는 것이었습니다. 집을 관리하고 필요한 물품을 마련하고 답신을 보내고 가계부를 적고, 그의 전 부인에게 생활비를 보내주는 일 따위 말이죠. 참, 그는 부인과 1940년에 이혼했고, 그녀와의 사이에서 낳은 딸 에밀리와는 매달 한 번 방문하는 사이랍니다. 그는 얼마 지나지 않아서 제게 연구 일도 도와달라고 부탁했고, 제게 너무 만족한 나머지("저 사람 없이 어떻게 그토록 오랫동안 살아올 수 있었는지 모르겠어!" 라고 말하곤 했어요, 마치 가정주부가 새 진공청소기에 대해 말하는 투로요) 계약을 연장했으며 봉급도 약간 올려주었답니다. 봉급 인상 얘기가 나왔으니 말인데, 그의 가장 고약한 성격 가운데 하나가 인색함이란 점을 감안하면 많은 봉급을 기대할 수는 없는 노릇이었죠.

라투렐과의 작업은 제 인생에서 가장 흥분되는 일이었습니다. 그의 열정에 전염된 저는 그가 맡기는 일을 열과 성을 다해 수행해나갔죠. 도서관을 돌아다니며 식물학 관련 고서를 뒤졌고 매주 두 번 묘종토를 삼십 리터씩 사왔으며 매일같이 양철통 두 개에 쐐기풀 액체 비료를 만들었습니다. 또 브릭레인 거리*에 있는 그의 조그만 집의 거대한 온실에서—그가 나무와 유리로 직접 지은 건물인데, 두 번이나 증축하다보니 모양이 괴상해졌답니다—자라는 수천 가지 신기한 식물을 가지 치고 꺾꽂이하고 처리하고 연구했습니다. 우리는 일 년에 두세 번 희귀한 나무 묘목을 얻기 위해 외국을 돌아다녔답니다. 멕시코의 사막, 플로리다의 늪지대 그리고 아시아의 정글…… 이런 오지에서 얼마나 많은 모험을 겪었는지! 어쩌면 당신도 알지 모르겠습니다. 식물학이란 식물을 종이 사이에 넣어 말리고, 마치 욕설처럼 들리는 희랍어와 라틴어 이름을 붙이는 기술이라는 알퐁스 카르**의 구절 말입니다. 저는 이 농담꾼을 우리의 그 길고 고된 여행에 한번 데려가고 싶었습니다. 라투렐을 따라 이틀만 걸으면 그 빈정거리는 소리는 쏙

* 영국 런던 동부에 있는 거리.

** 프랑스의 작가.

들어가고, 죽을 때까지 그 따위 농담은 두 번 다시 입에 올리지 않겠다 맹세했을 테니까요. 라투렐은 몸이 약한 편이었고 툭하면 감기와 두통에 시달렸습니다. 하지만 이런 사람이 수마트라의 밀림으로 타이탄 아룸*을, 모리셔스 섬의 덤불로 실린드로클리네 로렌세이**를 찾으러 떠날라치면 피로와 고통에 무감각한 초인처럼 변하곤 했답니다. 평소에는 안락한 소파와 타닥대는 벽난로보다 좋은 게 없다고 말하는 양반이 희귀한 식물을 발견할 수만 있다면 하루 열두 시간씩 진흙탕을 헤치고 가는 일도, 나무 위에서 자는 일도 마다하지 않았습니다.

이 세월 동안 저와 라투렐이 얻을 수 있었던 놀라운 발견, 겪어야 했던 실패, 그리고 답을 찾지 못한 의문…… 이 모든 것을 다 말씀드리지는 않겠습니다. 미소를 자아낼 일화도 없지는 않지만(예를 들어 세상에서 가장 희한한 운송 수단 위에서 우리에게 일어난 사고) 전체적으로 수사관님에게 그다지 흥미로운 내용은 아닐 테니까요. 걱정하지 마십시오. 곧 본론에 들어갈 것입니다. 하지만 이를 위해서는 우선 1951년, 즉 라투렐이 너무도 흥미로운, 일반인에게는 '식충식물'이라고

---

* 수마트라 원산으로 세계에서 가장 큰 꽃을 피운다고 알려진 식물.
** 국화과에 속하는 식물. 야생 상태로는 멸종되었다고 알려진 희귀 식물이다.

알려진 식물에 대한 열정에 사로잡히기 시작한 시기로 거슬러 올라가야 합니다.

라투렐은 언제나 식물의 파괴적인 힘에 강렬한 흥미를 느껴왔습니다. 식물이 분비하는 독성 물질로 말 한 마리를 쓰러뜨릴 수 있다는 사실, 정말이지 무시무시하면서도 경탄스러운 일 아닙니까? 라투렐은 그가 '지옥'—검열관들이 낙인찍은 책들을 숨겨놓는 도서관 서가도 그렇게 불리죠—이라고 부르는 장소를 꾸며놓았습니다. 온갖 종류의 유해 식물과 독성 식물이 자라는 온실로, 저는 그 식물들 사이에 서서 이 잎사귀들 속에는 생명뿐만 아니라 죽음 역시 흐르고 있다는 생각을 하며 황홀해하곤 했습니다. 그 종류는 참으로 다양했습니다! 투구꽃(아코니툼 나펠루스)…… 끔찍한 공포를 야기하고, 중독되면 공수병에 걸린 짐승처럼 침을 질질 흘리게 되는 독성 물질인 아코니틴으로 꽉 찬 이 미나리아재비과 식물. 한 달 삭힌 굴 여남은 개보다 위장을 더 뒤집어놓는 까마종이(솔라눔 니그룸). 달팽이를 통해 중독시키는 경이로운 버들옷(에우포르비아 헬리오스코피아), 유럽 참빗살나무, 벨라도나의 열매, 그리고 각종 독버섯…… 한마디로 라투렐에게 그 온실은 벽에 가득 걸린 살상용 총을 바라보며 무기 수집가가 느끼는 것과 같은 쾌감을 안겨주는 유해한 힘이 있는 사악한 약국이라 할 수 있었죠. 물론 사람을 해치는 목적으로 사용할 생각은 꿈에도 하지 않았지만, 언제나 그것들이 자기 수중에 있다는 생각에 그는 황홀해했습니다.

존 라투렐이 어떻게 해서 식충식물에 관심을 갖게 되었는지는 기억나지 않습니다. 어쨌든 그는 벌레잡이통풀, 끈끈이주먹, 사라세니아 같은 식물을 발견하자마자, 그때까지 좋아했던 다른 식물을 제쳐두고 그것들에 열중하게 되었습니다. 우리는 작업하던 모든 프로젝트를 던져버리고 식충식물이 놈들의 발톱 사이에 걸려든 각다귀, 애벌레, 쥐며느리, 작은 지네 등을 흐물흐물한 죽으로 녹여버리는 소화 메커니즘 연구에 뛰어들었죠. 또 온실의 상당한 자리를 포충낭과 촉수가 달린 식물에 내주었습니다. 아주 교묘한 덫을 이루고 있는 놈들의 잎이 작동하는 모습을 구경하는 일은 우리에게 마르지 않는 즐거움의 원천이었습니다. 하지만 우리가 마치 어머니가 아이들을 보살피듯 온갖 지극 정성을 쏟으며 아주 특별하게 다룬 것은 따로 있었습니다. 그것은 우리를 가장 매혹시킨 식물, 아마도 라투렐이 어느 여인에게서도 느껴보지 못했던 감정을 느꼈을 식물, 바로 파리지옥(디오나이아 무스키풀라)이었습니다. 모든 식충식물의 여왕, 이미 다윈이 세계에서 가장 놀라운 식물이라고 말한 바 있는 그 파리지옥 말입니다.

보통 사람들이 그러하듯 수사관님도 이런 자연의 영광을 보면서 흥분된 기쁨을 느낀 적은 없을 것입니다. 아마 본 적조차 없을 것이고 별 관심도 없겠지요. 그래도 제가 이 식물에 대해 몇 가지 설명을 해드릴 테니 한번 들어보십시오. 그러지 않으면 왜 라투렐이 파리지옥에 그토록 집착했는지 이해하기 어려울 테니까요. 우선 도서관에 가서 이 식물의 사진이나 그림이 실린 책을 한 권 찾아보십시오. 식물원에 가서 그걸 한번 보게 해달라고 부탁하면 더욱 좋고요. 이 아름다운 식물은 가장자리에 가시가 돋친 약 칠 센티미터 크기의 잎사귀가 네 개에서 여덟 개 정도 달려 있습니다. 이 잎사귀들은 짤막한 뿌리줄기에서 솟아난 근생엽으로, 쐐기 형태의 잎자루와 넓은 잎으로 이루어져 있습니다. 잎 안쪽은 빨갛고 삼각형 모양의 섬모 세 개가 돋아 있습니다. 각 잎의 끝 부분에는 분비샘이 있고, 여기서 곤충을 유인하는 달콤한 꽃꿀이 나옵니다. 그리고 잎 둘레에는 열다섯 개 정도의 길고 뾰족한 이가 나란히 솟아 있는데, 덫이 닫히는 순간 양쪽 잎의 이가 정확히 맞물리도록 교묘하게 배열되어 있지요.

이 덫이 작동하는 방식은 기적처럼 놀랍습니다. 민감한 섬모들은 먹이가 와서 닿으면 메커니즘에 명령을 내립니다. 마치 늑대 덫과 비슷해요. 메커니즘이 작동하기 위해서는 두 번의 연속 자극이 필요합니다. 그런 식으로 먼지나 다른 식물에 의해 덫이 잘못 닫히는 일을 피할 수 있죠. 이렇게 곤충이 그 '털'을 두 번 건드리면 잎을 둘러싼 그 긴 털들이 오므려져 일종의 새장을 만들고, 그다음에 잎의 두 열편이 오므라지며 닫히는 것입니다. 이 모든 과정이 이루어지는 데는 날씨가 좋으면 삼십분의 일 초, 흐린 날에는 그보다 좀더 걸립니다. 잡힌 동물은 곧바로 흡입 작용에 의해 소화됩니다. 그리하여 이삼주 후 파리지옥이 다시 잎을 열면 바짝 말라버린 곤충의 껍데기만 나타나지요. 마치 사냥 기념으로 전시해놓는 짐승의 대가리처럼 거기 달라붙어 있는 겁니다. 이렇게 곤충을 서너 마리 잡아먹은 뒤에 그 잎은 새카맣게 시들어 떨어져 다른 잎이 자랄 수 있도록 깨끗이 자리를 비워줍니다.

정말 기가 막힌 식물 아닙니까? 전 그놈이 작업하는 모습을 여러 번 보았지만, 놈이 행동을 개시하는 모습을 볼 때마다 놀라움과 공포에 전율할 수밖에 없었습니다. 너무도 격렬하고 강력하며, 식물계에 대한 우리의 지식과 너무도 상반되는 장면이니까요. 그렇게 우리는 그놈이 다리 달린 조그만 미물이며 날아다니는 곤충을 아작아작 씹는 모습을 볼 수 있었습니다. 파리, 하루살이, 개미, 애벌레, 귀뚜라미 유충, 메뚜기, 노래기, 거미…… 심지어 꿀벌과 말벌까지 잡혀들지요. 5월 초가 되면 또다른 무대가 펼쳐집니다. 꽃대가 나타나 펼쳐지고, 찬란한 꽃이 긴 꽃자루(그 치명적인 잎사귀와의 접촉을 피하기 위해 충분히 길답니다) 끝에서 활짝 피어나지요. 따라서 접근하는 곤충은 생과 사의 선택 앞에 놓이게 됩니다. 우선 꽃 위에 내려앉으면 꽃가루를 취한 다음 자유롭게 날아가버릴 수 있지요. 하지만 잎 근처에서 어정거리면 민감한 섬모를 자극하게 됩니다. 그 경우 녀석은 덫이 자기 위로 철커덕 덮이는 것을 느끼며 결국 잡아먹히게 되죠. 이것이 바로 파리지옥의 기막힌 신비입니다. 이놈은 자신을 수정시켜줄 수 있는 동물을 삼켜버립니다. 달콤한 꽃가루가 잔뜩 묻어 있다고 좋아라 다가가면 위험합니다. 당신을 무자비하게 먹어버릴 테니까요. 그놈을 보고 있으면 어떤 동물이 떠오릅니다. 바로 수컷이 자기를 위해 열심히 작업해주고 나면 곧바로 몸을 돌려 잡아먹어버리는 그 배은망덕한 암거미 말입니다. 자연 만사가 보여주는 참으로 경탄스러운 부도덕성이지요.

수사관님께 이 모든 일을 말씀드리는 까닭은 어떻게 파리지옥이 몇 달도 안 되어 존 라투렐의—동시에 저 자신의—유일한 삶의 이유가 되었는지 이해시켜드리기 위함입니다. 1951년 4월, 우리는 천혜의 환경에서 그것을 연구하기 위해 미국 노스캐롤라이나를(17세기 중엽 이 주의 주지사였던 답스 씨가 이 식물의 공식 발견자로 알려져 있죠) 여행했습니다. 우리는 샬럿과 그린즈버러 주변의 들판을 돌아다니며 멋진 표본을 많이 찾아냈고, 대륙의 반대편, 즉 태평양에서 멀지 않은 오리건 주에서 탐사를 계속하기로 결정했지요. 이 첫번째 탐사 여행이 성공하자 라투렐은 너무도 행복해했습니다. 그렇게 좋아하는 모습은 정말 처음이었죠. 그는 런던에 돌아오자마자 물이끼가 뒤덮인 플로리다의 늪지대며 살렘*의 구릉지대 탐사 여행에 대해 얘기하기 시작했어요. 저는 그에게 환기시켜주었죠. 그의 동료이자 절친한 친구인 갤토 교수와 북로디지아**를 이 주간 함께 여행하기로 이미 약속되어 있으며, 그 여행도 곧 떠나야 하지 않느냐고요. 라투렐은 자기 이마를 탁 치면서 파리지옥 프로젝트를 뒤로 미룰 수밖에 없음을 언짢아했습니다. 심지어 갤토와의 탐사 여행을 취소하려고까지 했지만 내가 말렸습니다. "그래, 갈 거야." 그는 방학 때 요리 실력이 형편없는 이모 댁에 가야 하는 아이처럼 투덜거렸습니다. 그러고는 우리의 식충식물 온실을 애잔한 눈으로 돌아보면서 당부했죠. "약속해주게. 이 녀석들을 자네 누이 보살피듯 정성을 다해 보살펴주겠다고." 며칠 후, 그는 앤

* 인도의 타밀나두 주에 있는 도시.

** 지금의 잠비아 지역.

드루 갤토와 함께 관광용 소형 비행기를 타고 히드로 공항을 떠났답니다. 비행기에는 두 사람 외에 런던 대학의 식물학자 다섯 명도 함께 탔고, 반 톤에 달하는 과학 장비들이 나무 상자에 실려 있었지요.

저에게는 몇 달 만에 가져보는 휴가인 셈이었습니다. 물론 식물학은 재미있었습니다. 하지만 하루 이십사 시간 가운데 열여섯 시간을, 그것도 일주일에 하루도 쉬지 못하고 온실에 처박혀 있는 것은 사실 피곤한 일이었습니다. 라투렐은 제가 그의 식물 세계에서 빠져나가는 걸 용납하지 않았어요. 그는 오직 식물에만 신경 썼기 때문에 다른 사람들이 정신을 잠시라도 딴 데로 돌리는 걸 이해하지 못했거든요. 제가 영화나 연극을 보러 간다고 하면 어리벙벙한 표정을 짓곤 했죠. 그에게 오락이란 낯선 개념일 뿐이었고, 제가 본 연극이나 영화가 어땠냐고 한 번도 물어본 적이 없었답니다. 식물이 그의 머릿속을 온통 독점하고 있었으니 당연한 일이었죠. 어쨌든 저는 라투렐이 없는 엿새 동안 엽록소와의 접촉을 최대한 줄였습니다. 온실에는 물을 줄 때 말고는 들어가지도 않았죠. 그 외의 시간에는 유유자적 거리를 돌아다녔고, 무슨 일이 있어도 공원이나 꽃집 가까이에는 가지 않았죠.

일주일째 되는 날이었습니다. 집에 돌아와보니 대문이 열려 있었습니다. 처음에는 도둑이 들었나 생각했죠. 하지만 조심스럽게 안으로 들어가보니 그의 트렁크가 방에 놓여 있었습니다. 즉시 온실로 달려갔죠. 그는 거기에서 매우 흥분한 얼굴로 작업하고 있었습니다.

"여기서 뭘 하고 계세요? 아프리카 여행이 벌써 끝난 겁니까?"

"아니, 아직 거기 있어야 하지." 그는 분주한 손길을 멈추지 않고 대답했습니다. "유럽에 돌아오려고 꾀병을 부렸어."

"뭐라고요?"

그는 고개를 들었습니다. 그리고 의미심장한 미소를 지으며 바닥에 놓인 높이가 거의 백오십 센티미터에 달하는 철상자 하나를 가리켰습니다.

"이것 때문에 돌아왔네."

"이게 뭔데요?"

"아, 보면 깜짝 놀랄 걸세! 아니 그 이상이지! 아마 자네 눈을 믿을 수 없을걸!"

그는 호주머니에서 조그만 열쇠를 꺼내 상자의 자물쇠 구멍에 넣어 돌린 다음 천천히 뚜껑을 들어올리고는 저더러 안을 들여다보라고 말했죠. 저는 그 안에 들어 있는 괴물을 발견하고 경악하여 비명을 질렀습니다.

"맙소사! 라투렐 선생님! 이게 도대체 뭐죠?"

상자 안에는 엄청나게 큰 식물 세 개가 들어 있었습니다. 어느 모로 보나 파리지옥과 흡사했지만 마치 돋보기로 부풀린 듯 끔찍이 컸습니다. 줄기는 사탕수수처럼 굵었고 잎사귀는 탁구 라켓만큼 큼직했으며 섬모는 어린아이 손가락 굵기였죠. 색깔은 화장을 한 듯 진한 데다 반짝반짝 기막힌 광채마저 발하고 있었습니다. 그뿐이 아니었습니다. 이 경이로운 식물은 아주 특별하고 섬뜩한 인상, 한마디로 말해 우리가 커다란 맹수 앞에서 느끼는 어떤 위엄의 기운을 발산했습니다. 또 이런 힘 외에 그들 안에서는 모종의 사악함도 느껴졌습니다. 마치 그것들 안에 정말로 어떤 살인자가 숨어 있기나 한 듯이 말입니다.

"나는 이것을 이천 미터 고도에 위치한 은돌라* 근처의 한 숲 속 빈터에서 발견했다네." 라투렐은 설명했습니다. "그때 난 혼자였어. 이 발견을 혼자만의 비밀로 간직하려고 다른 사람들에게는 한마디도 하지 않았지. 그들이 이 식물을 찾지 못하게 해달라고 속으로 빌면서. 그러고 나서 헛소리까지 해대며 꾀병을 부린 끝에 갤토에게서 런던에 돌아갈 수 있는 허락

* 아프리카 남부 잠비아의 중앙부에 있는 도시.

을 얻어냈어. 그들은 나를 원주민에게 맡겨 가장 가까운 마을까지 이송하게 했다네. 하지만 캠프에서 충분히 떨어진 곳까지 온 뒤에 나는 원주민들에게 되돌아가자고 했지. 물론 내가 본 그 놀라운 식물을 다시 찾기 위해서였어. 우리는 그 일대에서 엄청나게 큰 파리지옥을 십여 개나 찾아냈다네. 원주민들도 생전 처음 보는 거라고 단언했어. 하지만 그들 중 한 명이 이런 말을 하더군. 마을의 옛 전설에 따르면 그곳엔 거대한 꽃들이 있는데, 날아가는 새를 붙잡아 아작아작 씹어 먹고 밤에는 오두막까지 기어와 갓난아이들을 잡아먹는다고.

솔직히 말해서 이런 라투렐의 태도에 저는 깊은 충격을 받았습니다. 기상천외한 식물에 매료되는 것, 식물학자라면 당연한 일이겠지요. 하지만 자신의 발견을 동료 학자들에게 숨기고 더 나아가 그것의 유일한 발견자로 남기 위해 거짓말까지 하는 것은 제 눈에 부끄러운 행동으로 비쳤습니다. 제가 몇 마디 비판을 입에 올려보았지만 그는 듣기 싫다는 듯 손을 홱 내저으며 무시해버렸습니다. 이제 그에게는 그 괴물들을 소유하는 일만이 중요할 따름이었으니까요. 그의 정신을 사로잡은 그 괴물들의 영향력은 마치 거장의 그림이 수집가에게 미치는, 혹은 금화가 가득한 궤짝이 수전노에게 미치는 영향력과도 같았다.

"자, 이것들 좀 꺼내게 도와주게!" 그는 토론이 길어지는 것을 피하려는 듯 불쑥 말했습니다. "이것들을 여기다 심자고! 아니, 그보다는 저쪽이 더 낫겠어. 가장 좋은 자리, 파리지옥이 있는 자리에 말이야."

"그럼 원래 있던 저 파리지옥은 어쩌고요?"

"그건 자네가 하고 싶은 대로 해. 그런데 이놈들을 뭐라고 부른다? 이름이 필요하지 않겠어? 아, 생각났다! 여보게, 여기, 디오나이아 투렐라를 소개하네. 다시 말해 '라투렐 파리지옥!' 어떤가?"

장담컨대 그 이름은 지금 지어낸 게 아니었습니다. 아마 발견 직후에 벌써 그 이름을 생각하고 있었겠죠. 저는 그의 코미디가 거슬렸고, 그의 눈에 어른대는 광기는 나를 불안하게 했습니다. 라투렐은 평소에도 극단적인 성향이 있긴 했지만, 지금은 자기 통제력을 상실한 게 아닌가 걱정이 될 정도였습니다. 저의 이러한 염려는 그다음에 일어난 일로 확인되었죠.

다음 날 아침 온실에 돌아온 저는 붕대로 손을 동여매느라 끙끙대는 그를 발견했습니다.

"아!" 그는 저를 보더니 소리쳤습니다. "드디어 나타났군! 와서 나 좀 도와주게나!"

"무슨 일이세요?"

"이 망할 것이 내 손을 물어버렸어." 그는 원래 있던 평범한 파리지옥의 자리에 심은 활짝 핀 거대한 파리지옥 세 그루를 사나운 눈으로 노려보며 대답했습니다.

"뭐라고요?"

상처는 출혈이 심했죠. 잎사귀의 이가 살에 구멍을 뚫어놓은 것입니다. 저는 급히 상처를 소독했습니다. 그러고는 몸에 아무 독도 침투하지 않았기를 빌면서 정성껏 붕대를 감아주었죠. 라투렐은 파리지옥에게 배신당한 노여움과 놈들의 위험한 성격에 대한 증거를 얻게 된 은밀한 기쁨이 교차하는 듯한 표정으로 이 사고의 경위와 첫 관찰을 통해 알게 된 사실을 상세히 설명해주려고 했습니다.

"밤을 새워 놈들을 연구했어. 내 경력 전체를 통해 이렇게 놀라운 것은 본 적이 없었다고 감히 말할 수 있네. 놈들의 턱은 사정권 안에 들어온 모든 것을 갈아버릴 준비가 된 강철 기계와도 같네. 난 먼저 실에 매단 죽은 파리로 놈들의 '털'을 자극해보려 했네. 하지만 놈들은 그냥 살짝 한 번 몸을 떨고는 그만이었어. 그렇게 시시한 먹잇감에는 꿈쩍도 하지 않겠다는 듯한 태도였지. 나는 말벌과 애벌레로 동일한 실험을 반복해보았지만 결과는 없었네. 그래서 놈들에게 보다 큰 사냥감을 줘보기로 결정하고 냉장고에 쇠고기 한 덩이를 가지러 갔지. 그런데 믿을 수 있겠나? 내가 온실 안에 들어서자마자 놈들의 가지는 고기 냄새에 흥분한 듯 몸서리쳤고, 몇 초도 안 되어 고기를 삼켜버렸다네. 그야말로 눈 깜짝할 사이에 이백 그램의 고기가 사라져버린 거지. 첫번째 놈을 먹인 나는 시샘하지 않도록 다른 두 놈에게도 고기를 주기로 마음먹었어. 놈들은 내가 주는 것을 모두 삼켜댔어. 자네 눈으로 직접 확인해보게나. 놈들의 오므린 잎사귀 안에서 내가 던져준 고깃덩어리가 소화되고 있는 걸 볼 수 있을 테니까. 바로 이때 사고가 난 거야. 놈들이 소화시키는 틈을 타서 나는 놈들이 좀 자라지 않았는지 확인하기 위해 크기를 재보려고 했어. 그러자 잎사귀 하나가 내 손에 달려들더니 물어뜯었어. 순간적으로 손을 빼내지 않았더라면 손목이 뽑혀나갔을 걸세."

그는 잠시 생각에 잠겨 입을 다물었습니다. 그런 다음 다시 자신의 다친 손을 쳐다보며 환하게 미소를 지었습니다.

"경이롭지 않은가?"

이렇게 하여 괴로운 나날이 시작되었습니다. 저는 매일 느낄 수 있었습니다. 라투렐이 점점 더 이성을 잃어가고 있음을. 오로지 아프리카에서 가져온 거대한 파리지옥과만 소통할 수 있는 강박적인 우주를 향해 멀어져가고 있음을. 더이상 아무것도 그의 관심을 끌지 못했습니다. 저는 식물 세계의 그 굉장한 다양성을 상기시켜주려 노력했습니다. 또다시 여행을 떠나 다른 식물도 발견해보라고 떠보기도 하구요. 하지만 그는 들으려 하지 않았습니다. 그저 자기 파리지옥만을 마치 성모상처럼 아꼈죠. 때로는 나를 책망하기도 했습니다. 수다를 떨며 놈들의 평정을 방해한다고요. 혹은 충분히 주의 깊게 놈들의 말에 귀를 기울이지 않는다고요(그는 이런 식의 표현을 사용하곤 했답니다). 그의 눈에 파리지옥은 더이상 식물이 아니었어요. 그것은 숭배해야 할 군주요, 두려워하고 사랑해야 할 여주인 혹은 연인이었죠. 이렇게 말해도 결코 과장이라고 생각하지 않습니다만, 그는 그네와 사랑에 빠져 있었습니다. 또 사랑하는 동시에 자신도 의식 못하는 은밀한 증오심을 품고 있었죠. 한마디로 그들에게 완전히 모순되는 감정을 느꼈던 것입니다. 그가 그들에게 건네는 언어는 날에 따라 완전히 바뀌곤 했습니다. 때로는 꿀같이 달콤한 언어로 그들의 매혹적인 꽃을 칭찬했고, 때로는 자기에 대해 음모를 꾸미며 자기가 망하기를 바란다고 차갑고 퉁명스런 언어로 비난했습니다. 하지만 어떤 경우에도 염치는 다 잊어버리고 내 눈앞에서 지나치다 못해 끔찍이도 민망한 모습을 보여주는 것이었습니다. 저 자신이 부끄러움을 견디지 못해 온실을 나가야 할 정도였죠.

여기서 수사관님은 물으시겠죠. 그렇다면 파리지옥은 이 모든 것을 어떻게 생각했느냐고요. 놈들에게 너무나도 자연스럽게 인간적인 감정을 부여하는 라투렐의 영향을 받아서인지, 제게도 놈들을 인간화하는 경향이 있었습니다. 제가 틀렸다고만 할 수 있을까요? 처음 놈들을 본 날, 제가 놈들에게 불신감을 느꼈다는 건 이미 말씀드렸습니다. 그런데 이 불신감은 사라지기는커녕, 시간이 갈수록 점점 더 강해졌습니다. 파리지옥은 객관적으로 위험할 뿐 아니라 사악하다는 확신이 점점 더 제 마음속에 굳어져갔던 것입니다. 사실 합리적이어야 할 과학자로서 고백하기 힘든 말이지만, 그 라투렐의 파리지옥은 어떤 영혼을, 그것도 가장 음험한 영혼을 지니고 있다는 확신이 들었습니다. 놈들은 우리가 옆을 지나갈 때마다 공격했습니다. 동기를 알 수 없는 신비한, 아니 거의 터무니없는 공격이었죠. 아니, 왜 먹이를 갖다주는 우리 손을 씹어대려 한단 말입니까? 그렇게 손을 한두 번 물린 저는 놈들과 충분한 거리를 두리라 마음먹었고, 놈들을 다루는 일은 라투렐에게 일임했습니다. 그가 도움을 요청하면 매 사냥꾼이 사용하는 두터운 가죽 장갑으로 제 팔을 보호했죠. 육 개월 동안 놈들은 라투렐을 서른 번이나 물었습니다. (하루는 한 놈이 잎사귀를 활짝 열어 그의 등을 깨무는 광경을 보았습니다. 그는 일 미터가 넘는 거리에 있었지만 놈은 믿을 수 없는 신축성을 지니고 있었던 것입니다. 저는 상처입은 그를 병원에 데려갔습니다. 의사가 상처의 형태를 보고 놀라던 모습이 지금도 기억에 생생하군요. 그날 의사가 경찰에 신고하지 않은 게 신기할 정도입니다.) 하지만 놈들의 행동은 종잡을 수 없었습니다. 때로는 말 그대로 살을 뜯어낼 듯 사정없이 물어서 팔뚝이나 손에 큰 상처를 남겼지만, 어떤 때는 거의 친밀하게 느껴질 정도로 살살 깨물었습니다. 마치 개가 장난치듯 우리 손을 송곳니 사이에 넣고 지그시 물어보듯 말입니다. 그럴 때면 라투렐은 간지럼 타는 어린애처럼 아야야 항의하는 척하며 웃어댔습니다. 한번은 죽은 척하며 땅바닥에 쓰러지기까지 하더군요. "파리지옥을 즐겁게 해주겠다"고 말입니다!

이 모든 광경에 저는 극도로 불안해졌고, 이 관계가 비극으로 끝나리라는 예감이 들었죠. 라투렐은 그의 식물과 불건전하면서 비장한 관계를 맺고 있었습니다. 그를 보면 때로는 못된 계집애가 벗겨먹는 노총각이 생각났고, 때로는 남편을 교살해 죽일 기회만 노리는 모진 마누라를 둔 남자처럼 느껴졌어요. 그 관계에서 전 완전히 배제되었답니다. 그는 놈들에 대해 애기할 때 외에는 더이상 제게 말을 걸지 않았고, 제 말에 조금도 귀를 기울이지 않았습니다. 전에는 그토록 사이가 좋았던 우리는 점점 언쟁을 벌이게 되었지요. 저는 그를 비난하곤 했어요. 마치 공격해보라는 듯 놈들의 이에서 몇 센티 떨어지지 않은 곳에 얼굴을 내놓은 채 몇 시간 동안 아무 말 없이 놈들과 마주 보면서 대체 뭘 하는 거냐고요. 그러면 그는 맞받아서 저를 공격하곤 했죠. 넌 파리지옥의 비밀에 대해 아무것도 몰라! 네 가슴은 은행의 지폐처럼 메말랐다구!

결국 저는 해결책은 하나뿐임을 깨달았습니다. 사표를 내고 라투렐을 떠나는 거였죠. 더이상 온실의 공기를 견뎌낼 수 없었기 때문입니다. 증오와 죽음의 악취를 풍기는 그 공기…… 또 저는 확신했습니다. 파리지옥은 라투렐을 중독시키고 그의 이성을 뒤흔들어놓는 지옥의 물질을 은밀히 뿜어내고 있다고요. 보름 후, 저는 그의 집에 돌아왔습니다. 다시 한번 그를 설득해보기 위해서였죠. 그는 파리지옥과 마주하고 앉아 있었습니다. 시선은 그들에게 고정되어 있었고 두 손은 떨렸습니다. 악취는 어느 때보다도 지독했죠. 식물은 색이 변한 듯 보였습니다. 칙칙했고, 멍이 든 것처럼 노랗고 푸른 색조가 감돌았죠. 라투렐의 몸짓에 따라 놈들은 건들건들 흔들렸고, 잎 위에는 공수병 걸린 짐승의 아가리처럼 허연 거품이 괴어 있다는 느낌이 들었습니다. 저는 역겨움을 참지 못하고 온실을 뛰쳐나왔습니다. 그렇게 영원히 떠난 것입니다. 그리고 다시는 라투렐을 보지 못했습니다. 지금 저는 또다른 유명한 프랑스인 식물학자와 함께 일하고 있습니다. 그와 함께 지난 2월 런던을 떠나 이곳 아마존에 왔답니다.

이제 제가 아는 모든 것을 수사관님께 말씀드렸습니다. 제 생각을 더 자세히 밝힐 필요가 있을까요? 앞에서도 말씀드렸듯이 라투렐의 죽음에 마음이 몹시 아프긴 했지만, 그리 놀라지는 않았습니다. 제가 마지막으로 봤을 때 그의 상태는 그가 어떤 비탈길로 미끄러지고 있는지 충분히 알려주었으니까요. 아주 정직하게 고백하자면, 사실 전 그가 자살하리라고 생각했습니다. 파리지옥에 미친 그가 자신의 목숨을 끊을 것이 확실해 보였거든요. 하지만 일은 그런 식으로 진행되지 않은 것 같군요. 라투렐은 자살한 게 아니라 살해된 것입니다. 그렇다면 누가 그를 죽이고 싶어했을까요? 제가 확신하는 바를 말씀드려도 될까요? 이것은 치정으로 인한 범죄이며 범인들은 결코 자백하지 않을 것입니다. 왜냐하면 말할 수 없으니까요. 저는 잘 알고 있습니다. 수사관님의 눈에 이 모든 이야기가 얼마나 어처구니없어 보일지. 그리고 사실 수사관님께 고맙게 생각하고 있습니다. 이 세상의 광기가 매일 아침 수사관님의 책상 위에 올려놓을 그 황당무계한 고발문과 함께 제 편지를 아직 쓰레기통에 던져버리지 않은 것을요. 파리지옥의 소화 작용은 이삼 주 걸린답니다. 그 기간 동안 놈들의 아가리는 꼬옥 닫혀 있지요. 그걸 열어보시면 소화액 속에 잠겨 있는 존 라투렐의 살을 발견할 수 있을 것입니다. 어쩌면 제가 잘못 생각했을 수도 있겠죠. 어쩌면 그가 아프리카에서 가져온 파리지옥 속에 제가 생각했던 악은 존재하지 않을지도 모릅니다. 아, 정말 그렇다면 전 오히려 안도할 것입니다. 이 세상에 그보다 기쁜 일은 없을 것입니다. 그렇다면 식물 세계에는 사악함도 비열함도 없다고 계속 믿을 수 있을 테니까요. 테니슨의 시처럼, 만일 내가 꽃을 이해할 수 있다면, 그때는 신과 인간이 무엇인지 알 수 있다는 믿음을 계속 간직할 수 있을 테니까요.

> 작은 꽃아, 만일 내가 너와 뿌리와 모든 것을,
> 그리고 모든 것의 모든 것을 이해할 수 있다면,
> 나는 알 수 있으련만, 신과 인간이 무엇인지를.

왜냐하면 라투렐의 파리지옥을 알게 된 이후, 꽃을 통해 악마와 죽음의 정체를 발견하게 되리라는 무한히 불안한 상념이 저를 떠나지 않고 있기 때문입니다.

오브롱 굴드

*

나는 이 편지를 백 번도 넘게 읽었지만, 읽을 때마다 처음 이 편지를 받았던 날처럼 아연한 감정을 느끼게 된다. 참으로 기가 막힌 사연이 아닌가? 굴드가 좀더 일찍 이 편지를 보냈다면 나는 과연 어떻게 반응했을까? 정말로 괴물을 잡겠다고 뛰어나갔을까? 아니면 미친 편지로 여기고 코웃음을 쳤을까? 알 수 없는 일이다. 어쨌든 나는 그에게 답신을 보냈고, 그 사본을 보관해왔다. 그가 내 편지를 받았는지는 알 수 없다. 왜냐하면 그 이후로 그는 살았는지 죽었는지 더이상 소식이 없기 때문이다.

뉴스코틀랜드야드
브로드웨이, 런던
SW1H 0BG

선생,

선생의 편지는 잘 받았고, 이처럼 수고스럽게 편지까지 보내준 것에 감사를 드리는 바입니다. 분명히 말씀드리거니와, 선생이 제공해준 정보는 매우 흥미롭고, 만일 그 사이에 이러한 일이 일어나지 않았다면 이 정보를 유용하게 사용했을 것입니다. 윌리엄 제프리라는 청년이 브릭레인 파출소에 출두해 자신이 존 라투렐의 살인범이라고 자백했습니다. 1954년 11월부터 그의 학문 조수로 일해왔다는군요. 그는 매우 거칠고 불안정해 보였고, 말에 조리가 없었습니다. 누군가 자기에게 저주를 걸어 뇌 속에 뭔가가 기생하고 있으며, 범죄 전염병이 곧 온 영국 땅에 퍼질 거라고 떠들어댔습니다. 정신과 의사들은 그가 미쳤다고 판단하고는 브로드무어 요양원에 강제로 입원시켰지요. 라투렐의 식물은 모두 큐 왕립식물원에 맡겨졌습니다. 고인 따님의 뜻에 따른 조처이지요. 제 부하들이 접촉한 식물원 관계자들의 말에 따르면, 문제의 식물에서는 아무런 문제점도 발견하지 못했고, 고인이 남긴 식물 가운데 선생이 묘사한 그 거대한 파리지옥은 없었습니다. 혹시 그놈들은 애증의 대상이었던 라투렐의 죽음이 확실해지자, 산 채로 썩어버린 것은 아닐까요?

해리 그로워

지은이 **베르나르 키리니**

1978년 벨기에에서 태어났다. 잡지 〈크로니카르〉와 〈에포크〉에 문학과 재즈에 대한 글을 기고하며 데뷔했다. 2005년 발표한 첫 소설 『첫 문장에 대한 불안』으로 18세에서 30세 사이의 젊은 프랑스어권 작가에게 주는 보카시옹 상을 수상했고, 두번째 소설 『육식 이야기』로 벨기에의 가장 권위 있는 상인 빅토르 로셀 상과 독특한 스타일의 글쓰기를 선보이는 현대 작가에게 주는 스틸 상을 수상하였다. 환상적이면서도 철학적인 단편들로 프랑스 문단에서 에드거 앨런 포, 보르헤스, 그리고 마르셀 에메의 계보를 잇는 작가라고 평가받는 그는 현재 프랑스 부르고뉴에 살고 있으며, 다른 작품으로 『목마른 자들』(2010)이 있다.

옮긴이 **임호경**

서울대학교 불어교육과와 동 대학원 불문과를 졸업한 후 파리 8대학에서 마르셀 프루스트 연구로 불문학 박사학위를 취득했다. 현재 전문 번역가로 활동 중이며, 옮긴 책으로 『승자는 혼자다』 『백 년의 악몽』 『신』(5, 6권) 『밀레니엄』 『움베르토 에코 평전』 등이 있다.

문학동네 세계문학

육식 이야기

초판 인쇄 2010년 9월 10일 | 초판 발행 2010년 9월 20일

지은이 베르나르 키리니 | 옮긴이 임호경 | 펴낸이 강병선
책임편집 허주미 | 편집 류현영 | 독자 모니터 강정은
디자인 이경란 이원경 | 저작권 김미정 한문숙
마케팅 정민호 김도윤 장선아 박보람 | 온라인 마케팅 이상혁 한민아 정진아
제작 안정숙 서동관 정구현 김애진 | 제작처 (주)상지사P&B

펴낸곳 (주)문학동네
출판등록 1993년 10월 22일 제406-2003-000045호
주소 413-756 경기도 파주시 교하읍 문발리 파주출판도시 513-8
전자우편 editor@munhak.com | 대표전화 031) 955-8888 | 팩스 031) 955-8855
문의전화 031) 955-3576(마케팅) 031) 955-2657(편집)
문학동네카페 http://cafe.naver.com/mhdn

ISBN 978-89-546-1224-1 03860

www.munhak.com